그녀는 여행자이자,
마녀였습니다.

She is a witch and is also a traveler.

재의 마녀 일레이나

홀로 정처 없는 여행을 계속한다.

어릴 때 읽은 이야기의 영향을 받아,

마법사 최고위인, 마녀가 된 소녀.

'어두운 밤의 마녀' 실라
마법 총괄 협회에 소속된 마녀.
일레이나와 '살인마'를 쫓는다.

???
일레이나의 마법으로 인간의 모습이 된 어떤 '도구'.
주인과 아주 닮은 외모를 하고 있다.

©Azure

'라벤더의 마녀' 에스텔

시계 마을 로스트루프에 사는 뛰어난 마녀.
일레이나와 막상막하인 천재 소녀.

셀레나

시계 마을 로스트루프에 사는 부잣집 소녀.
에스텔과 친구 사이.

「바보 취급 하지 말아요!」

—그리고 저희들은

자그마한 전쟁을 시작했습니다

©Azure

마녀의 여행 3

THE JOURNEY OF ELAINA

CONTENTS

©Azure

마녀의 여행

THE JOURNEY OF ELAINA

3

Shiraishi Jougi
시라이시 죠우기

Illustration
아즈루

밤의 길거리에서 한 마녀가 점술사 영업을 하고 있었습니다.

보자기를 바닥에 깔고 그 위에 오도카니 앉아 있는 마녀는 잿빛 머리카락과 유리색 눈동자가 특징적인 소녀.

검정색 로브와 검정색 삼각 모자, 그리고 마녀의 증거인 별을 본뜬 브로치를 달고 있습니다.

길을 사이에 두고 늘어선 높다란 민가들보다 더 먼 하늘에는 별들이 빛났고, 손 가까이 둔 수정구에 눈부신 반짝임을 드리웠습니다.

그녀는 여행자이자 마녀였습니다.

"점술사님. 나는 이제 틀렸어요오."

"네에."

마녀는 주정뱅이 여성을 앞에 두고 얼굴을 찌푸렸습니다.

어떤 이유로 지금은 점술사입니다.

솔직히 고백하자면, 단순히 돈이 떨어져서 점술사 흉내를 내며 푼돈을 벌고 있을 뿐입니다.

"내 이야기 좀 들어줘요오."

"상담료로는 금화 한 닢입니다만, 괜찮으시겠습니까?"

귀찮으니 얼른 사라져줬으면, 하는 마음에 큰 액수를 불러버린 그녀는 대체 누구인가.

네, 저입니다.

안타깝게도 눈앞에 있는 여성은 꽤 부자였습니다.

3

○

애초에 어째서 점술사가 인생 상담 같은 걸 받아줘야만 하는 겁니까?

그런 불만 한마디쯤은 늘어놓고 싶은 마음이었습니다만, 돈을 받은 이상은 어쩔 수 없습니다. 불평을 들어드리지요.

여성은 살짝 자신을 잃은 것이라 판단됩니다만, 돈을 받았으니 귀찮아도 이야기를 듣지 않으면 안 됩니다.

"나 있지이, 근처 레스토랑에서어, 웨이트리스로 일하고 있거든."

"네에."

"이제 일 그만두고 싶어어."

"그만두시면 되지 않을까요?"

"요즘 손님들은 정말이지, 너무하거든? 툭하면 바로 불만을 터뜨리고, 실수 하나라도 하면 무슨 큰일이라도 난 것처럼 기고만장해서는 악악 꺅꺅 불만을 터뜨리고, 불만을 터뜨리고, 불만을 터뜨리고."

"불만밖에 말하지 않는군요."

"그렇다니까! 게다가, 그래도 그렇게까지 말할 건 없잖아? 싶을 정도로 심한 말을 쏟아낸다니까. 결국에는 이웃 나라의 말을 흉내 내서 '손님은 신이다!'라는 말까지 하지 뭐야."

"흐음흐음."

"어떻게 하면 좋다고 생각해?"

"기도라도 올리면 입을 다물지 않을까요?"

"나 진지하게 상담하고 있거든? 딸꾹."

"그렇게 말씀하신들."

"애초에 말이지. 나는 분명 점원이고, 손님은 분명 돈을 내는 입장이지만 말이지, 그래도, 그래서 뭐? 라는 기분이라니까. 확실히 우리는 돈을 받는 입장이지만, 그래도 돈을 받고, 손님이 원하는 걸, 제공해주는 입장이기도 하단 말이야."

"호오호오."

"그래서 나는 생각해. 우리 입장은 대등하다! 라고. 그렇게 불만을 터뜨릴 거면, 이제 요리 같은 건 안 만들어준다! 라고."

"아니, 대등하지는 않은 게 아닐까요?"

"뭐야아. 점술사님. 나한테서 금화 한 닢을 받았으니까, 좀 더 성실하게 상담해줘. 나 손님이거든?"

"전언을 철회하시는 게 좋지 않을까요?"

"으으…… 더는 싫어어. 일 그만두고 싶어."

"그만두면 되지 않을까요?"

"그으치만 돈이 없어."

"조금 전에 금화 한 닢 내셨잖습니까?"

"그거 전 재산."

"돌려드리겠습니다."

"점술사님, 친절해……. 우으…… 세상에 이렇게 친절한 사람이 있다니…… 세상도 아직 살 만하구나…… 훌쩍."

"…………."

"저기 점술사님. 나, 어떻게 하면 좋을까?"

"그렇군요. 그럼 딱 한 가지만 조언을 해드리죠."

"……응? 뭔데?"

"조금 더 자기 자신에게 솔직해지는 편이 좋다고 봅니다."

"무슨 소리야?"

"불만을 터뜨리면 맞받아쳐주면 되는 겁니다. 당신의 마음을 드러내버리면 되는 겁니다."

"그런 게 가능하면 고생 안 하지!"

"그런 당신에게는, 여기."

"어라? 뭐야? 이 병은?"

"이건 마법의 물입니다. 진정한 당신을 드러낼 수 있게 됩니다."

"대단해……! 그런 물이 있었다니……!"

"네. 받으시죠. 이건 제가 서비스해 드리는 겁니다. 이걸 마시고, 내일부터 일 열심히 해주세요."

"……우으. 싫어. 일하기 싫어."

"자, 자, 그런 말씀 마시고."

그 이후로도 그녀는 제 가게 앞에서 수십 분이나 투덜투덜 푸념을 늘어놓았고, 이윽고 "아, 화장실 가고 싶어"라는 등의 말을 지껄이고서 돌아갔습니다.

그녀는 제가 준 물을 꿀꺽꿀꺽 마시고 "대단해! 어쩐지 진짜 나로 돌아온 듯한 기분이야!"라고 외치고 있었습니다.

"…………."

뭐, 그건 그냥 평범한 물인데 말이죠.

술이 깨고 기분도 풀리면, 분명 진짜 그녀가 돌아올 테죠.

그 후, 그 나라에 있는 어느 가게의 웨이트리스가 화제가 되었습니다.

손님에게 욕을 퍼붓는 지독한 여성이라고 합니다. 주문을 부탁하면 혀를 차며 테이블로 향하고, 요리를 나를 때는 업신여기는 시선을 선물하고, 계산을 할 때는 "뭐? 이제 다시는 오지 마"라는 립 서비스도 빼놓지 않는다고 합니다.

어떤 이유에서인지 이 기묘한 태도가 손님(주로 남성)에게 큰 호평을 받았고, "욕설을 듣고 싶어!"라며 밀려드는 손님들로 가게는 숨 돌릴 틈도 없을 만큼 대성황을 이루게 되었습니다. 이 나라는 좀 그런 사람들뿐입니다. 어차피 웨이트리스에게 엄한 태도를 보인 것도 의기소침해진 여자아이를 보며 묘한 쾌감을 느꼈기 때문일 게 틀림없습니다. 이 나라는 좀 그런 사람들뿐입니다.

지금 그녀는 가게의 인기인.

가게에는 연일 긴 줄이 늘어섭니다.

그녀가 이러한 모습이 된 계기는 대체 무엇일까?

어느 신문에 인터뷰가 실렸습니다.

『역시 진정한 자신을 드러내는 게 중요하다고 생각했습니다.』라고.

．．．．．．．．．．．．

그런 의미가 아니라고……．

추위와 따스함이 뒤섞인 계절이었습니다.

평원을 떠도는 바람은 겨울의 향기를 아주 조금 남겨두고 있습니다.

초봄의 햇볕은 포근했고 그렇기에 바람 속 차가움은 분명하게 두드러졌습니다. 빗자루를 타고 풀꽃 위를 날아가는 그녀는 때때로 팔을 문질러가며 앞을 바라보았습니다.

그 사람은 마녀이자 여행자였습니다.

검은 로브와 삼각 모자를 걸쳤고, 마녀의 증거인 별을 본뜬 브로치를 가슴에 달고 있습니다.

삼각 모자 아래로 드러난 잿빛 머리카락은 차가운 바람에 굽이치고 흩날렸습니다.

유리색 눈동자는 푸른 하늘과 평원 사이에 조용히 서 있는 자그마한 나라를 바라보고 있었습니다.

"다음은 저 나라로군요—."

그것참, 그나저나.

변함없이 여행을 계속하고 있고, 변함없이 풍경 속에 머물러 있는 그녀는 대체 누구인가.

그렇습니다. 저입니다.

변함없이.

"실례합니다."

문 앞에서 빗자루를 내린 저는 그렇게 크게 소리를 질러보았습니다만, 대답은 없었습니다.

입을 떡 벌리고 여행자를 환영하는 것 같은 분위기를 내고 있었으면서, 막상 와보니 입을 다물고 있는 겁니까? 곤란하군요.

뭔가요? 멋대로 들어가도 되는 겁니까? 틀림없이 문지기나 무언가가 서 있을 거라고 생각했는데.

아무도 나오지 않는다는 건 즉, 멋대로 들어가도 괜찮다는 뜻이겠죠.

그런고로 저는 나라 안으로 발을 들여놓았습니다.

"……호오오."

오래된 건물들이 줄지어 늘어선 거리였습니다. 차분한 색조의 벽돌 벽과 기와지붕을 얹은 집이 골목을 사이에 두고 늘어서 있습니다. 아주 조금 금이 가거나 더러워진 부분이 눈에 띄기는 했지만, 통일감이 느껴지는 그 마을 안에서는 그런 부분도 풍경의 일부처럼 느껴졌습니다.

차분한 분위기를 부추기듯, 거리는 정적에 감싸여 있었습니다.

마치 나라 안에 단 한 사람도 존재하지 않는 것처럼.

나라 안을 잠시 걷다 보니 커다란 광장이 나왔습니다.

저는 거기서 걸음을 멈추었습니다.

광장에는 커다란 구덩이가 파여 있었고, 거기서 퍼낸 흙이 산처럼 쌓여 있었습니다. 거리 어디서도 사람의 기척이 전혀 느껴지지 않았지만, 여기에만은 누군가가 존재했던 흔적이 있었습니다.

"…………."

그리고 구덩이 안을 들여다보았을 때, 이 나라 안에서 사람의 모습이 보이지 않았던 이유를 확실하게 알았습니다.

커다란 구덩이에는 천조가리에 싸인 사람이 겹겹이 쌓여 있었던 것입니다.

그것도 수없이 많이.

이 나라에서 사람의 모습이 보이지 않았던 이유는, 사람이 여기에 모여 있었기 때문이었습니다.

"—음. 거기 누구야?"

구덩이를 들여다보며 아연실색하고 있을 때였습니다.

목소리가 들려왔습니다. 여성의 목소리입니다.

돌아보니, 빗자루에 탄 여성이 지팡이를 한 손에 쥔 채 하늘에서 저를 내려다보고 있었습니다. 금색 머리카락을 등 뒤로 묶은 여성으로, 로브도 걸치지 않았고 삼각 모자도 쓰지 않았습니다.

그러나 마법사라는 것은 분명했고, 빗자루 뒤로는 천에 둘둘 말린 사람들이 잔뜩 떠 있었습니다. 마법으로 띄워놓은 것 같습니다.

그녀는 그것들을 천천히 구덩이 안으로 집어넣으며 말했습니다.

"당신, 이 나라 사람이 아니지?"

저는 고개를 끄덕였습니다.

"여행자입니다. 빗자루를 타고 날다 보니 여기까지 오게 되었죠."

"그렇구나. ……혹시 묵어갈 생각이었어?"

"그럴 셈이었습니다."

적어도 이 참상을 보기 전까지는, 입니다만.

"그만두는 편이 좋아."

"그래 보이네요."

그녀는 천천히 고개를 끄덕이더니 제 앞에서 빗자루를 내렸습니다. 키는 저보다 머리 하나는 컸습니다. 저는 그녀를 올려다보았고, 그녀는 시선을 내렸습니다.

"이 나라, 이런 상태니까. 게다가 내일, 이 나라를 폐쇄할 거야."

"⋯⋯무슨 일이 있었나요?"

모두가 죽은 것처럼 보이는데—.

구덩이를 내려다보는 제 속내를 읽었는지, 그녀는 지금 막 사람을 집어넣은 구덩이를 응시하면서 입을 열었습니다.

"이 사람들은 말이지, 모두 자고 있는 거야."

그리고 눈을 내리뜨며 이렇게 다음 말을 이었습니다.

"죽은 것처럼 잠든 거야."

○

이 나라에는 유명한 예언자가 한 명 있었다고 합니다.

예언자는 젊을 때부터 나라를 위해 날씨, 혹은 작물의 풍작과 흉작, 집에서 사라진 동물의 행방, 오늘의 운세, 그리고 사람의 수명과 운명의 상대에 이르기까지, 앞으로 일어날 일들을 예언했습니다.

모든 예언이 완벽하게 적중하지는 않았지만, 그 예언의 말에는 신비한 마력이 깃들어 있었는지 가끔 빗나가는 정도일 뿐, 대부분의 예언은 맞았습니다. 예언이 빗나간다고 해도, 그것은 "예언을 듣고 운명이 바뀌었는지도 모른다"는 형편 좋은 해석을 바탕으로 유야무야되었다고 합니다. 이 나라 사람들은 믿음이 다소 지나치게 깊은 경향이 있었나 봅니다. 예언자의 힘에 빠진 국민들은 모두가 예언자를 의지했고, 무슨 일이 있으면 바로 예언자에게 달려갔습니다. 예언자가 나이를 먹고 얼굴에 주름이 여럿 새겨졌을 무렵, 그 예언자는 이미 가장 중요한 인물로서 추앙받을 정도가 되었다고 합니다.

　방금 저와 만난 그녀―샤를로테라는 이름의 그녀도 예언자를 믿었던 사람 중 한 명이었습니다.

　그러나 예언자라고 해도, 앞날을 내다볼 수 있는 힘을 가졌다고 해도, 자신을 찾아온 죽음에서 벗어날 수는 없었습니다.

　예언자는 지금으로부터 반년 전에 많은 국민들에게 둘러싸여 평온하게, 마치 잠드는 것처럼 숨을 거두었습니다.

　그 죽음을 계기로 국민들은 몹시도 겁에 질렸습니다.

　예언자를 잃었기 때문이 아닙니다.

　죽기 직전에, 예언자는 무시무시한 예언을 하나 남겼던 것입니다.

　"이 나라는 지금으로부터 반년 후에 멸망한다"라고.

　그것이 정확히 반년 후 언제인지는 알 수 없었습니다.

　어떠한 연유로 멸망해버리는지도 알지 못했습니다.

　그러나 예언자가 지금까지 세운 실적과 막연한 말은 국민들에게 견디기 힘든 공포심을 심어주었습니다.

　그 후로 반년의 시간이 흐르는 사이에 대부분의 국민은 나라를 버리고 떠났습니다. 나라와 동반자살 하는 것을 무엇보다도 두려워했던 것이겠지요.

　결국, 이 나라에 남은 것은 백 명도 되지 않는 국민들.

　무엇보다도 나라를 사랑했던 사람들이었습니다.

　그들은 언제 찾아올지 알 수 없는 죽음의 공포에 겁을 내면서도, 조용히 지냈습니다.

　그리고 오늘로부터 나흘 전의 일입니다.

　샤를로테 씨가 평소처럼 침대에 누워 잠이 들었을 때, 그녀는 기묘한 꿈을 꿨다고 합니다.

　"여어, 안녕. 네가 샤를로테 맞지?"

　꿈에 악마가 나왔습니다. 샤를로테 씨와 같은 차림을 하고 있지만, 머리에는 뒤틀린 뿔이 자라나 있었고 등에는 박쥐의 날개가 달려 있는 신기한 악마가 나왔습니다.

　"당신은?"

　"나는 네 소원을 이뤄줄 존재야. 이 나라에서 죽기 위해 살고 있지? 너무나도 불쌍하니까, 꿈속에서 네 소원을 이뤄줄게. 뭐든 다 괜찮아. 나한테 바라면 돼. 이상의 세계를 보여줄게."

　"음, 수상쩍은데⋯⋯."

　"악마니까."

　잘 이해할 수 없는 이유였지만, 꿈속이니 황당무계한 것이 당연하리라 생각한 그녀는 깊게 파고들기를 그만두기로 했습니다.

"그럼, 어떤 소원이 좋겠어? 이상 속의 꿈꾸던 사흘을 너에게 줄게."

"…………."

역시 꿈속이니 만큼 그녀는 딴죽을 걸거나 하지는 않았습니다.

그리고 그녀는 소원을 말했습니다.

"그럼, 마법사가 되고 싶어."

그 후 꿈속에서 펼쳐진 사흘이라는 시간은 정말로 이상적이었다고, 그녀는 이야기했습니다. 빗자루로 자유롭게 하늘을 날고, 마법으로 온갖 물건을 띄우고, 마음껏 마법을 쓰며 지냈습니다.

꿈속의 시간은 그야말로 꿈처럼 순식간에 흘러갔고, 사흘째 정오에 악마는 다시 그녀 앞에 나타났습니다.

"어때? 즐거웠어? 그런데 있지, 네가 바란다면 이 꿈속에 더 있어도 괜찮거든? 어차피 현실 세계로 돌아가도 죽음을 기다리는 것 외에는 할 일도 없잖아? 그렇다면 꿈속에서 즐겁게 지내는 편이 행복하지 않을까?"

하고자 하는 말은 지당한 이야기였습니다. 꿈에서 깨어나도 죽음을 기다리는 슬픈 시간이 있을 뿐입니다.

그러나 그녀는 그 말을 받아들일 수 없었습니다.

"어째서죠?"

그녀의 이야기를 듣던 저는 고개를 갸웃거리며 물었습니다.

"생각해봐. 분명 꿈속에서 계속 지낼 수 있다면 행복할 테고, 죽음을 기다릴 필요도 없겠지. 하지만 그걸 살아 있다고 할 수 있을까? 아무리 행복한 시간이라고 해도, 꿈은 언젠가 깨는 법이잖아? 언젠가는 현실로 돌아와야만 하는 거잖아. 설령 바로 앞에 죽음이 놓여 있다고 해도, 이상의 꿈속에 틀어박혀 버린다면 그건 살아 있다고 할 수 없다고 생각했어."

샤를로테 씨는 그렇게 대답했습니다.

"……그럴지도 모르겠네요."

"그래서 나는 악마의 제안을 거절했던 거야."

악마는 그녀가 고개를 저으리라는 것을 알고 있었다는 듯 "아, 그래"라고 대꾸했을 뿐입니다. 실로 담백한 반응입니다.

그리고.

"현실로 돌아가겠다면, 선물을 하나 줄게. 기념으로 말이지."

"……아, 네."

이상한 꿈이라고 생각하면서 샤를로테 씨는 고개를 끄덕였습니다.

"너는 꿈속에서 마법사가 되었지? 그러니까, 현실 세계에서도 마법을 쓸 수 있게 해줄게. 꿈에서 깨어나면, 분명 꿈속에서 그랬던 것처럼 마법을 쓸 수 있을 거야."

"……네에."

그런 멍청한 얘기가 있을성싶으냐, 생각하면서도 샤를로테 씨는 "감사합니다"라고 답했습니다. 그녀는 적당히 냉정했습니다.

어차피 이것은 꿈속의 이야기이고, 분명 현실로 돌아가면 여전히 죽음을 기다릴 뿐인 일상이 있으리라 생각한 그녀는 뭐든 될 대로 되라는 투가 되어 있었을지도 모릅니다.

"나는 너를 마법사로 만들어줘도 충분이 이득일 만큼 사람들의 목숨을 빼앗았으니까 말이지— 그러니까 이건 서비스야. 현실 세계에서 마음껏 쓰도록 해."

악마는 마지막으로 웃었습니다. 명백하게 거짓 웃음이었다고, 샤를로테 씨는 말했습니다.

그리고 그녀는 꿈의 세계에서 풀려났습니다.

"말도 안 되는 얘기지만, 나는 그때 꿈속에서 악마가 말했던 대로 마법을 쓸 수 있게 되어 있었어. 빗자루로 하늘을 날 수 있고, 마법으로 무엇이든 공중에 띄울 수 있게 되었지."

샤를로테 씨는 어디까지나 담담하게 이야기했습니다.

"분명 다른 사람들도 꿈에서 깨어나, 무언가 멋진 선물을 받았을 거야— 나는 그렇게 생각하면서 나라 안을 날아다녔어."

"…………."

"그 결과가 이거."

"……아무도 일어나지 않았던 건가요?"

그녀는 천천히 고개를 끄덕였습니다.

"행복한 꿈속에서 목숨이 다한 모양이야."

○

그녀가 눈을 떴을 때, 이미 다른 국민들은 마치 잠든 것처럼 숨이 끊어져 있었다고 합니다.

어째서 그렇게 되었는지는 생각할 것도 없었습니다.

샤를로테 씨는 목숨이 다한 국민들을 위해 구덩이를 파고, 영

혼이 빠져나간 몸을 천으로 감싸 그 안에 던져 넣었습니다.

"참고로 방금 넣은 게 마지막이야. 이 나라에는 이제 나밖에 없어."

"당신은 앞으로 어떻게 할 생각인가요?"

"그러네. 우선은 구덩이를 덮고, 이 나라를 나갈까 생각하고 있어."

그녀는 말했습니다.

"사실은 말이지, 이 나라와 함께 생을 끝낼 셈이었어. 앞에서 기다리고 있는 멸망을 받아들일 셈이었지. 하지만 마법을 손에 넣어버린걸. 죽음을 기다리기만 하는 건 아깝잖아."

"그 말은 즉?"

"나는 이 나라를 떠날 거야."

그리고 그녀는 지팡이를 휘둘렀습니다.

흙은 겹겹이 쌓인 시체 위에 소복하게 덮였고, 이윽고 구덩이는 사라지고 말았습니다.

○

저는 그날 바로 그 나라를 떠나기로 했습니다.

사람도 없고 거의 멸망해버린 데다, 기분 나쁜 분위기가 소용돌이치는 곳에 오래 있고 싶지는 않았던 것입니다.

그래서 샤를로테 씨에게 간단하게 인사를 한 다음, 저는 다시 문을 나와 평원으로 향했습니다.

"…………."

결국 그 나라는 내일 멸망해버리고 마는 걸까요?

예언자의 말대로, 그가 죽은 후 반년 만에 국민은 분명히 단 한 사람도 남지 않게 되어버렸습니다. 예언자가 아무런 말도 하지 않았다면, 나라는 멸망하는 일 없이 지금도 존속되고 있으련만.

이 나라는 분명 멸망해야 했기에 멸망한 것일 테지요.

사람들의 믿음과 그 믿음을 파고든 악마에 의해서, 이러한 결말이 찾아온 것일 테지요.

어떠한 일이든, 나쁜 방향으로 마음을 두게 되면 모든 것들이 비관적이 되어버립니다. 물론 제멋대로인 방향으로 마음을 둔다면 그것은 그것대로 주변이 보이지 않게 되어 어느 틈엔가 스스로도 깨닫지 못하는 사이에 목숨을 잃게 되거나 할지도 모릅니다. 꿈속에 갇혀 목숨을 잃은 국민들처럼.

"…………."

결국에는 무슨 일이든 적당히가 제일입니다. 지나치게 마음이 휘둘리면 망가져버릴지도 모릅니다.

그러니.

좋은 일도 나쁜 일도 일단은 내버려 두고.

저의 여행은 여전히 담담하게 흘러갑니다.

변함없이.

제3장

안녕! 나는 일레이나! 재의 마녀 일레이나!

저는 몇 년 전부터 여행에 여행을 계속해오다가 며칠 전부터 이 나라에 머무르고 있답니다!

윤기 넘치는 잿빛 머리카락과 유리색 눈동자가 무엇보다도 특징적인 엄청난 미소녀 마녀예요! 복장은 대체로 늘 검은 삼각 모자랑 검은 로브 차림입니다. 길에서 마주친다면 말을 걸어주세요. 우후후.

그나저나 이 나라는 훌륭하네요!

특히나 요리가 맛있어요! 이렇게나 맛있는 요리가 있는 나라는 처음이었어요! 이 나라의 요리는 틀림없이 세계 제일이에요! 최고예요! 하나같이 별 세 개라니까요! 레스토랑에서 나오는 음식도, 찻집의 커피도, 심지어 노점에 있는 빵까지도, 틀림없이 세상에서 가장 맛있다고 당당하게 말할 수 있어요.

그리고 말이죠, 거리의 풍경이 최고였어요! 올려다보면 하늘은 무척이나 맑았고 밤이 되면 온 하늘에 가득한 별을 바라볼 수 있었죠. 전망대에서 산을 바라보면 하얀 눈이 아름답게 덮여 있었고, 귀를 기울이면 바람이 살랑거리는 소리가 들리더라고요.

정말 멋져요!

요리와 경치만으로도 충분할 만큼 멋진데, 이 나라는 그것만이 아니었어요!

거리와 그곳에 사는 사람들은 그것들을 무색하게 만들 정도로

21

훌륭했어요!

역사 있는 건물이 죽 늘어선 거리와 거기에 사는 사람들은 모두가 미소 띤 얼굴로 저를 대해주었죠. 길을 헤매고 곤란해 할 때는 바로 도와주었고, 어느 가게든 저 같은 손님들을 마치 신처럼 대접해주었어요.

제가 식사를 한 다음에 팁을 드리려고 했더니 "그런 건 필요 없습니다. 저희들은 당연한 일을 하는 있는 거니까요"라고 하지 뭐예요? 그런 말을 들은 건 처음이에요! 대단해요! 정말 훌륭한 서비스 정신이에요!

이 감동을 뭐라 표현하면 좋을지 모르겠어요!

게다가 이 나라에 사는 남성분들은 전부 하나같이 꽃미남! 오른쪽에도 왼쪽에도 꽃미남뿐!

무심코 넋을 잃지 않도록 주의하느라 정말로 고생했다니까요! 우후후.

뭐, 그런 느낌으로 며칠간의 체재를 진심으로 즐겼답니다.

정말로 좋은 추억이었어요.

아마도 이런 훌륭한 나라는 두 번 다시 만날 수 없을 거예요!

○

"…………."

카페의 계산대 옆에 신문이 놓여 있으면, 저는 거기에 있는 신문을 오른쪽부터 순서대로 전부 읽으려고 합니다.

눈에 넣어두는 정보는 많을수록 좋고, 무엇보다 신문사에 따라 기사에 관한 접근 방식이 다르거나, 때로는 정반대의 의견이 쓰여 있기도 해서 재미있답니다. 무엇보다, 커피가 나올 때까지의 심심풀이로는 최고입니다.

게다가 나라에 따라서는 주변 나라의 신문을 두는 곳도 있답니다.

"…………."

마침 그날 제가 방문한 곳이 그런 나라였고, 주변 나라—제가 며칠 전에 막 방문했던 나라—의 신문도 놓여 있었습니다.

물론 읽었습니다.

"……이게 뭐야?"

그리고 경악하고 말았습니다.

아니, 경악했다기보다는 무척이나 화가 치밀어 올랐다고 해야 할 것 같습니다.

분노는 이미 최고조. 신문을 있는 힘껏 움켜쥐었습니다. 표정도 무척이나 험악했을 테지요. 커피를 가져다주려던 웨이트리스분이 "커피 나왔습…… 히이익!" 하고 비명을 지르기까지 했으니까요.

"……아, 죄송합니다. 감사해요."

저는 신문지를 일단 내려놓고 심호흡을 했습니다.

"아, 네……. 그 신문에 무슨 문제라도 있었나요?"

웨이트리스는 제 표정을 살피며 커피를 테이블 위에 내려놓았습니다.

"저, 이 나라를 한 번 방문한 적이 있거든요."

"어머. 이 나라를요? 아하, 과연 그랬던 거군요."

아무래도 무언가 짚이는 바가 있는지, 웨이트리스분은 쟁반을 양손으로 끌어안고서 끄덕끄덕 고개를 끄덕였습니다.

"혹시 당신도 그 나라를 나올 때 앙케트를 작성하고 만 부류인가요?"

으음?

"당신도, 라는 건?"

분명 작성했던 기억이 있습니다만.

실은 최근 타국에서 온 사람들의 감상을 신문 기사로 쓰고 있는데―같은 글귀도 있었죠.

"저도 전에 그 나라를 여행했던 적이 있는데…… 나중에 여기에 돌아와서 보니, 마찬가지로 거짓말투성이인 기사가 쓰여 있더라고요."

"…………."

과연, 그 나라가 거짓투성이의 신문을 발행하는 것은 일상다반사라는 거군요.

전혀 신뢰할 수 없네요. 신빙성이 전혀 없는 신문 따위는 읽을 가치가 없습니다. 난로 속에 휙 던져버리는 편이 훨씬 의미 있을 겁니다.

"그 나라는 말이죠, 얼마 전까지만 해도 쇄국을 하고 있었거든요. 그래서 특이하다고 생각하고 가봤는데―남의 평판을 무척이나 신경 쓰나 보더라고요. 앙케트에는 분명히 '특별히 새로운 것을 찾아볼 수 없었다'라고 썼을 텐데, '멋진 나라였어요!'라고 말한 것처럼 꾸며졌더라고요."

"—뭐어? 주문? 댁이 직접 주문서를 써! 뭐야? 불만 있어? 이 뚱땡이가!"

멀리서 노성이 들려왔습니다.

눈앞의 여성은 그쪽 상황을 슬쩍 살피며 말을 이었습니다.

"……아마도 저런 태도를 취해도 그 나라는 이것저것 고쳐 쓸 게 틀림없어요."

그리고 그렇게 말하며 어깨를 으쓱여 보였습니다.

"…………."

저는 멀리 떨어진 자리에서 화를 내고 있는 웨이트리스님의 안색을 살피면서 삼각 모자를 깊게 눌러 쓰고 물었습니다.

"하지만, 그런 식으로 고쳐 쓴다고 해서 대체 무슨 이득이 있는 거죠?"

"글쎄요? 그건 모르겠네요."

"흐으음……."

"참고로 이건 들은 이야기인데요……."

웨이트리스분은 말했습니다.

"그 나라 사람들은, 문이 열렸는데도 지금까지 나라 밖으로 나온 사람이 없다더라고요."

"호오. 어째서죠?"

"자신들의 나라가 가장 훌륭한 나라라고 생각하고 싶기 때문이 아닐까요?"

"…………."

나라 밖으로 나가고 싶지 않다. 나갈 용기가 없다.

그 마음을 얼버무리기 위해서, 어쩌면 그 나라 사람들은 신문 기사를 날조해서 자국의 훌륭함을 어필하고 있는 것일지도 모릅니다.

좋은 나라에 살고 있으니, 일부러 세상을 보러 나갈 필요 따위 없다—라고.

"참고로 그 나라로 이주한 사람은 있나요?"

제 물음에, 웨이트리스는 뻔한 걸 묻는다는 듯이 웃어 보였습니다.

"없어요. 제가 아는 한은."

나란히 마주한 두 개의 마을이 합동으로 개최하는 수확제는 올 해로 10년째가 된다.

　그 전에는 서로 반목하고 미워하고 쓸데없는 일로 다툼을 일으켰다고 들었는데, 지금은 그런 흔적은 전혀 남아 있지 않았다.

　10년 전 이후에 태어난 아이들에게 두 마을은 이미 나란히 선 두 개의 마을이라기보다는 커다란 하나의 마을로 받아들여질 정도로.

　"저기, 할아버지. 이쪽 마을은 정말로 저쪽 마을과 사이가 좋아?"

　그러나 소년은 이 사이 좋은 두 개의 마을— 혹은 커다란 하나의 마을이라는 지금의 상황에 약간 회의적이었다.

　그것은 오늘의 수확제 개최가 마치 두 마을의 사이를 갈라놓는 행사처럼 여겨졌기 때문이었다.

　노인은 포도가 가득 담긴 나무 상자를 길 가운데쯤에 내려놓고서 가볍게 허리를 두드렸다.

　"어째서 이런 축제를 하는지 궁금한 게냐?"

　"응."

　"하하하, 두 마을 사이를 좋게 하기 위해서란다."

　"뭐어? 하지만……."

　소년은 나무 상자 속을 들여다보았다. 오늘 아침에 갓 수확한 포도가 햇빛을 받아서 싱싱하게 빛나고 있었다.

두 마을을 나누는 가늘고 짧은 길 사이에는, 비슷한 나무 상자가 몇 개나— 셀 수 없을 만큼 놓여 있었다. 이쪽에도 저쪽에도.

이것이 바로 수확제 행사였다.

두 마을에서, 상자 가득 채워 넣은 포도를 서로 집어 던지고, 포도투성이가 된다—라는, 포도가 아까운 행사다.

표면상의 이유는 '포도투성이가 될 정도로 올해의 수확이 풍작이 되기를'이라는 바람을 담은 축제라고 되어 있지만, 축제 참가자들은 참으로 야만적이었다.

예를 들면 작년 축제에서는 저쪽 마을에 사는 남자가 이쪽 마을에 사는 여자에게 차인 분풀이로 머리 위에 포도를 쏟아 붓기도 했고, 같은 마을에 사는 부부가 서로에게 평소부터 쌓아왔던 불만과 욕설을 소리치며 얼굴에 포도를 처바르거나 하기도 했다.

매일 느긋하게 살던 사람들이 어째선지 이 날만 되면 완전히 달라져서 마치 악마가 씌기라도 한 것처럼 되어버린다.

그야말로 내일부터 인연을 끊을 것만 같은 분위기까지 감돈다.

그러나 이상하게도 축제날이 지나고 나면 포도 범벅이 된 길을 빼고는 전부 원래대로 돌아가고, 느긋한 일상도 다시 찾아온다.

어쩌면 정기적으로 쌓인 걸 풀어주는 역할을 하고 있는 것일지도 모른다. 이러한 수확제가 두 마을의 사이를 유지해주고 있는 것일지도 모른다.

그것은 소년도 잘 알았다.

하지만 그렇기 때문에 회의적이었다.

정말 사이가 좋다면, 이런 축제를 할 필요가 없는 것이 아닐까?

"네 인식이 옳단다. 우리 마을은 저쪽 마을과 결코 사이가 좋은 게 아니거든. 평소 분노를 느끼는 일도 많고, 저쪽 마을에 사는 녀석들 전원을 적대시할 정도지."

"그렇다면 어째서 그런 축제를 하는 거야?"

"그렇기 때문이란다. 서로 포도를 던지면서 평소의 울분을 푸는 게지. 우리는 결코 사이가 좋은 게 아니라, 그저 서로에게 솔직해질 수 있는 날을 찾아낸 것뿐이야. 10년 전에 말이다."

"흐응……."

"그러고 보니 네게는 10년 전에 무슨 일이 일어났는지 이야기해준 적이 없었구나— 듣고 싶으냐?"

"응! 가르쳐줘, 가르쳐줘!"

노인은 먼 하늘을 바라보았다. 새가 소리도 없이 날고 있는 하늘은 무엇보다도 넓었고, 그러면서도 언제나와 마찬가지로 10년 전과 달라지지 않았다.

"10년 전 그날— 우리 마을에 한 사람의 여행자가 찾아왔단다."

"호오오."

아, 이거 절대 이야기가 길어지겠네. 소년은 순식간에 간파했다.

긴 이야기라면 적어도 집에 들어간 다음 시작해줬으면 좋았을 걸, 소년은 그렇게 생각했다.

"그 여행자는 잿빛 머리카락을 부드럽게 흩날리던 마녀 소녀였지. 마치 천사 같았고, 그러면서도 악마 같았단다."

"흐응."

"그렇게 세상에 보기 드문 신비한 분위기를 가진 마녀가, 우리 마을에 찾아왔던 거란다. 그날이 우리 마을에 있어서는 잊을 수 없는 날이 되었지—."

그리고 노인은 이야기했다.

10년 전, 어느 날의 일을.

○

천사 같기도 하고, 자세히 보면 악마 같기도 한 마녀가 여행을 하고 있었습니다.

그것은 누구인가.

그렇습니다. 저입니다.

"…………."

그곳은 한가로운 시골길이었습니다.

깨끗하고 옅은 푸른 하늘은 어디까지고 한없이 펼쳐져 있었고, 새가 소리도 없이 기분 좋게 날아다니고 있습니다. 평원의 푸른 색 사이를 지나가는 자그마한 길은, 흙색 지면을 그대로 드러내면서 조금 앞에 보이는 두 개의 마을로 이어졌습니다.

저는 구불거리는 길을 따라 빗자루를 타고 날았습니다. 주변을 채우고 있는 부드러운 바람은 제가 속도를 높일 때마다 시원함을 더하며 제게 닿았습니다.

적당하게 기분 좋은 감각을 느끼며 심호흡을 한 번 하고서 저는 멀리를 바라보았습니다.

거기에는 나란히 마주한 자그마한 두 마을이 있었습니다.

근처에서는 두 개의 포도주 마을이라고 불리고 있는, 작지만 멋진 마을들이었습니다.

"어서 오세요, 마녀 님! 그것참, 오늘 방문을 해주시다니, 마녀 님은 정말로 운이 좋군요! 자자, 안으로 들어오세요. 저희 마을의 촌장님이 크게 환영하고 계십니다."

마을 하나에 도착하자마자 저는 대환영을 받았습니다.

모든 집에서 마을 사람들이 쏟아져 나왔고, 제 얼굴을 살피더니 기쁜 듯이 미소를 지었습니다.

안내에 따라 촌장님이 계신 곳으로 가니, 역시 여기서도 대환영이었습니다. 초로에 접어든 노인이 유쾌하게 "호오 호오 호오" 하며 박수를 쳤습니다.

"그나저나 자네, 구엽구먼."

귀엽다는 말이지요?

"아, 감사합니다. 저도 알고 있습니다."

어째서 갑자기 칭찬을 하는지 잘 알 수 없었기 때문에 일단 사교적인 미소를 지으며 대꾸했습니다.

뭔가 잘 알 수 없을 때는 일단 애매하게 웃어두면 대체적으로 어떻게든 됩니다. 이것이야말로 현명한 처세술.

자아, 그나저나.

"이 마을은 포도주가 유명하다지요?"

"그럼. 포도주는 우리 마을의 특산품일세. ……그런데 자네, 꽤 어려 보이는데, 포도주를 좋아하나?"

"으음."

실은 마셔본 적 없습니다. 오히려 이곳의 포도주가 아주 맛있다는 이야기를 들었기 때문에 와본 것이기도 합니다.

모처럼 처음 마셔보는 술이니, 기왕이면 아주 맛있는 걸 먹고 싶다고 생각했기 때문이지요.

"우리 마을의 포도주는 분명, 틀림없이 무척 맛있지. 그건 정말이지 저쪽 마을의 포도주 따위는 상대도 되지 않을 정도로 맛있고말고! 그야말로 신이 만든 포도주라네."

"오호라."

참고로 제가 들은 이야기에 따르면 "어느 마을의 포도주든 맛은 크게 다르지 않아. 다르지 않다고 할까, 완전 똑같지"라고 하던데, 현지인만 아는 무언가가 있을지도 모르겠군요.

"하지만 저쪽 마을 녀석들이 어찌나 자존심이 센지, 우리 마을에 지기 싫어서 최근에 어떤 걸 내놨지 뭔가! 당치도 않게 말이야!"

"흐으음."

"그게 바로 이 포도주라네!"

촌장님은 테이블 위에 쾅! 하고 포도주 한 병을 내려놓았습니다. '과거 최고의 수확률을 자랑하는 5년 전을 더욱 웃도는 완성도'라는 맛있는지 어떤지 참으로 미묘하고 잘 알 수 없는 느낌의 라벨이 붙어 있는 병이었습니다. '저쪽 마을 포도주'라는 이름인가 봅니다. 저쪽 마을이라니, 뭡니까?

"참고로 우리 마을은 이쪽 마을이라는 이름이라네."

마을 이름인 겁니까? 과연, 그렇군요.

하지만 그런 쓸데없는 정보보다 훨씬 더 신경 쓰이는 것이 라벨 한가운데에 있었습니다.

부드럽게 웨이브 진 금발 여자아이의 웃는 얼굴이 있었습니다.

'제가 애정을 담아 포도를 꾹꾹했습니다'라는 말풍선과 함께 '원산지: 저쪽 마을의 포도 밟는 소녀 로즈마리 양'이라고도 쓰여 있었습니다.

"…………저기, 이건 뭔가요?"

그러자 촌장님은 테이블을 주먹으로 내려쳤습니다. 시끄러.

"이건! 우리 마을에 이길 수 없었던 저쪽 마을이 만들어낸 고육지책! 보게! 이 표지의 로즈마리 양을! 저쪽 마을은 원산지로 글쎄 로즈마리 양을 내세웠다네!"

"원산지가 아니라 생산자 아닌가요?"

"생산자가 아니라 원산지라고 쓰는 편이 구입자를 동하게 하는 게야."

"…………."

동한다고?

"그러니까 즉, 이런 페티시즘을 간질이는 듯한 물건을 팔기 시작하면서부터 저쪽 마을은 포도주 매출이 쑥쑥 늘고 있다는 말이네!"

"흐으음."

팔리는 겁니까? 이런 게 잘 팔리는 겁니까?

"그 탓에 우리 마을은 궁지에 몰렸다네. 정말이지 곤란한 상황이지!"

"하지만 이거, 라벨만 바꾼 거 아닌가요? 맛있는 건가요?"

"······마, 마셔본 적이 없어 모르겠구먼."

동요하는 것 같은데요? 마셔본 거죠?

그보다, 자세히 보니 그 병 빈 것 같은데요? 다 마셔버린 겁니까?

빤히 노려보는 제 시선을 피하듯 촌장님은 고개를 돌리더니 이렇게 중얼거렸습니다.

"역시 귀여운 여자아이가 꾹꾹 한 포도주는 맛이 좋다네······."

"그런데 그 꾹꾹이라는 건 무슨 뜻입니까?"

"우리 마을에서는 포도 밟는 여자아이가 포도를 밟는 걸 꾹꾹한다고 말한다네."

"아아."

뭔가요? 그 이상야릇한 표현은.

"그럼 귀여운 여자아이한테 꾹꾹을 시켜 대항해보는 게 어떨까요?"

저는 역시 적당히 호응을 해주었습니다. 이 의도를 잘 알 수 없는 대화를 서둘러 마무리해야겠다고 생각했던 겁니다.

이것이 바로 현명한 처세술. 그렇습니다.

"말 한번 잘했네!"

그러나.

촌장님은 거기서 양손으로 테이블을 내리치더니, 몸을 앞으로

쑥 내밀었습니다.

"그 말대로일세! 구여운 여자아이에게 포도를 꾹꾹 시키면, 우리는 이길 수 있다네."

"아, 네에……."

"그런고로, 자네! 해주게."

"……으음?"

"구여운 여자아이라면 할 수 있겠지?"

"……으으음?"

"해야만 하네! 이건 자네만이 할 수 있는 일이야."

"……으으으음?"

어라?

혹시 제 처세술, 화근을 불러들인 건가요?

○

"모두들! 들어보게! 이 마녀님이 포도 밟는 소녀를 해주신다고 하네!"

냉큼 집을 뛰쳐나간 촌장님은 마을 가운데에 모여 있던 사람들을 향해서 큰 소리로 외쳤습니다.

그 직후였습니다.

마을 사람들은 두 팔을 번쩍 들며 기쁨의 만세 삼창을 했습니다.

"뭐라고?!" "확실히 이 마녀님이라면 가능할지도." "촌장……여자아이가 꾹꾹 한 포도주를 마시고 싶어요." "이제 할망구가 밟은 포도주는 사양이야!" "촌장! 로즈마리 양의 포도주 신작을 사왔습니다. 드실래요?" "이렇게 귀여운 마녀님이 밟아주시다니!" "아자!"

…………..

아니아니아니아니.

"저기, 저, 하겠다고는 한 마디도 안 했는데요?"

"모두들! 마녀님도 무척이나 의욕이 넘치신다네!"

의욕 없는데요? 의욕 전혀 없는데요?

"저기. 무척이나 말씀드리기 곤란하지만 말이죠."

"자, 모두들! 커다란 통과 포도를 있는 대로 가져오게! 죽을 때까지 밟게 하는 걸세!"

이런, 방금 속마음이 드러난 거죠?

역시 돌아가야겠습니다.

그런고로 저는 그 자리에서 빙글 돌아서서, 가방을 어깨에 걸쳐 메고 걸음을 옮기기 시작했습니다.

마을 사람들은 야단스럽게 통이니 뭐니 하며 준비를 하고 있지만 말이죠. 완전히 저에게 포도를 밟게 할 마음으로 가득하지만 말이죠.

그런 거 제 알 바 아닙니다.

완전 무시입니다. 다행히 마을 사람들은 준비에만 정신을 쏟고 있으니, 몰래 도망쳐버리면 괜찮겠지요. 여차하면 빗자루를 타고 후다닥 도망쳐도 되고요.

"어머나! 망해가는 이쪽 마을 여러분 아니신가요? 무얼 하고 계신 걸까요? 응?"

설마하니 제 앞을 막아서리라고는 생각도 못 했습니다.

어딘가에서 본 적 있는 금발 소녀가 고자세인 느낌으로 입가에 손을 대며 마을 사람들을 업신여겼습니다. 수레를 끄는, 몹시 체격 좋은 남자들을 등 뒤에 몇 명이나 두고 있는 탓에 여자 보스라고 할까, 여왕이라고 할까, 그런 느낌의 분위기가 강하게 전해졌습니다.

"너, 너는……! 로즈마리 양!"

"안녕하셨나요? 촌장님. 무얼 하고 계신가요?"

"너랑은 상관없는 일이다! 너희야말로, 여기서 대체 뭘 하는 게냐? 여기는 이쪽 마을이란 말이다!"

뭔가 험악한 분위기를 띠려는 듯했지만, 아무래도 촌장님이 원산지 로즈마리 양 포도주 병을 쥐고 있는 탓에 허세를 부리는 것으로만 보입니다.

로즈마리 씨는 흥, 하고 비웃은 다음 이야기했습니다.

"지금 막 포도주를 팔고 온 참이거든요. 수레 몇 대분이나 말이죠. 이 시간에는 우리들이 지나가야 하니 길을 비워두라고 말하지 않았던가요? 그런데 어째서 이렇게 소란스러운 건지."

"이…… 바보 취급을 해대다니……!"

"어머나? 뭔가요? 그 손에 쥐고 있는 병은?"

"…………."

곧바로 포도주 병을 감추는 촌장님.

자세히 보니 로즈마리 씨의 자필 사인이 되어 있습니다. 그렇다는 건, 팬인 거죠?

"그리고 이 쪼그만 계집애는 대체 누군가요? 어째서 마녀 코스튬을 하고 있는 거죠?"

실례로군요.

"저는 이래 봬도 진짜 마녀랍니다."

로즈마리 씨는 슬쩍 저를 훑어보고는 다시 촌장님 일행 쪽으로 고개를 돌렸습니다.

"호오. 흐응."

포도를 밟을 준비 중인 마을 사람들의 모습을 보고 그녀는 무언가를 눈치챈 것 같았습니다─약간 야비한 표정을 지었습니다.

"과연, 그렇군요. 저를 못 이길 것 같으니, 이 궁상맞은 여자애를 써서 포도를 꾹꾹 시킬 셈인 거죠? 후홋."

"궁상맞다고요?"

"얼굴도 미묘. 체형도 어린애 같잖아."

"미묘하다고요? 어린애 같다고요?"

"아니, 그냥 어린애예요. 이런 애한테 포도를 꾹꾹 시켜본들, 저한테는 못 이긴답니다."

"…………."

열 받았습니다.

대체 뭐가 부족해서 처음 만난 인간에게 이런 무시를 당해야만 하는 건가요?

"뭐, 열심히들 해보세요. 저는 지금부터 또 포도를 꾹꾹 해야하니, 그만 실례하죠─ 비켜줘요, 궁상맞은 마녀님."

"……………"

호오호오. 역시 이렇게까지 무시당하면 잠자코 있을 수가 없군요.

"제 이름은 일레이나라고 합니다."

저는 한 걸음 앞으로 나서며 로즈마리 씨의 싱글거리는 얼굴을 노려보았습니다.

"앞으로 기억해주시길."

"안 들렸나요? 내 눈앞에서 비키라고, 말했을 텐데요?"

그녀는 표정을 일절 바꾸지 않고 그저 그렇게만 말했습니다.

완전히 의기양양한 표정입니다. 승부를 벌이지도 않았는데, 상대가 되지 않는다고 말하는 얼굴이로군요.

……짜증 나.

이건 이제 철저히 뭉개줄 수밖에 없겠군요.

완전히 도발에 넘어간 형태가 되었습니다만, 울컥한 저는 결국 그들에게 협력하여 이쪽 마을의 포도 밟는 소녀를 하기로 했습니다. 했습니다만.

"……어째서 코스튬 플레이를?"

촌장님이 말하길, 포도 밟기를 하는 소녀는 반드시 정해진 복장을 하지 않으면 안 된다고 합니다.

와인레드 색 플레어스커트와 마찬가지로 와인레드인 긴팔 상의. 소맷부리에는 프릴이 달려 있어 보기에 따라서는 빨간 메이드복 같기도 할 것 같습니다. 대체 어째서 이런 옷을 입어야만 하는 건지.

촌장님이 말하길 그편이 더 동한다고 합니다. 잘 알 수 없는 이유입니다.

"뭐, 아무튼 꾹꾹 해주게, 마녀님."

"…………."

포도를 밟는 동안 긴 머리카락이 성가시리라는 건 분명했기 때문에, 저는 머리카락을 뒤로 모아 묶은 다음 통 안으로 맨발을 뻗었습니다.

"그런데, 어떻게 밟으면 되는 건가요?"

"구석구석까지 애정을 담아서 밟아주면 되네."

"…………."

담을 애정이 전혀 없는 경우는 어떻게 하면 좋을까요?

"일단은 로즈마리 씨에 대한 증오를 담아서 밟겠습니다."

"밟는 게 아닐세! 꾹꾹이네."

헛소리는 무시합니다.

"……에잇."

그리고 저는 스커트 자락을 손가락으로 잡아 무릎까지 들어 올리며 통 안에 발을 디뎠습니다.

통 안에 가득 채워져 있던 연두색 포도 알갱이들의 서늘한 감각이 제 발바닥에 전해졌습니다. 제 체중이 실리자 알갱이들은 버틸 수 없게 된 것처럼 그 몸을 뭉그러뜨리며 투명한 과즙을 뿜어냈습니다. 발바닥 아래서 새어 나온 짙은 단 냄새와 축축한 느낌에서 벗어나려는 듯이 다리를 들어보지만 도망칠 곳은 존재하지 않았고, 저는 다시 기분 나쁜 포도 위에 발을 내려놓았습니다.

© Azure

밟으면 밟을수록 제 발가락에 벗겨진 포도 껍질이 얽혀들었습니다.

밟고, 뿜어져 나오고, 다시 밟고. 둥글고 부드러운 감촉은 서서히 물에 젖은 모래 위를 밟는 것 같은, 이상한 감각으로 변해갔습니다.

조금 기분이 나쁘지만, 어쩐지 중독될 것만 같은 이상한 느낌입니다.

간단명료하게 말씀드리자면, 매우 오싹오싹했습니다.

"죽어…… 죽어…… 죽어…… 죽어……!"

그래서 저는 약간 흥이 올랐습니다.

저의 그런 모습을 지켜보던 마을 사람들은 찰칵찰칵 사진을 찍으며 환성을 질러댔습니다. 아마도 지금 제가 하고 있는 이 저주는 제멋대로 사진을 찍는 마을 사람들을 향한 것이기도 하다고, 그렇게 생각합니다.

제 다리는 점점 포도즙으로 끈적끈적하게 젖어갔습니다. 마을 사람들은 언제까지고 소란을 떨며 시끄럽게 굴었고, 제 스트레스는 언제까지고 한없이 늘어만 갔습니다.

급기야 후반부에는 완전히 마음을 죽이고 포도를 밟았을 정도입니다.

"…………"

이런 일을 매일 억지로 해야만 하는 로즈마리 씨의 고생은 얼마나 대단할까요.

아마도 저쪽 마을 사람들의 기대를 한 몸에 받으며, 매일 포도를 밟고 있을 것이 틀림없습니다.

....

뭐, 그 고생과 저에 대한 태도는 완전히 별개의 이야기지만 말이죠.

○

"......지쳤어."

한바탕 포도를 짓밟은 저는 촌장님 댁에서 잠시 휴식을 취하게 되었습니다. 촌장님이 말하길, 이후에 한 번 더 포도를 밟아줬으면 좋겠다고 합니다.

모처럼의 기회이니 대량 생산을 하고 싶다는 거군요.

"그것참, 정말이지 고생 많았네. 마녀님. 자, 이걸 한번 보시게나. 이게 바로 자네가 만든 포도주가 담길 병이라네."

촌장님은 제 앞에 병 하나를 내려놓았습니다.

'이쪽 마을 최고급 포도주' '제가 증오와 짜증 등을 담아서 만들었습니다' '원산지: 재의 마녀 일레이나 님'이라고 쓰인 라벨에는 제가 어두운 미소를 머금은 채 포도를 밟고 있는 사진이 인쇄되어 있었습니다.

"......이런 게 팔릴까요?"

아무도 안 살 것 같습니다만.

"이쪽 마을은 저쪽 마을과는 다른 방향을 공략해보기로 했다네. 저쪽이 로즈마리 양의 아름다움을 강조한다면, 이쪽은 그런 요소를 완전히 배제한 다른 판매 방침을 세우면 되는 게지."

"…………."

"아마도 그런 손님한테는 큰 반향이 있을 걸세."

"포도주를 사는 사람은 그런 취향을 가진 사람밖에 없는 겁니까?"

"뭐, 로즈마리 양의 포도주가 팔리는 시점에서, 그런 거겠지."

"…………."

여자아이가 밟은 술을 마시고 취하는 게, 대체 뭐가 즐거운 걸까요? 이해하기 어렵습니다.

어쩐지 머리가 아파 올 것만 같았습니다. 그러니 이 화제는 여기서 마무리하도록 하지요.

"그나저나, 그 정도 양이면 어느 정도의 포도주를 만들 수 있는 건가요?"

"그렇구먼…… 대략 술통 절반쯤 되려나?"

"엑? 적어!"

꽤 밟았을 텐데 말이죠.

"그러니 앞으로 반을 더 채울 수 있을 만큼 포도를 밟아주었으면 하네."

솔직히 말해 무척 귀찮았습니다.

그러나 여기서 도망치면 로즈마리 씨에게 "어머나! 역시 도망쳤군요! 그것도 그럴 테죠. 풋내기 초보 여자애가 언제까지고 밟을 수 있을 만큼 포도 밟는 소녀 일은 쉽지 않다고요!"라느니 어쩌니 하며 바보 취급을 당할 것만 같은 느낌이 들었습니다.

으으음.

…………

"……으으응?"

그 순간 저는 퍼뜩 깨달았습니다.

"저기, 촌장님이 지금 소중하게 쥐고 있는 그 병— 대체 얼마나 팔리고 있나요?"

그러자 촌장님은 병을 살살 쓰다듬으며 대답했습니다.

"꽤 팔리고 있다네. 저쪽 마을에서 생산되는 포도주가 전부 로즈마리 양이 만든 것이 될 정도로 성황이지."

"전부, 라고요……?"

그렇다는 건, 매일 아침부터 밤까지 밟아대고 있다는 뜻인가요?

…………

어라?

그런 것치고는 좀 그런데요.

"………… "

저는 잠시 생각한 다음 이렇게 말했습니다.

"촌장님. 휴식은 언제까지인가요?"

그 후 촌장님의 집을 나온 저는 포도 밟는 소녀다운 복장 그대로에 신발만을 더 신은 채 저쪽 마을로 달려갔습니다.

이 건에서는 여러 가지로 위화감이 느껴집니다.

어째서 지금까지 이쪽 마을 사람들 중 누구 하나 깨닫지 못했던 것인지가 너무나도 이상할 정도로 단순한 속임수인 것입니다.

저는 길에 새겨진 몇 개의 바퀴 자국을 따라 저쪽 마을 안을 달려 나아갔습니다.

위화감 중 하나는, 이 바퀴.

로즈마리 씨는 몇 명이나 되는 남자를 써가며 직접 술을 팔고 있는 것 같았습니다만, 포도 밟는 역할을 맡은 그녀가 과연 판매까지 거들까요?

저쪽 마을의 포도주를 전부 로즈마리 씨가 만들었다고 한다면, 더욱 이상합니다.

마을 하나를 떠들썩하게 할 만한 포도주를 만들기 위해서는 대체 얼마나 많은 포도를 밟아야 하는 걸까요? 대체 얼마나 많은 시간을 들여야 하는 걸까요?

과연 포도주 판매를 돕고 있을 틈 같은 게 있을까요?

아니, 혼자서 모든 포도주 제조를 처리하다니, 무리 아닌가요?

"…………."

즉, 간단히 말하자면.

"후후후…… 자, 나를 위해서 더 열심히 일하세요, 이 느림보들! 내 라벨을 쓴 포도주를 팔고 싶겠죠? 자, 더 빠르게!"

바퀴 자국을 따라간 끝에는 하나의 건물이 있었습니다.

건장한 남자가 입구에서 문을 지키고 있었기 때문에 '으랏차'하는 느낌으로 마법을 사용해 재운 다음, 저는 문을 살짝 열었습니다.

안에서 희미하게 새어 나오던 소리는 로즈마리 씨의 목소리였나 봅니다. 팔짱을 끼고, 와인 잔을 한 손에 들고 흔들며 의자 위에 편히 앉아 있는 그녀의 모습이 보였습니다.

제 예상과 거의 일치하는 모습입니다.

"……역시."

그녀는 포도 밟는 소녀 같은 게 아니었습니다. 포도 따위, 밟고 있지 않습니다.

그렇다면 대체 누가 포도주를 제조하고 있는 것인가?

『영치기! 영차! 영치기! 영차! 영치기! 영차!』

답은 무척 간단합니다. 보면 바로 알 수 있으니까요.

그녀의 주변에서 수레를 끌던 체격 좋은 남자들이, 이곳에서 쓰는 표현인 꾹꾹을 하고 있었던 겁니다. 남자들이 땀을 흘리며 포도 알갱이를 으깨서 만든 포도주— 이것이 대량으로 만들어진 원산지 로즈마리 양 포도주의 정체였습니다.

즉, 산지를 위조했던 거로군요.

"…………."

이건 이미 소송감인 사안입니다.

○

"아니에요! 오늘만 그런 거예요! 오늘은 우연히 그럴 기분이 들지 않았던 거예요! 평소에는 아침부터 밤까지 포도를 꾹꾹 하고 있단 말이에요!"

그 자리에서 전원을 오랏줄로 꽁꽁 묶은 다음, 저는 그들과 그녀를 저쪽 마을과 이쪽 마을 사이에 있는 외길 위로 끌어냈습니다.

오랏줄에 묶인 그녀들의 모습을 보고 심상치 않은 일이라는 걸 눈치챘는지, 이쪽 마을 사람들은 포도 밟기를 위해 준비하던 포도를 안아 든 채로 모여들었고, 저쪽 마을 사람들은 잡힌 그녀들의 모습을 보고 무언가를 깨달았는지 약간 안절부절못하며 마찬가지로 포도를 안아 든 채로 모여들었습니다.

아무래도 저쪽 마을 사람들은 로즈마리 씨의 포도주가 단순히 우락부락한 남자들이 만든 술이었다는 사실을 알고 있었던 모양입니다.

"이런…… 결국 들킨 건가?" "크으…… 괜찮은 장사였는데……."
"어이, 이거 이제 어쩔 거야?"

그들의 목소리는 제 귀에 모조리 들려왔습니다.

저는 에헴, 하고 헛기침을 한 번 한 다음 로즈마리 씨에게서 빼앗은 와인 잔을 흔들흔들 흔들면서 피어오르는 달콤한 향기에 한숨을 내쉬었습니다.

"그렇지만 로즈마리 씨가 저쪽 마을의 포도주 생산을 혼자 도맡고 있다고 한다면, 무척이나 이상한 일이네요. 명백하게 그 수가 맞지 않는 데다, 판매까지 도울 틈은 없을 텐데요?"

"……아니, 그건 그러니까, 뭐라고 할까…… 그."

횡설수설하는 로즈마리 씨.

"그렇다기보다, 저 남자들에게 강제로 만들게 한 포도주를 로즈마리 씨는 잘도 맛있다는 듯이 마시는군요. 죄악감이나 불쾌함 같은 건 느끼지 않나요?"

"아, 그건 괜찮아. 그건 내가 오래전에 꾹꾹 해둔 거니까."

"그건? 오래전에?"

"……이런."

"…………."

마무리가 영 어설프지 않나요?

저는 손에 든 와인 잔에 입을 댔습니다.

"……그게 무슨 말인가?! 그러니까, 그건가?! 이! 로즈마리 양의 포도주는! 저기 있는 우락부락한 남자들이 꾹꾹 한 거라는 뜻인가?!"

분노한 이쪽 마을 촌장님. 뒤이어 다른 마을 사람들도 웅성웅성 버럭버럭 아우성을 치기 시작했습니다. 이쪽 마을 사람들의 동요는 서서히 전염되어갔습니다.

"……쳇. 산지 위조 정도로 뭐가 어떻다는 거야? 짜증 나는 남자들."

자그맣게 중얼거린 로즈마리 씨.

"어이, 방금 그거 들렸다고! 역시 바보 취급 하고 있는 거지? 이 계집애가!"

"……흥. 내 팬인 주제에."

"그거랑 이건 별개야! 애초에 로즈마리 양이 꾹꾹 했기 때문에 저쪽 마을의 포도주를 산 거란 말이다!"

"기분 나빠."

지당하십니다.

그러나 촌장님은 그렇게 생각하지 않는지, 술에 취한 것처럼 얼굴을 벌겋게 붉혔습니다.

"기분 나쁘지 않아! 웃기지 마!"

그리고 그렇게 소리치며 가까이 선 마을 사람이 들고 있던 포도를 빼앗아 그녀를 향해서 던졌습니다.

날아간 포도 알갱이의 대부분은 로즈마리 씨에게 직격. 그녀에게서 빗나간 소량의 알갱이는 옆에 있던 건장한 남자들과 제게 맞아 터지며 과즙을 흘렸습니다.

"……이게 무슨?"

어째서 저까지 피해를 입어야만 하는 거죠?

로즈마리 씨가 과즙 범벅이 된 모습에 저쪽 마을 사람들의 분노에도 불이 붙었습니다.

"어이, 이 자식! 우리의 로즈마리 양에게 무슨 짓이야!" "웃기지 마, 영감!" "죽어!"

저쪽 마을 사람들도 촌장이 그러했던 것처럼 포도 알갱이를 이쪽 마을로 던졌습니다.

그 이후로는 이제 차마 눈 뜨고 볼 수 없는 사태가 되었습니다. 오랏줄에 꽁꽁 묶여 길 한가운데에 있는 로즈마리 씨와 건장한 남자들, 그리고 저를 사이에 두고 저쪽 마을과 이쪽 마을 사람들에 의한 포도 던지기가 시작된 것입니다.

그들은 분명 상대편 마을을 향해서 던질 셈이었을 테지요.

그러나 잘못 날아간 알갱이들이 그 사이에 끼여 있던 저희들에게 전부 직격했고, 축축하고 끈적끈적해졌습니다.

"…………"

어째서 저까지 휘말려들어야 하는 건가요?

저는 다시 포도주를 입에 댔습니다. 맛있어.

"……어쩔 거예요? 이거."

"…………."

점점 훌륭할 정도로 완벽하게 과즙투성이가 되어가는 저희들.

짜증은 온몸이 젖을 때마다 점점 커져갔고, 이제 뭐가 어떻게 되든 상관없어졌습니다. 머리에 피가 몰린 저는 깨닫고 보니 지팡이를 꺼내 들고 있었습니다.

왠지 조금 덥습니다만, 어쩌면 취한 것일지도 모르겠군요.

"……후후. 우후후. 정말이지 이제…… 과연, 여러분은 저를 바보 취급 하고 있는 거죠?"

그리고 저는 지팡이를 휘둘렀습니다.

온 마음을 담아, 저는 날아온 알갱이를 마법으로 몇 배나 되는 속도를 더해 다시 날려 보냈습니다. 몇 번이고 몇 번이고 포도주를 입에 대며, 이쪽 마을이고 저쪽 마을이고 빠짐없이 포도 알갱이투성이로 만들어드렸습니다.

이미 제가 되던지는 알갱이들은 탄환이나 다름없습니다.

"하하! 아하하하하하하하하! 하하하하하하하하하!"

자, 그렇다면 바을 사람들에게 가차 없는 공격을 날리며 악마처럼 웃고 있는 여자는 대체 누구일까요?

그렇습니다. 바로 저입니다.

그렇다고 합니다.

그 마을에서 제게 그런 일이 있었다고 들었습니다만, 솔직히 저는 전혀 기억하지 못합니다.

하지만 뭐, 그런 일이 있었다는 것은 분명 사실일 테지요.

제가 두통을 느끼며 눈을 뜬 것은 눈부실 정도로 푸른 하늘 아래였고, 몸을 일으키니 포도투성이가 되어 쓰러진 두 마을 사람들과 울상이 되어 "잘못했습니다. 이제 안 그럴게요"라고 울먹이듯 중얼거리는 로즈마리 씨가 보였던 것입니다.

겁먹은 그녀에게 사정을 듣고 제게 일어난 일을 알았습니다. 사실 그녀를 건물에서 끌고 나올 무렵부터는 기억이 딱 끊겼고, 정신을 차리고 보니 푸른 하늘 아래였다는 상태입니다만, 지금 상황을 보면 그녀가 말한 대로 서로 포도를 던지는 사건이 벌어진 것은 분명합니다.

"……우으. 머리가 아파. 깨질 것 같아."

저는 머리를 짚으며 일어서, 휘청거리는 발걸음으로 촌장님 댁으로 향했습니다.

이렇게나 아픈 상태에서 포도를 밟는 것은 무리입니다. 아니, 애초에 마을 사람들은 한 명도 빠짐없이 포도투성이가 되어 쓰러져 있으니, 포도 밟기를 할 이유도 없습니다. 그렇다기보다, 이제는 포도가 없습니다. 전부 땅에 떨어져 뭉개졌으니까요.

로즈마리 씨를 제외한 거의 모든 사람들이 정신을 잃고 있는 틈에, 냉큼 여기서 도망치도록 하죠.

…………

어쩌면 저는 포도 밟기를 하고 싶지 않아서 그런 상황이 벌어지도록 꾸민 것일지도 모릅니다. 그러나 두통 탓에 잘 생각나지 않습니다.

뭐, 귀찮은 일을 더는 하지 않아도 되게 된 것은 솔직히 기뻐해야겠지요.

"……머리 아파."

촌장님 집에서 옷을 갈아입은 저는 몸에서 포도 냄새를 풀풀 풍기며, 빗자루에 올라 하늘을 날았습니다.

처음 술을 마셔본 경험은, 끔찍한 두통과 애매한 기억만을 제게 남겨주었습니다.

●

"—그 후로 우리 마을에서는 매년 이 시기가 되면 포도 던지기를 하게 되었단다."

"엑. 미안, 할아버지. 방금 얘기가 어떻게 그렇게 되는 건데?"

전혀 이해가 되지 않는 듯 보이는 소년에게 노인은 담담하게 이야기했다.

"그때 했던 포도 던지기가 의외로 재미있어서 말이다. 그래서 우리 마을은 매년 수확 시기가 되면 이렇게 스트레스 발산을 하게 된 게란다. 어째선지 잘 모르겠지만, 그 후로 수확량도 늘고 작업 효율도 올랐지."

"아하……."

몇 번인가 고개를 끄덕인 소년은 고개를 갸우뚱하며 물었다.

"아, 저기. 그러고 보니 방금 그 얘기에 나온 로즈마리 양이라는 사람은……."

"그래. 저쪽 마을에서 포도 밟기를 하고 있는 로즈마리 양이란다. 그 사건이 있고서 그녀도 겨우 제대로 일을 하게 되었다고 하더구나. 잘된 일이야."

"지금도 여전히 포도 밟는 소녀인 거야?"

"그래."

"이미 서른인데?"

"훌륭하게 성숙해졌지."

"…………."

로즈마리 양에게 일어난 비통한 현실에 눈물을 금할 수 없었다.

"뭐, 그렇게 우리 마을의 항례 행사는 경사스럽게도 올해로 10년째를 맞이하게 된 게란다."

소년은 흐응—하고 끄덕였다.

"할아버지. 그런데 그 손에 든 포도주 병은 대체 뭐야?"

그리고 고개를 갸웃거리며 그렇게 물었다.

노인이 들려준 이야기 속에서 쥐고 있던 병과는 다른 것이었다.

'이쪽 마을 최고급 포도주' '제가 증오와 짜증 등을 담아서 만들었습니다' '원산지: 재의 마녀 일레이나 님'이라고 쓰인 라벨에는 어두운 미소를 머금고서 포도를 밟고 있는 소녀의 모습이 인쇄되어 있었다.

"이거 말이냐? 이건 말이다— 조금 전 이야기한 마녀님이 만든 포도주란다."

"안 마셨네?"

"그래. 아까워서 말이다."

끝을 알 수 없을 만큼 음험한 웃음과 귀여운 외모. 그리고 실제로 포도를 밟고 있는 그림 덕분인지, 터무니없이 비싼 가격을 붙여도 살 사람은 산다.

결국, 최고급 포도주로서 판매된 재의 마녀 포도주는 순식간에 매진이 되었다.

모처럼이고, 또 아쉽다는 이유로 촌장은 그중 한 병을 몰래 사두었던 것이다. 지금도 촌장은 그 포도주를 마시지 않고 소중하게 갖고 있다고 한다. 가보로 삼겠다는 말도 했다.

참고로.

순식간에 매진된 포도주는 현재.

겨우 몇 병밖에 판매되지 않은, 전설의 포도주로서 지금도 마니아들 사이에서는 파격적인 가격으로 거래되고 있다고 한다.

저는 일레이나! 마녀 견습생 일레이나!

저는 지금 스승님인 프랑 선생님과 함께 생활하면서 마녀가 되기 위한 수련을 쌓고 있는 중입니다!

스승님은 별무리의 마녀라고 하는, 무척이나 위대한 분이라고 합니다!

밤의 어둠처럼 검은 머리카락은 빛을 받아 아름답게 빛나며 길게 뻗어 있고, 상냥해 보이는 눈동자처럼 상냥하게 제게 마법을 가르쳐주십니다! 성격이 좋은 사람이란 대체로 무능하거나 별 볼일 없는 사람이지만, 스승님에게 한해서는 그렇지 않습니다. 완전무결하고 너무나도 완벽한, 나무랄 데 없는 퍼펙트한 사람입니다.

그런 스승님 아래서 마법을 배우고 있으니, 저도 당연히 퍼펙트한 사람입니다!

참고로, 농담입니다.

주로 스승님에 관한 설명 부분이.

"…………."

그럼 이제 이상한 말투는 그만두고, 평범하게 진실을 말하기로 하지요.

실제로 제 스승님이라는 사람은 농땡이를 피우고, 시시껄렁한 소리만 합니다. 오늘도 "일레이나, 뭐하나요? 네? 새로운 마법 개발? 호오오. 대단하네요. 열심히 공부하는군요"라며 놀라시기에 뭔가 조언을 해주시려나 했더니만 "뭐, 열심히 하세요"라더니 혼자 책을 읽기 시작하는 지경.

수행을 막 시작했을 무렵에는 그 방임주의에 희롱당하며 "아, 이건 그거로군요. 제 자주성을 시험하는 거죠? 저, 열심히 할게요!" 하는 느낌으로 불타올랐습니다만, 실제로는 제 부모님에게 부탁받아 엄격한 교육을 실시했던 것뿐이었습니다.

그래서, 그렇다면 사실을 들킨 후의 선생님은 어떠했는가 하면.

"일레이나. 수행을 봐줄게요."

그런 말을 하면서 평범하게 제게 마법을 가르쳐주기도 하는가 하면.

"일레이나. 수행을 봐…… 아, 나비…… 우후후……."

그렇게 행방불명이 되는 일도 있었고.

"일레이나. 배고파요."

그렇게 저를 짜증 나게 하는 일도 여러 번.

요컨대 제 스승님이라는 사람은 좋게 말하자면 자유분방이라는 말로 만들어져 있고, 나쁘게 말하자면 아무 생각이 없습니다.

"그런데 대체 무슨 약을 만드는 건가요?"

그리고 좋은 의미로도 나쁜 의미로도 변덕쟁이입니다.

프랑 선생님은 제 옆에서 불쑥 고개를 내밀고, 테이블에 놓인 다양한 자료와 작은 병에 담긴 파란색 약을 보고 있었습니다.

"…………"

언제나 언제나, 저는 그녀의 이런 변덕에 휘둘리기만 했습니다.

"이건 '사물에 생명을 불어넣는 약'이에요. 그냥 내키는 대로 만들었더니 완성됐어요."

"사물에 생명을……? 대체 어떤 효과가 있나요?"

"이 작은 병에 담긴 액체를 뿌리면, 사물과 자유롭게 이야기할 수 있게 돼요. 참고로, 실험도 이미 마쳤어요."

예를 들어 펜에 뿌리면 펜이 "언제나 손으로 잡아줘서 고마워! 우후후" 등의 말을 떠들어대고, 걸레에 뿌려보면 "아니, 우리끼리니까 하는 얘긴데, 실은 나, 걸레가 아니라 수건이야. 나, 더러워졌어……"라는 의외의 사실이 밝혀지기도 합니다.

참고로, 수세미에 뿌리면 "수세미, 더러워졌어……"라고 속삭입니다.

아무튼.

그런 느낌으로 사물과 커뮤니케이션을 할 수 있게 해주는 멋진 약을 만들어내는 데 성공한 것입니다.

우연의 산물입니다.

그러나 의외로 돈이 될 법한 물건입니다.

"……그거 멋지네요."

선생님은 잠시 침묵하더니 "그런데 일레이나, 실은 말이죠. 물건과 대화할 수 없는 탓에 곤란해 하는 마을이 이 근처에 있다는 모양이에요"라는, 묘한 말씀을 하셨습니다.

"호오."

지나치게 딱 맞아 떨어지는 고민이로군요.

사물과 대화할 수 없다고 해서 대체 뭐가 곤란한 걸까요?

부디 당사자들을 만나 캐물어보고 싶은 마음입니다.

"참고로 사물과 대화를 시켜주면, 마을 사람들이 빵을 구워준다고 하네요."

"호오오."

더할 나위 없이 수상합니다.

"그러니까, 그 약을 하루만 빌려줄래요?"

"빌려주면 어떻게 되는 거죠?"

"뻔하잖아요? 아주 맛있는 빵을 잔뜩 받아다 줄게요."

"…………."

너무나도 수상쩍은지라 저는 얼굴을 찌푸리고 말았습니다.

"그럼 그 마을이 어디인지 가르쳐주세요. 제가 직접 가서, 빵을 받아 올게요."

"그건 안 돼요. 그 마을 사람들은 저 말고 다른 사람은 신뢰하지 않아요."

"네? 저 이외에 당신을 신뢰하는 사람 같은 게 있나요?"

"너무해."

전혀 너무하지 않습니다.

선생님과 알게 된 지 이제 곧 1년이 되다 보니, 하려는 일도 어쩐지 알 수 있게 되었습니다.

어차피 근처 마을로 가서 제 약을 비싸게 팔 셈인 거겠죠. 그리고 한몫 벌어서 빵을 살 셈이겠죠.

그것참, 교활한 계략입니다.

"자, 일레이나. 나한테 맡겨두세요. 나라면 맛있는 빵을 잔뜩 구해 올 수 있어요."

"…………."

그러나 프랑 선생님의 속셈을 알았다고 해서 딱히 탓할 마음도 들지 않았습니다. 그리고 제안을 무조건 거절할 마음도 들지 않았습니다.

　　그런 건 귀찮을 뿐이고, 어찌 되었든 프랑 선생님이 저를 위해 일부러 근처 마을까지 가서 빵을 사 온다는 사실에는 변함이 없으니까 말입니다.

　　그림으로 그린 것처럼 자유분방하고 변덕스런 사람이 벌이는 일치고는 극히 드문 행동입니다.

　　"……여기요."

　　그래서 저는 파란색 액체가 찰랑이는 작은 병을 선생님에게 맡겼습니다.

○

　　그리하여.

　　그날 저녁.

　　"다녀왔어요, 일레이나."

　　프랑 선생님이 돌아왔습니다.

　　"아, 어서 오세……요……?"

　　대체 어찌 된 일인지, 돌아온 프랑 선생님은 고작 빵 한 덩이를 들고 있었습니다. 그것도 식빵을. 게다가 완전히 식어버린 것. 맛없어 보여.

　　맛있는 빵을 기다리며 가슴 두근거리고 있었는데, 어째서 이런 일이 된 거죠?

"저기 그게, 미안해요. 이런저런 사정으로 이것밖에 못 받았어요. 참고로 약은 거의 다 써버렸어요."

그렇다고 합니다.

"⋯⋯⋯⋯흐음."

그렇게 대꾸하며 프랑 선생님의 손에서 작은 병을 받아 들었습니다.

확실히, 거의 비어 있습니다. 작은 병의 바닥만 간신히 적실 정도밖에 남아 있지 않습니다.

그러나 선생님이 하는 말은 무척이나 수상쩍군요. 자세히 보니 입가에 빵부스러기가 딱 붙어 있는 데다, 온몸에서 빵 냄새가 납니다.

심증뿐이지만, 벌을 주고 싶은 기분입니다.

"어머, 일레이나. 설마 저를 의심하는 건가요? 하지만 거짓말이 아니에요. 진짜 정말로, 빵은 이것밖에 못 받았어요."

"그 이런저런 사정이란 건 어떤 사정이죠?"

"그건 좀, 이런저런 사정으로 말할 수 없어요."

"어째서 약을 거의 다 써버린 거죠?"

"그것도 좀 이런저런 사정으로."

그 이런저런 사정이라는 말의 뛰어난 편리성은 대체 뭔가요?

아니, 하지만 정말이지 거짓말쟁이란 알기 쉽군요. 저도 스승님도, 아무래도 비슷한 사람인가 봅니다.

거짓말을 하는 방식이 무척이나 닮았습니다.

함께 있는 시간이 길어서 그런 걸까요?

"…………."

뭐, 그건 그렇다고 치고.

프랑 선생님이 저와 비슷하다는 건, 병을 넘겼던 시점에도 이미 알고 있었던 일입니다.

그리고 예상하고 있던 전개에 아무런 대책도 세우지 않을 만큼, 저도 어리석지는 않습니다.

그런고로 저는, 여기서, 펼쳐놓은 덫을 회수하기로 했습니다.

손에 든 작은 병을 천천히 흔들면서.

"작은 병 님, 작은 병 님. 프랑 선생님은 제가 보지 않는 사이에 대체 무얼 했나요?"

제 물음에 작은 병이 대답했습니다.

『여어, 누님. 그 마녀는 근처 마을에서 내 안에 들어 있던 약과 바꿔서 대량의 빵을 사더라고. 그리고 돌아오는 도중에 "한 개 정도는 먹어도 괜찮겠죠……?"라면서 거의 열 개는 먹던데?』

"정말인가요?"

『그래. 그 녀석, 말도 안 되는 여자야.』

저는 고개를 끄덕였습니다.

작은 병도 사물입니다.

약을 넣으면 말합니다. 그런 겁니다.

자, 그럼.

"그래서, 선생님? 제게 뭔가 할 말은 없으신가요?"

그러나 프랑 선생님은 이마에 땀을 흘리며 난처한 듯 시선을 피할 뿐, 저에게 아무런 말도 해주지 않았습니다. 이건 그야말로 사물이나 다름없군요.

마법의 액체라도 뿌려주면 말을 하게 될까요?

제 6 장

트럼펫과 아코디언 소리가 시끌벅적한 광장 안에 높다랗게 울려 퍼졌습니다.

그 소리에는 조심성이 전혀 없었고, 갈라지고 째지는 듯했습니다. 혹은 시끄러움에 시끄러움을 덧씌웠을 뿐이라고도 할 수 있습니다.

소리를 따라가니 마을 사람들이 장을 보기 위해 모인 큰 길 너머에서 거리의 악사가 스쳐 지나가는 사람들을 향해서 만들어 붙인 듯한 미소를 짓다가, 때때로 진지한 표정으로 돌아와 발치의 악기 케이스로 시선을 돌리는 모습이 보였습니다.

시원스런 하늘을 향해서 입을 떡 벌리고 있는 악기 케이스 안에는 겨우 몇 개의 동전이 들어 있을 뿐이었습니다.

"…………후아."

저는 벤치 위에서 하품을 한 번 했습니다.

하얀 건물이 늘어선 거리의 풍경은 아름다웠고, 멍하니 서 있는 것만으로도 무척 즐거웠습니다.

시끄러운 음악 소리와 싸움 소리가 다소 경치에 어울리지 않기는 했지만, 뭐 괜찮습니다.

애초에 이 나라는 상류층 사람들이 대부분인 셀러브리티의 나라로 유명하다고 하는데, 확실히 이 광장 이외의 장소는 대부분 차분한 분위기가 흐르고 있었습니다. 병사들이 무리지어 당당하게 거리를 걷고 있는 모습도 보여서 차분하다기보다는 삼엄한 분위기도 느껴지기는 했습니다만, 그러나 이 주변을 제외하면 이 나라는 분명 정숙함에 감싸여 있습니다.

그렇다면 어째서 광장만은 이렇게 소란스러운 것인가 하면, 여기에는 외지인이 모여 있기 때문입니다.

이 나라는 디저트의 나라라는 속칭으로 친숙한 멋진 나라. 실제로 거리의 광장에는 이 나라를 대표하는 디저트 전문점이 줄지어 늘어서 있고, 마카롱이니 초콜릿이니 와플이니, 아무튼 그런 달콤한 것을 파는 가게로 넘쳐납니다.

이 나라의 디저트는 다른 나라에서도 인기가 있는지, 타국에서 온 상인이나 여행자, 혹은 관광객들이 전부 이곳으로 모여들어 디저트를 사고 있습니다.

장사를 위해. 혹은 자신이 먹기 위해서.

"……후후후후."

벤치 옆으로 시선을 돌리자 봉투에 가득 담긴 디저트들이 보였습니다. 있는 돈의 대부분을 털어 산 것입니다.

외지인을 대상으로 하고 있는 탓인지 대부분 터무니없이 비싼 값에 팔고 있지만, 평판은 참으로 좋습니다. 비싼 만큼 맛있다고 합니다. 들은 이야기에 따르면, 고급 재료를 아낌없이 쓴 디저트는 전부 입안에서 녹아내릴 정도라고 합니다. '비싼 돈을 냈으니 맛있는 게 당연하다'라는 식의 생각에서 비롯된 말이 아니기를 바랄 뿐입니다.

"누님! 이런, 구두가 지저분하네! 괜찮으면 구두 닦지 않을래?"

"…………."

외지인이 모이는 장소라는 건, 이런 이상한 패거리가 잔돈푼을 벌기 위해 모이는 장소이기도 합니다.

그러나 걱정하지 말지어다. 이런 녀석들은 텅 빈 지갑(예비)을 보여드리면 대개는 아무 말 없이 물러납니다.

"미안해요."

그런 한마디를 덧붙이면 효과 만점입니다.

"……쳇."

참고로 제가 그렇게까지 해드렸음에도 혀를 차는 무례한 사람도 가끔씩 있습니다. 재가 되어버리면 좋을 것을.

셀러브리티로 넘쳐나는 곳이라고는 하지만, 이 나라에는 날마다 배를 곯는 사람들도 적지 않은 듯합니다.

빈부격차가 있는 모양입니다.

소란스러운 사람들 사이를 누비며 오래된 과일을 팔고 다니는 아이의 모습이 보였습니다. 누더기 같은 옷을 입고 '최고급 과일. 하나에 금화 한 닢'이라는 간판을 목에 걸고 있습니다.

구두닦이 소년도 있었습니다. 아직 일할 만한 나이로는 보이지 않는데 말이지요.

그리고 째지는 소리를 내고 있는 거리의 악사도 있었습니다. 악기는 제대로 된 소리가 나오지 않을 정도로 낡았습니다.

외지인에게 돈벌이 장소이기도 한 이곳은 이 나라의 빈곤층에게도 돈벌이 장소인 것입니다.

"…………."

그러나 대부분의 외지인은 그들을 본 척도 하지 않았습니다.

짜증스레 손을 내젓는 사람도 보입니다. 마치 시야에서 완전히 지워버리는 것처럼.

냉정한 것 같지만, 대부분은 그런 법입니다.

세계 이곳저곳을 다니는 데 익숙한 대부분의 외지인은 그런 불쌍한 존재에 대해 흥미를 보이지 않습니다.

"……우으."

그렇기에 초보 여행자가 있으면 바로 알게 되고 맙니다.

"세상에! 이 얼마나 훌륭한 연주람! 특히 이 째지는 소리는 정말이지, 최고! 세상에 만연한 어떤 음악보다도 가슴이 두근거려요! 저 님은 감격했답니다!"

예의 그 길거리 악사 앞에서 발랄하게 스텝을 밟으며 지갑에서 금화를 꺼내 던지는 한 여자아이가 있었습니다. 쓸데없이 화려한 고딕풍의 옷을 걸치고, 등에는 갈색 배낭을 메고, 머리에는 베레모를 쓴 금발의 여자아이였습니다. 스스로를 저 님이라고 부르는 이상한 아이이기도 했습니다.

아무래도 그녀는 초보 여행자인지, 그야말로 초보 여행자가 할 법한 일을 하나부터 차례대로 밟아가고 있었습니다.

우선 거리의 악사나 광대가 있으면 일단 돈을 낸다.

초보는 어떠한 음악이든, 귀에 들린 시점에서 돈을 내야만 한다는 개념을 갖고 있습니다. 저도 예전에는 그랬습니다.

"어머! 이렇게 어린 여자아이가 일을 하고 있다니…… 기특하군요! 금화 한 닢에 과일 하나라고요? 그럼 전부 주세요."

불쌍한 어린아이가 과일을 팔고 있으면 물론 돈을 내고 사줍니다.

초보는 불쌍한 아이를 앞에 두면 물건 가격이 급격하게 변동해서 디플레이션 스파이럴을 일으킨 끝에, 지갑 끈이 느슨해지기는커녕 소실되어버리기까지 합니다. 저도 예전에는 그랬습니다.

"네? 구두닦이라고요? 어머! 저 님, 실은 마침 구두가 더러웠답니다!"

닦을 필요 없는 구두도 당연히, 닦습니다.

새로운 나라를 방문했다는 고양감은 불필요한 것조차 필요한 것처럼 느끼게 합니다. 저도 예전에는 그랬습니다.

뭐, 그런 느낌으로 초보 여행자는 순식간에 돈을 써버렸습니다. 한 번 틀어진 가치관은 밑바닥까지 떨어지지 않는 한은 돌아오지 않습니다.

참고로 그녀의 밑바닥은 꽤 빠르게 찾아왔습니다.

"어라? 주머니가 텅 비었어요……. 아까까지 금화가 몇 장이나 있었을 텐데 말이죠."

그러나 그녀는 밑바닥에 떨어졌어도 의외로 태연했습니다.

"뭐, 괜찮아요. 일단은 디저트 순회를 하겠어요— 아, 거기 가게 분, 잠시만요. 디저트를 하나씩 전부 주세요. 오른쪽부터 왼쪽까지 전부요."

점원은 그녀의 당당한 태도와 주문 내용에 약간 놀란 눈을 하면서도, 주문대로 상품을 담았습니다.

참고로 가격은 "금화 열 닢입니다"라고 합니다. 확실하게 들렸습니다. 말도 안 되게 비쌉니다.

"네. 그럼 여기요."

당당한 태도의 그녀는 당연하다는 듯이 점원에게 오래된 과일 열 개를 건넸습니다.

점원은 그녀의 모습에 무척 놀랐고, "이 자식 뭐하는 거야?"라고 말하고 싶은 표정을 지었습니다.

"모르시겠나요? 저 님, 조금 전에 이걸 금화 열 닢에 샀답니다. 그렇다는 건, 이건 금화 열 닢의 가치가 있다는 뜻이지요? 그러니까 어서 디저트와 교환해주세요."

"…………."

점원은 잠시 입을 다물고 있었습니다. 그리고 이윽고 이렇게 소리쳤습니다.

"큰일 났다아아아아아아! 예의 그 악녀가 나타났어! 다들, 붙잡아!"

그 목소리에 음악은 멈췄고, 목소리도 멈췄고, 거리의 가게란 가게에서 요리사 복장을 한 아저씨들이 뛰쳐나와 그녀에게 달려들었습니다.

"어? 어라? 잠깐! 무슨 짓인가요?! 그만두세요!"

그녀는 간단히 잡혔습니다.

남자들에게 제압되어 바닥에 넘어뜨려졌고, 돌바닥에 뺨이 닿았습니다.

"네놈이 예의 그 악녀로구나!" "악덕한 수단으로 우리들의 가게를 휩쓸고 다녔다지?" "웃기지 말라고!" "우리는 네놈의 위협에 굴하지 않아!" "헤헤헤…… 이 아가씨 몸매가 꽤 괜찮은데……." "우리를 모욕한 죄, 몸으로 치러주실까! 헤헤헤헤……." "헤헤……."

"히히히……."

이런.

어쩐지 불온한 공기가.

"당신들, 무슨 짓인가요?! 저 님은 디저트를 사려고 했을 뿐이에요!"

"닥쳐!"

달려온 점원 중 하나가 그녀를 매서운 눈초리로 내려다봅니다.

"네가 며칠 전부터 더러운 수법으로 우리들의 가게를 휩쓸고 다녔다는 걸 알고 있다고! 이번에는 싸구려 과일과 교환하게 할 셈이었지? 그렇게 둘 성싶으냐! 너는 처형이야!"

"처형이라고요?! 세상에! 뭘 할 셈이죠?"

"헤헤…… 그야…… 뭐."

남자의 시선이 그녀의 가슴께로 향했습니다.

그 시선을 따라간 그녀는 남자들의 눈이 번뜩이는 것을 깨닫고, 그제야 겨우 사태를 파악한 모양이었습니다.

얼굴을 새빨갛게 붉히고, 그녀는 외쳤습니다.

"번뜩였어요! 당신들, 저 님한테 야한 장난을 할 셈이로군요! 지금! 여기서!"

"뭐? 지금? 아니 아니 아니 아니." "아무리 그래도 지금 당장 여기서 할 리가 없잖아. 상식을 좀 가지라고." "아무리 우리라도 그건 아니지."

"그만두세요! 저 님, 그런 뭐한 게 특기인 타입의 여자아이가 아니라고요!"

"그런 뭐한 게 특기인 여자아이는 뭔데?" "이 애는 무슨 말을 하고 있는 거야?" "이 녀석 멍청한 거 아냐?"

약간 멈칫하고 주저하는 분위기가 되었습니다만, 그래도 그녀가 궁지에 몰렸다는 데는 변함이 없습니다.

제압당했던 그녀는 그대로 남자들에게 구속되어 밧줄로 칭칭 감겼습니다.

그대로 내버려 두면 근처 가게로 끌려가 남자들에게 당할 것만 같은 분위기였습니다.

"…………."

아니, 가만히 보고 있을 수가 없습니다.

저는 자리에서 일어났고, 일어난 김에 노란 마카롱을 하나 집어 입에 던져 넣고서 남자들 앞을 막아섰습니다.

"여러분, 안녕하세요. 뭔가 곤란한 일이라도 있으신가요?"

입을 우물우물 하며 말하는 저.

남자들 중 하나가 저를 보더니 "넌 뭐야? 여행자인가?"라며 고개를 갸우뚱했습니다.

저는 긍정했습니다.

"네. 여행하는 마녀입니다. 조금 전부터 저쪽 벤치에서 상황을 지켜보고 있었습니다만…… 그 사람이 뭔가 안 좋은 짓이라도 저질렀나요?"

"그렇다니까. 이 자식은 며칠 전부터 이 근처 가게들을 휩쓸고 다닌 악녀라고."

"호오."

"소문이 나돌고 있어. 글쎄 그 악녀는 돈을 하나도 내지 않고, 근처에서 산 듯한 과일 같은 걸로 우리 디저트를 사 모으려고 하는 비열한 녀석이라더군."

"오호라. 그래서, 과일과 교환해서 디저트를 사려고 한 저 사람을 잡아버렸다는 거군요?"

납득하는 저를 보고 금발의 그녀는 "오해예요! 저 님은 금화 열 닢으로 산 과일과 교환하려고 했던 것뿐이에요!"라고 외쳤습니다.

지당합니다.

"저도 그 광경을 보고 있었습니다. 그녀는 정말로 과일 파는 여자아이에게서 터무니없는 가격의 과일을 샀고, 그리고 그걸로 디저트를 살 수 있을 거라고 생각했을 뿐인 바보랍니다. 그녀는 악녀 같은 게 아닌 데다, 악행을 벌일 정도의 머리도 없습니다."

"……저기, 좀 너무한 거 아닌가요? 네?"

"그보다, 여러분. 악녀에 관한 소문이 나돌고 있다고 말씀하셨는데, 그 악녀의 외모에 관한 정보는 없는 건가요?"

끼어든 그녀를 무시하고 남자들에게 그렇게 묻자, 남자들은 "으음……" 하고 신음하더니, 입을 모아 의논을 하기 시작했습니다.

"그러고 보니 얼마 전에 우리 가게에 왔던 악녀는 조금 더 어렸던 것 같은데……." "금발이 아니었어." "흑발이었던가?" "가슴도 조금 더 작았지." "태도도 조금 더 침착했던 것 같은데……."

과연, 그렇군요.

"그렇다면 그 사람은 그 악녀가 아니라는 게 명백하군요. 자, 그녀를 풀어주세요. 아니면 사람을 부를 겁니다."

아니, 이미 부를 필요가 없을 정도로 사람들이 모여 있습니다. 사람이 많은 시간대에, 사람이 많은 광장입니다. 우리들의 언쟁은 질릴 정도로 주목을 받고 있었고, 대화도 전부 들렸을 겁니다.

사정을 거의 모르는 주변 사람들 눈에 이 광경은 그야말로 여자아이를 부당하게 잡아 절조 없는 짓을 하려 하는 남자들과 그것을 저지하려는 마녀, 그렇게 보일 테지요. 근처의 다른 상인들과 광장에 디저트를 사러 온 부자들과 관광객들은 남자들에게 차가운 시선을 보내고 있었습니다.

"······윽."

남자들은 당황했습니다.

당황한 데다, 사태가 호전될 기미가 전혀 없다는 사실을 깨달았을 테죠. 그녀를 묶고 있던 줄을 풀더니 "저기, 아무튼, 앞으로는 과일이 아니라 돈을 내고 물건을 사라고. 알았지?"라며, 상식적인 사람 같은 태도를 취하고서는 허둥지둥 인파를 가르며 각자의 가게로 돌아갔습니다.

"············."

사태를 파악하지 못하고 멍하니 있던 그녀는 그 자리에 주저앉아 저를 올려다보았습니다.

"저기, 그게······ 고맙습니다······?"

"천만에요. 당신, 이름은?"

제가 손을 내밀자 그녀는 머뭇거리면서도 가볍게 손을 잡았습니다.

"저 님의 이름은, 사비네라고 해요."

"그런가요? 저는 일레이나. 재의 마녀 일레이나예요."

그나저나, 다른 이야기입니다만, 조금 전 사비네 씨를 구속했던 남자들이 말한 악녀란.

그건 대체 누구일까요?

그렇습니다. 바로 저입니다.

○

"네? 죄송합니다. 저 님, 귀가 좀 멀었나 봅니다. 원 모어."

그냥 그대로 헤어지기에는 조금 아쉬운 마음이 들었고, 기왕이면 사정을 설명해주자는 생각을 한 저는 마을 광장에서 조금 벗어난 곳에 있는 세련되고 한적한 주택가 한편의 찻집에서 그녀와 마주 앉아 커피를 홀짝였습니다.

물론 제가 샀습니다.

저라는 오해를 받고 그런 꼴을 당했으니 말이죠. 사죄도 겸한 겁니다.

"그러니까, 조금 전 말한 것처럼 그들이 찾는 사람은 바로 저랍니다. 마을의 디저트 가게를 휘젓고 다닌 사람은 저예요. 그러니까, 미안해요. 제 탓에."

설마 과일만으로 디저트를 사려고 하는, 머릿속이 꽃밭인 아이가 존재할 거라고는 생각하지 못했습니다. 완전히 예상외입니다.

그렇다기보다, 애초에 저는 과일과 함께 소량의 돈을 건넸을 텐데 말입니다만…… 아무래도 과일에 관한 이야기만 혼자 떠도는 것 같더군요.

"어째서 그런 짓을……. 당신, 디저트를 살 돈이 없는 건가요?"

"있어요. 하지만 돈을 낼 필요성을 느끼지 못했기 때문에, 내지 않은 거예요."

"어머! 무슨 오만함인가요."

"아뇨 아뇨. 오히려 겸허하다고 해줬으면 할 정도인걸요."

"하지만, 남을 속여서 물건을 사려고 한 거잖아요? 너무해요. 어떻게 아무렇지 않게 그런 짓을 할 수 있는 거죠?"

빤히, 저를 바라보는 사비네 씨.

저는 그녀에게서 도망치듯이 시선을 피하며 말했습니다.

"뭐…… 그 점에 관한 건 말이죠, 사실 깊은 사정이 있답니다."

"어머. 어떤 사정이?"

"듣고 싶은가요?"

"알고 싶네요."

그렇다면 마침 잘 됐습니다.

"그렇다면, 사비네 씨. 지금부터 시간이, 있나요?"

"저 님은 여행자랍니다."

"즉?"

"시간밖에 없답니다."

"호오오."

요컨대 시간은 있고 돈은 없다는 뜻이로군요.

그렇다면 더욱 잘됐습니다.

카페를 나와 잠시 걸은 다음, 그녀와 둘이 빗자루를 타고 날아 집들의 지붕 위를 수없이 지나치고 나니, 마을의 뒷문이 보였습니다.

상류층의 사람들이 좋아할 법한 화려한 앞문에 비해 이쪽은 무척이나 초라한 모양을 하고 있고, 마차 한 대가 겨우 지나갈 정도의 폭밖에 되지 않았습니다.

제가 이 마을을 방문한 첫날, 빗자루로 하늘을 날며 시간을 보내다 발견한 것입니다.

"자, 보세요. 저기."

민가의 지붕에서 고개를 내밀자, 마침 이 나라의 소매업자분이 마차를 맞아들이고 있었습니다.

"여어, 기다렸다네. 오늘도 고생이 많군."

상인은 가볍게 인사를 하고 마차를 내리더니, 수레에서 차례대로 짐을 내리기 시작했습니다.

"오늘도 가져왔어. 보다시피 흠이 있는 물건들이야. 일단, 이쪽에서 어느 정도 살펴보기는 했으니까, 못 써먹을 건 없을 테지만—."

업자인 남자는 자루를 들여다보았습니다.

과일과 버터와 설탕에 우유, 밀가루와 카카오 등 디저트를 만들 때 빼놓을 수 없는 물건들만이 담겨 있었습니다.

"저건 뭐죠?"

사비네 씨는 옆에서 고개를 갸웃거리고 있습니다.

"상인 남자가 말한 그대로예요. 저건 흠이 있는 상품이죠. 예를 들면 제조 공정에서 어떤 문제가 있어 제외된 것이나, 맛과 질이 나쁘거나…… 그런 실패작을 긁어모은 거죠. 물론 고급품일 리 없겠죠."

"……잠깐만요. 이 나라 사람들은 엄선한 재료로 디저트를 만든다고 말하던데요?"

"네. 뭐, 확실히 엄선했지요."

흠이 있는 것들로 말이지요.

"하지만 이 나라 사람들이 만드는 디저트는 맛있다는 평판을 받는데요? 그래서 저 님도 소문을 듣고 이 나라를 방문한 거라고요."

"저, 며칠 전부터 디저트를 사 모으며 몇 개인가 맛을 봤는데 말이죠, 맛은 지극히 평범해요. 괜찮으면 하나 먹어볼래요?"

저는 들고 있던 봉투에서 마카롱을 하나 꺼내 사비네 씨에게 건넸습니다.

그녀는 주저하면서도 그것을 집고, 자그마한 입으로 덥석 물더니 천천히 씹었습니다.

"…………."

그녀는 무척이나 미묘한 표정을 지었습니다.

"……뭐, 맛있어요. 하지만, 이 정도에 금화를 낼 수는 없네요."

"그렇죠?"

기껏해야 은화 한 닢 정도일 테죠.

"이 나라에 디저트를 사러 온 사람들은 고급품이라는 이 나라의 선전 문구에 속은 것에 불과해요. 실제로 뚜껑을 열어보면, 평범한 싸구려죠."

"…………."

뭐, 그러니까 결론은 말이죠.

간단명료하게 말씀드리자면.

"즉, 저는 이런 사실을 알고 있다고 은근슬쩍 흘리면서 과일과 약간의 돈을 건네고 디저트를 샀던 거랍니다."

○

"충격이에요. 저 님, 여기에는 이상적인 디저트가 있으리라 생각했는데…… 평범한 싸구려……? 흠이 있는 물건……? 바보 취급도 적당히 해줬으면 좋겠네요!"

"분개하게 되죠."

"당연하죠! 뭔가요? 외지인을 무시하는 건가요? 아니, 그보다도 어째서 부자인 주제에 싸구려를 파는 건가요? 도저히 이해할 수 없군요!"

카페로 돌아오자마자, 그녀는 뺨을 부풀리고 테이블을 두드리면서 화를 냈습니다.

오늘 두 잔째인 커피가 그녀의 기백에 흔들흔들 파문을 그렸습니다.

저는 컵을 손에 들며 말했습니다.

"뭐, 순서가 반대라고 생각하지만요— 아마도, 실제로는 부자인 주제에 싸구려를 비싸게 파는 게 아니라, 싸구려를 형편 좋게 비싸게 팔아넘길 수 있기 때문에 부자뿐인 나라가 된 거죠."

"……무슨 뜻인가요?"

"말 그대로의 뜻입니다."

싸구려를 비싸게 파는 뻔뻔함이 있기 때문에, 이 나라 사람들은 지금 이 나라의 지위를 세울 수 있었을 테지요.

싸구려 디저트를 고급품이라고 팔거나, 가난한 어린아이를 이용해서 과일을 팔거나 하는 어른들이 부자가 되고, 셀러브리티라며 우아한 삶을 살고 있는 것입니다.

그러나 빈부의 차는 틀림없이 존재했고, 구두닦이를 하거나, 길거리 악사를 하거나, 혹은 부자들이 시키는 대로 과일을 팔거나 하는 방법으로 그날그날 먹고살 돈을 벌며 사는 사람도 있습니다.

저는 커피에 입을 댔습니다. 적당히 쓴 맛이 입안에 퍼집니다.

"눈앞에 있는 것이 반드시 옳다고는 할 수 없답니다. 사비네 씨. 당신은 이제 막 여행을 시작한 참이라 아직 잘 모를 테지만, 세상은 악랄한 수법으로 돈을 벌려 하는 무리들로 가득하답니다."

"…………."

그녀는 조금 놀랐습니다.

"어떻게 저 님이 여행을 갓 시작했다는 걸 알았나요?"

"여행에 익숙한 사람은 터무니없이 비싼 값에 과일을 사거나 하지 않고, 구두도 직접 닦는답니다."

거리의 악사에게 돈을 내거나 하는 일은 가끔 있지만, 적어도 금화를 던져주지는 않지요.

"네에…… 하지만, 그 아이들, 불쌍하지 않나요? 저 님처럼 태평하게 지내는 여행자가 도와주지 않으면……. 특히 과일을 팔던 아이는, 손을 내밀어주지 않으면 당장에라도 죽을 것만 같지 않은가요?"

저는 천천히 고개를 저었습니다.

"그 자리에서 과일에 돈을 지불해도, 아이들에게는 아무런 도움도 되지 않아요. 사실 그건, 뒤에서 아이들에게 지시를 내리는 어른이 있으니까요. '축복받지 못한 가난한 어린아이가 과일을 팔며 다닌다'는 광경, 외지인이 보기에는 눈물을 부르는 모습이죠? 이 나라만이 아니라 전 세계에, 그렇게 아이들을 이용해 돈을 버는 더러운 어른이 있어요. 물론 아이들이 번 돈의 대부분은 어른들이 가로채고, 아이들의 손에는 얼마 안 되는 돈밖에 남지 않아요."

"…………."

"아이들을 정말로 돕고 싶다면, 돈 같은 건 지불하지 말아요. 아이들을 이용하는 장사가 장사로서 성립하지 않게 되면, 분명 억지로 그런 장사를 해야 하는 아이도 사라질 거예요."

적어도, 불쌍한 아이에게서 과일을 산다는 행위는 그 한순간의 위안에 지나지 않습니다. 아이들에게도, 돈을 낸 여행자에게도.

"……그렇, 군요."

무슨 생각을 하고 있을까요?

그녀는 그저 손 가까이에 있는 컵을 바라본 채, 눈썹을 모으고 있었습니다.

저도 아이들 뒤에 나쁜 어른이 만연하고 있다는 사실을 알았을 때는 큰 충격을 받았습니다.

"당신은 어째서 여행을 시작한 건가요?"

제가 묻자 그녀는 바로 미소를 지으며 답했습니다.

"저 님의 나라에는 디저트다운 디저트가 없답니다. 그래서 디저트를 찾는 여행을 하기로 마음먹었지요. 그게 바로 며칠 전 일이랍니다."

"호오."

"그리고 여행한 나라들에서 본 디저트를 공부해서, 저 님의 나라에서도 디저트를 팔고 싶어요."

"호오오."

"……뭐, 하지만 이 나라에서는 아무런 공부도 못 한 것 같네요."

"하지만 여행자로서의 마음가짐은 공부할 수 있었잖아요?"

"그럴지도 모르겠네요."

"…………."

"…………."

그리고 우리들은 잠시 커피를 마시며 침묵의 시간을 보냈습니다.

"잠시 실례하지! 우리는 이 나라의 병사들이다. 이 가게를 잠시 조사하도록 하겠다."

조용한 시간의 끝은 갑작스레 찾아왔습니다.

위험한 차림을 한 병사들이 있는 힘껏 문을 열어젖히고, 크게 소리쳤던 것입니다. 두꺼운 가죽 신발이 저벅저벅 가게 안 바닥을 밟습니다.

"무…… 무무무슨 일인가요? 엄청나게 소란스럽네요. 뭔가 사건이라도 벌어진 걸까요?"

"…………"

저는 맞은편에 있는 사비네 씨에게 입을 가까이 가져가 몰래 속삭이듯이 가르쳐주었습니다.

"며칠 전부터 출몰한 악녀를 찾고 있는 거랍니다. 그들에게 있어 악녀는 방해가 되는 존재일 뿐이니까요."

"……그건 바로 당신 아닌가요?"

저는 손가락 하나를 세워서 입가에 댔습니다.

"쉿."

"아니, 쉿, 이 아니잖아요."

"괜찮아요. 들키지 않을 테니까요."

저는 테이블 아래서 지팡이를 꺼내 제 머리카락에 살짝 마법을 걸었습니다.

"디저트 가게 순회를 할 때는 머리카락을 이렇게 바꿨었거든요."

아주 짧은 한순간, 저는 머리카락을 검게 물들였다가 바로 원래의 잿빛으로 되돌렸습니다. 물론 실제로 했을 때는 머리카락만이 아니라 복장도 바꿨었습니다. 들킬 리가 없습니다.

그러니까 요컨대.

"실례. 요즘 이 근처에서 못된 짓을 벌이고 있는 여자가 있다는 정보를 들었다. 아는 게 없나? 이런 외모라고 하는데."

병사가 가까이 다가와도 아무렇지 않게 있을 수 있다는 겁니다.

병사가 손에 든 몽타주에는 새카만 머리카락을 가진 소녀가 있었습니다. 거기에는 마녀다운 모습은 전혀 없었고, 검은 머리카락의 평범한 소녀가 그려져 있을 뿐이었습니다.

"모르겠는데요. 당신은 있나요?"

저는 어디까지나 표표하게 고개를 저었습니다. 하지만.

"엑? 아, 저기……."

사비네 씨는 거짓말을 잘 못하는 아이인 모양입니다.

"…………."

저는 테이블 아래에서 그녀의 발을 밟았습니다.

"없죠?"

"히익! 어어어, 없답니다!"

"그렇다고 하네요. 안타깝게도."

저희들의 자리로 왔던 병사는 의심스러워하는 표정을 지으면서도 "흐음, 그런가……" 하고 억지로 납득한 듯 고개를 끄덕였습니다.

병사님이 그대로 멀어져갔다면 무척이나 기뻤겠지만, 아무래도 용건은 그것만이 아닌 모양인지 병사님은 또 한 장의 초상화를 제게 보여주었습니다.

"그리고, 실은 최근에 이웃나라의 왕녀가 행방불명이 되었다고하는데— 뭔가 아는 게 없나? 이 아이인데."

"…………."

세상에, 깜짝이야.

그가 보여준 초상화에는 금발의 귀여운 여자아이가 그려져 있었습니다. 이쪽을 향해서 부드럽게 미소 짓고 있는 모습은 아름다웠고, 베레모를 씌우고 고딕풍 옷을 입히면 눈앞에 있는 그녀와 똑같을 것 같습니다.

"참고로 이름은 사비네 왕녀라고 한다만."

"…………."

똑같을 것 같은 게 아니라, 사비네 씨 본인이었습니다.

"며칠 전에 홀연히 모습을 감추었다고 한다. 납치되었을 우려가 있기 때문에, 가까운 우리나라에서도 찾는 중이다. 뭔가 정보가 있다면 가르쳐주지— 으응?"

사비네 씨와 병사님의 시선이 마주친 것은 그 순간이었고, 병사님은 그 직후에 초상화를 그녀의 얼굴 옆에 나란히 두고서 몇 번이고 몇 번이고 비교해보았습니다.

참고로 제 쪽도 몇 번이고 몇 번이고 곁눈질하며 보고 있습니다.

사비네 씨를 납치된 왕녀라고 여기고 있다면, 함께 있는 저는 대체 병사님 눈에 어떻게 비치고 있을까요?

…………

아, 이건 안 좋은데요.

"네가 바로 사비네 왕녀를 납치한 놈이구나!"

"…………."

역시 이렇게 되는군요.

어쩔 수 없습니다.

이렇게 된 이상.

저는 테이블 아래에서 지팡이를 꺼내 들었습니다.

○

카페 바닥을 탁탁 힘껏 두드리자 지면에서 덩굴이 살아 있는 것처럼 꿈틀거리며 자라나더니 병사들을 붙잡았습니다.

저는 그 직후에 사비네 씨의 손을 잡아끌며 가게를 나섰습니다만, 그곳에도 당연하다는 듯이 병사님들이 대기하고 있었습니다.

가게 안을 덩굴투성이로 만들어놓고 이제 와서 변명 같은 걸 할수 있을 리도 없습니다.

저는 가게 밖에 있던 병사들도 전부 덩굴로 칭칭 감은 다음, 마을 광장으로 도망쳤습니다.

인파를 헤치며, 저는 태연함을 가장하면서 그녀의 손을 계속 잡아끌었습니다.

"…………."

그 자리의 분위기에 압도되어 그녀도 데려오고 말았습니다만, 잘 생각해보면 딱히 그녀도 함께 도망칠 필요는 없었던 것이 아닐까요?

"고마워요. 일레이나 씨. 저 님의 안위를 걱정해준 거군요?"

"네? 아, 네. 그래요, 그 말대로예요."

거짓말입니다.

"그보다, 일국의 공주님이었군요."

"네. 저 님의 나라에 디저트를 알리기 위해 디저트 순회 여행을 시작하기로 했던 거랍니다."

"…………."

뭔가요, 그 경박한 동기는.

"하지만 설마 이 나라에 있다는 걸 들키다니…… 큰일이네요."

"돌아가면 되는 거 아닌가요?"

"그럴 수는 없어요! 저 님의 나라에는 디저트가 없다고요! 저 님 나라의 여성들을 위해서도, 저 님이 걸음을 멈출 수는 없어요!"

"참고로, 뭐라고 말하고 나라를 나왔나요?"

"…………."

"과연."

뭐, 병사님이 사비네 왕녀는 **행방불명이 되었다**고 했으니, 아마도 아무것도 알리지 않고 멋대로 빠져나왔을 테죠.

앞일을 생각 안 하는 데도 정도가 있습니다.

"이제부터 어쩔 생각인가요?"

"물론 앞으로도 여행을 계속할 거예요. 저 님의 여행은 이제 막 시작한 참이니까요!"

"이 나라에서 무사히 나갈 수 있을 때, 의 얘기겠죠?"

"맞아요. 그게 곤란한 점이에요."

지금쯤이면 사비네 씨가 이 나라에 들어와 있다는 사실은 병사들에게 전부 알려졌을 겁니다.

이대로 당당하게 문을 나서려 해도 무사히 통과할 수 있으리라고는 생각할 수 없습니다.

"일레이나 씨, 부탁이에요. 언젠가 반드시 답례를 하겠어요. 부디 저 님을 여기서 데리고 나가주시겠어요?"

"으음…… 뭐, 괜찮기는 한데……."

"일레이나 씨가 아까 보여준 마법을 쓰면 두 사람 다 어떻게든 되지 않을까요?"

"…………."

참으로 미묘한 기분입니다.

"뭐, 아마, 그렇……겠죠……."

"왜 그러나요? 반응이 시원치 않네요."

"당신이 함께라는 건, 불안요소일 뿐이니까요."

"어머! 실례잖아요!"

그녀는 또다시 분개했습니다.

하지만 사비네 씨는 갑작스런 전개에 따라가지 못하는 성격인 듯하니, 여기는 일단 그녀에게 한 마디 말도 하지 못하게 하는 방향으로 진행하는 것이 옳겠죠.

으으음.

"이렇게 된 이상 어쩔 수 없네요. 살짝 꼼수를 쓰도록 하죠."

"꼼수라고요? 어쩔 셈이죠?"

"일단 당신 입을 다물게 할 수 있는 훌륭한 수죠."

그리고 저는 그녀를 향해 지팡이를 들이댔습니다.

"멈춰라, 멈춰. 짐 검사를 하도록 하겠다. 최근 나라 안이 좀 뒤숭숭해서 말이지…… 글쎄, 일국의 왕녀를 납치한 여자가 잠복해 있다더군. 그러니까 짐을 좀 확인해봐야겠어— ."

낮이기도 해서 나라의 정문(쓸데없이 화려한 쪽)에는 줄이 만들어져 있었고, 병사들은 상인들의 마차 짐수레에 올라타 여자 둘이 숨어들지 않았는지 검사하고 있었습니다.

줄을 거슬러 올라가듯이 병사들은 걸어왔고, 그리고 이윽고 제가 있는 줄의 제일 뒤쪽에까지 이르렀습니다.

병사 한 사람이 제 앞에서 몸을 웅크렸습니다.

시선을 맞추기 위해서일 테죠.

"……으응? 아가씨는 왜 이 나라를 나가려는 거지? 엄마는?"

지금 저는 아직 어린, 아홉 살 정도의 여자아이 같은 모습을 하고 있습니다. 한 손에는 지팡이, 다른 한 손에는 곰 인형을 안은 채, 고딕풍 드레스를 입고 있습니다.

물론 평소와 마찬가지로 잿빛 머리카락과 유리색 눈동자는 건재합니다만, 나이는 평소의 절반 정도. 들킬 리가 없습니다.

"엄마가 밖에서 기다려요."

저는 되도록 당당하게 대답했습니다.

"호오. 그렇구나. 그래서 혼자 문을 나가는 거구나. 대단하네. 아저씨가 같이 가줄까?"

"노 땡큐."

"아, 으응. 그래……."

"얼른 이 나라를 나가게 해주세요. 시급히."

겉모습을 유지하는 마법은 무척이나 지칩니다. 게다가 지금은 사비네 씨의 모습까지 바꾸고 있는 상태입니다. 줄을 서는 것만으로도 기진맥진입니다.

"너는 무척……, 그거구나…… 독설가."

병사 아저씨는 아무래도 시간이 남아도나 봅니다.

"그런데 그 손에 든 인형, 무척 귀엽구나."

"그런가요? 참고로 이름은 사비네예요."

"어이쿠. 우리가 찾는 왕녀님과 똑같은 이름이네."

"그러게요."

저는 작게 움직이려 하는 인형을 구속하듯이 팔에 힘을 살짝 주고서 "어쩌면 이 인형이 사비네 씨일지도?"라며 웃었습니다.

"하하하, 설마. ……오, 아가씨. 이제 나갈 수 있겠구나. 어서 밖으로 나가보렴."

제 앞에 있던 상인들이 빠져나간 것은 바로 그때였습니다.

저는 병사에게 가볍게 인사를 하고 문을 향해 걸음을 옮겼습니다.

그리고 우리들은 그 나라를 나왔습니다.

"그것참…… 간단하네요."

누구에게도 들리지 않을 만큼 작은 목소리로 저는 중얼거렸습니다.

"간단하군요."

제 손안에서 그녀도 중얼거렸습니다.

아니, 당신 아무것도 안 했잖아요.

이리하여 저와 그녀는 몰래 나라를 빠져나와 그대로 나라 밖에서 헤어졌습니다.

초보 여행자였던 그녀가 그 후 어떤 여행을 했는지는, 저로서는 알 수 없습니다.

하지만 분명, 훗날 어딘가에서 다시 만날 것 같은 예감은 들었습니다.

○

잘 생각해보면, 사기 같은 일을 벌여 디저트를 사 모으고, 나라에서 탈출하기 위해 사기 같은 일을 해 보였을 뿐인 아무것도 아닌 이야기입니다.

신나는 부분도 없고 극적인 전개도 전혀 없어서 기억해내는 것조차 어려울 정도로 담담한 이야기였습니다.

하지만 저는, 이 나라를 방문한 직후에 그 사건을— 1년 전의 일을 확실하게 기억해냈습니다.

거리의 풍경은 지극히 평범했고, 길과 광장과 왕궁에 이르기까지, 특별히 이야기할 만한 것은 전혀 없습니다.

특징이라 할 만한 것이 일절 없어, 인상에 남을 것도 없는 곳이었습니다.

인구는 많지도 적지도 않은, 특별히 번성한 것처럼도 보이지 않습니다. 사람들이 살아가는 모습을 담담하게 지나쳐 갈 뿐입니다.

그러던 저는 이 나라의 왕궁에 초대를 받아 응접실에 들어섰을 때, 그 사건을 떠올렸습니다.

"어떤가요? 저 님의 나라는."

응접실로 들어온 사람은 이 나라의 왕녀님이었습니다.

금색 머리카락을 가진, 언젠가 어디선가 만난 적 있는 그녀였습니다.

"평범하네요."

단호하게 대답하자 그녀는 살며시 웃으며 고개를 끄덕였습니다.

"그래요. 평범하답니다."

그리고 그녀는 테이블에 디저트를 올려놓았습니다. 마카롱이니 초콜릿이니 와플이니, 아무튼 그런 달콤한 것들로 테이블이 가득 채워졌습니다.

"하지만 저 님은 여행을 하면서 깨달았답니다. 이 평범함이야말로 무엇보다 큰 행복이라는 것을."

"…………."

"지저분한 옷을 입은 아이가 길을 걸으면 『아, 여기는 빈부의 차가 있군요』하고 생각하죠. 하지만 신기하게도 깨끗한 옷을 입은 사람이 길을 걸으면 아무런 느낌도 없답니다. 사람은 안 좋은 부분에만 주목하기 때문이지요. 눈에 비친 신선하고 아름다운 풍경도, 오랜 시간이 지나면 풍화되어 평범한 풍경이 되어버린답니다."

"그렇죠. 여행자의 눈에 비친 광경이 전부 아름다워 보이는 건, 그 순간에만 그곳에 머무르기 때문이죠."

"그래서 저 님은 생각했답니다. 아무것도 특별할 것 없고, 누구의 인상에도 남지 않을 정도의 나라가 되었을 때, 그 나라는 정말

행복한 게 아닐까 하고."

"…………."

"무리해서 특산물 같은 걸 만들 필요는 없지요. 평범한 게 제일 어렵고, 평범한 게 제일 행복한 걸지도 몰라요."

"……그렇다면 디저트를 보급하는 건 포기해버린 건가요?"

제 물음에 그녀는 천천히 고개를 저었습니다.

"지금 한창 나라 전체에 디저트 책을 배포하고 있는 중이에요. 모두가 원하는 대로 디저트를 만들 수 있게 된다면 행복하지 않을까요?"

"호오."

"그러기 위해서 지금은 준비를 하고 있죠. 가까운 나라들과 교섭하고, 디저트를 만들기 위한 재료를 이쪽으로 유통해주기를 부탁하고 있어요. 흠 있는 조악한 물건뿐이지만, 그걸 유효하게 활용한다면 분명 아주 저렴하고 멋진 디저트를 나라에 보급할 수 있을 거예요."

"호오오."

과연, 훌륭한 방법이라 하겠습니다.

"그래서, 이건 싼 재료로 만든 디저트인가요?"

"그렇답니다."

"그리고 저는 그걸 맛보는 역할이고요?"

"그렇답니다."

"…………."

저는 못 이기는 척하며, 마카롱을 하나 집어 들었습니다.

선명한 노란색 마카롱을 입에 넣으니 레몬 향기가 입에서 목 안쪽까지 퍼졌습니다. 그것은 1년 전 그 나라에서 그녀와 만났을 때 먹었던 그 마카롱의 맛과 똑같은 듯 느껴졌습니다.

　그립고, 마음이 차분해지는 맛이었습니다.

　"맛은 어떤가요?"

　저는 마카롱을 꿀꺽 삼키고서 그녀에게 대답했습니다.

　"평범하네요."

『친애하는 선생님께』

선생님. 오랜만입니다.

로베타에서 그리 멀지 않은 숲에서 수행을 하고 있으니, 물론 선생님을 직접 찾아가 경과를 보고하는 것은 어렵지 않은 일이지만, 하지만 여기서 움직이는 것은 조금 귀찮―이 아니라, 사실은 꼼짝도 할 수 없는 상황에 처해 있기 때문에 편지로 소식을 전하게 되었습니다.

지난번 경과보고 때 전했던 대로, 저의 애제자이자 당신의 따님인 일레이나는 '사물과 대화할 수 있는 약'을 만들었습니다. 이건 정말 대단한 일입니다.

본인은 우연히 만들었다고 하지만, 우연의 산물이라고 해도 이 발명은 칭찬받을 만한 것일 테지요.

그러나 그녀는 늘 냉정 침착한 주제에, 조금만 칭찬을 하면 바로 의기양양해지는 까다로운 성격인지라 그다지 칭찬해주지는 않았습니다.

그런데.

그 후로 며칠일 지난 오늘의 일입니다.

"선생님. 요 전에 만든 '사물과 대화할 수 있는 약' 말인데요. 그건, 결함이 있었어요. 이번에 훨씬 대단한 걸 만드는 중인데, 봐주시겠어요?"

"아, 네. ……어떤 걸 만들고 있죠?"

"그 약을 개량한 거예요. 이번에는 형태와 모양이 인간처럼 변해요."

"호오오…… 그것참."

"아, 악용할 생각은 하지 말아주세요."

"안 해요. 지난번 일로 질렸으니까요."

"그렇다면 다행이지만요."

선생님, 큰일입니다.

칭찬해주지 않아도 일레이나가 의기양양해 하기 시작했습니다.

뭘까요? 형태와 모양이 인간처럼 변하다니. 그런 약은 저도 만들어본 적 없습니다.

『친애하는 첫 번째 제자에게』

아무것도 하지 않아도 돼.
내버려 두면 어떻게든 돼.

『친애하는 선생님께』

정말인가요?
아, 일단 일레이나가 지난번에 만들었던 '사물과 대화할 수 있는 약'을 동봉해 보냅니다. 확인해주세요.

『친애하는 첫 번째 제자에게』
　정말이야.
　그리고 짐을 착불로 보내는 건 하지 말아줄래? 화낸다.
　그보다 이 병은 대체 뭐니? 말하는데? 기분 나쁜데? 그 애 취미와 취향이 좀 지나지게 비정상적인 거 아닐까?

『친애하는 선생님께』

　그런 점은 선생님을 꼭 **빼닮았지요**.

『첫 번째 제자였던 사람에게』

　파문입니다.

『친애하는 선생님께』

　아, 잠깐. 선생님, 잘못했어요. 농담이에요.

『친애하는 선생님께』

저기, 무시당하는 건 너무 슬픈데요.

『친애하는 선생님께』

선생님? 쌤?
저기.

『친애하는 첫 번째 제자에게』

그나저나 일레이나는 어때? 아직 의기양양하니?

『친애하는 선생님께』

앗.
아뇨. 그게, 선생님이 말씀하셨던 대로 됐습니다―.

○

제가 지난번에 만들었던 '사물과 대화할 수 있는 약'에는 문제점이 몇 개 있었습니다.

우선 보존하는 데 적당하지 않다는 점.

병도 사물이니, 약을 보존하기 위해 쓴 병도 말을 할 수 있게 되어버리는 겁니다. 이래서는 시끄러워서 참을 수가 없습니다. 개선의 여지 있음.

다음으로, 말할 수 있게 된 것만으로는 약의 효과가 나타난 것인지 어떤지 잘 알 수 없다는 점.

무뚝뚝한 사물일 경우, 약을 뿌려도 고집스레 아무런 말도 하지 않는 일이 드물게 있었습니다. 흥미가 생겨 프랑 선생님의 삼각 모자에 약을 뿌려보았는데, 부끄럼을 타는 성격인지, 아니면 저와 말을 섞고 싶지 않은 것인지, 삼각 모자는 그 어떤 말도 하지 않았습니다.

이래서는 약에 효과가 있었는지 어떤지 알 수가 없습니다. 개선의 여지 있음.

제가 만든 것은 사물과 대화할 수 있는 약이었기 때문에, 액체입니다.

한창 실험을 하던 중에 테이블이나 마루에 흘려버리고 만 일이 있었습니다. 그때의 참사로 말한 것 같으면, 정말이지 심각했습니다.

떠올리고 싶지도 않습니다. 이것도 개선의 여지 있음.

자, 그런고로.

"으으으음……."

저는 열심히 약을 개선하는 중입니다.

이 약을 훨씬 더 좋은 물건으로 만들 수 있게 된다면, 저는 이제 스승님을 뛰어넘는 인재가 될지도……라는 망상을 하면서.

문제점을 전부 해결할 수 있는 발상은 바로 떠올랐습니다.

"사물을 인간으로 바꾸는 마법…… 이거예요. 이게 가장 좋겠어요."

틀림없습니다.

약이 아니라 마법으로 하면 흘릴 위험도 없고, 대상을 인간의 모습으로 바꿀 수 있다면 효과가 나타났다는 걸 시각적으로 느낄 수 있습니다.

마법으로 해버리면, 당연히 귀찮은 병의 목소리도 듣지 않아도 됩니다. 보존할 필요도 없고요.

어라? 혹시 저는 천재……?

"이건…… 괜찮겠어!"

그렇게 정했으니 바로 행동으로 옮겼습니다.

저는 지난번 우연히 만들어냈을 때 썼던 연구 자료를 펼치고, 바로 마법 개발에 푹 빠져들었습니다.

"선생님. 요 전에 만든 '사물과 대화할 수 있는 약' 말인데요. 그건, 결함이 있었어요. 이번에 훨씬 대단한 걸 만들었는데. 봐 주시겠어요?"

프랑 선생님에게 가서 그렇게 말하자, 그녀는 조금 놀란 표정을 짓더니 누군가에게 보낼 편지를 쓰기 시작했습니다.

○

며칠 만에 마법은 완성되었습니다.

"얼마 전에 말했던 마법, 완성했어요."

완성 직후, 우편함 앞에서 초조해하고 있는 프랑 선생님을 발견했습니다.

선생님은 자꾸 우편함을 열어 들여다보고 하며 "호오오. 그것참 그것참…… 대체 어떤 걸 완성했나요?" 하고 물었습니다.

"듣고 놀라지 마세요? '사물을 사람으로 바꾸는 마법'이에요. 대단하다고요."

"아…… 지난번에 말했던 마법인가요. 완성한 건가요?"

"네. 엄청나다니까요—봐 주세요."

그리고 저는 마법을 펼쳤습니다.

우편함을 향해서 빛을 날리자, 마법에 걸린 우편함은 빛나기 시작했습니다.

그리고 잠시 후, 우편함은 모습을 바꾸었습니다.

귀여운 여자아이로.

"와아, 안녕하세요, 처음 뵙겠습니다. 저는 우편함입니다. 언제나 이용해주셔서 감사합니다. 그런데 별무리의 마녀님. 오늘 하루 동안 저를 42회나 여닫으셨는데, 오늘은 편지가 안 온답니

101

다.”

여자아이는 웃으며 프랑 선생님을 올려다보았습니다.

“과연, 이건…….”

프랑 선생님은 정말이지 미묘한 표정으로 여자아이를 내려다보았습니다.

그 후의 저로 말할 것 같으면, 어쩌면 지나치게 의기양양했던 것일지도 모르겠습니다.

사물에 마법을 걸어서는, 잡일을 시켰습니다. 예를 들면 접시 하나를 인간으로 바꾸어 설거지를 시키거나, 걸레에게 방 청소를 맡기거나 했습니다.

마도서를 인간으로 바꾸어, 모르겠는 부분을 설명해달라고 하거나.

저는 무척이나 제멋대로인 생활을 보냈습니다.

“에잇.”

그러던 어느 날이었습니다.

평소처럼 의자에 앉으며 프랑 선생님의 머그컵을 인간으로 바꾸어 제 머그컵에 커피를 따르게 하려던 때였습니다.

그런데 그만 무심코, 실수를 해버렸습니다.

지팡이에서 날아가야 할 마법을, 지팡이 위에 그대로 머무르게 두어버렸던 겁니다.

“……아.”

지팡이 위에 계속해서 머무른 빛은, 이윽고 지팡이 전체를 감싸더니, 그 모습을 인간으로 바꾸어버렸습니다.

"우후후후후…… 이 날을 기다렸다!"

뭔가 이상한 게 제 눈앞에 나타났습니다. 저보다 조금 연상인, 성인 여성이었습니다.

지팡이에서 만들어진 여성은 그대로 제 양 어깨를 잡더니, 얼굴을 가까이 가져다댔습니다.

"우후후후후. 일레이나 씨. 귀여운 아이. 지금까지 쭉 너에게 혹사당하면서, 당신과 친구가 되는 날을 기다렸어. 그게, 귀여운 걸."

"아, 네…… 감사합니다."

"그런데, 애인은 있어?"

"없는, 데요."

"그럼 나랑 사귀자!"

"아뇨, 같은 여자잖아요. 게다가 같은 인간은 아니고."

"무슨 말을 하는 거람?! 사랑에 성별은 관계없어!"

"네? 잠깐—으앗!"

그 여성은 그대로, 제 어깨에 올려두었던 손에 힘을 주더니 저를 밀어 쓰러뜨렸습니다. 아니, 애초에 당신은 인간이 아니잖아요. 성별 운운 이전의 문제잖아요.

이것저것 이야기하고 싶은 마음이었지만, 안타깝게도 그럴 수 있는 상황이 아니었습니다.

그 여성은 제 위에 올라타더니, 황홀한 표정을 지으면서 거친 숨을 내쉬고 있습니다.

아, 이건 안 좋은데요.

"괜찮아! 아프지 않을 거야!"

그리고 그 여성은 한 손으로 제 두 손목을 움켜쥐더니, 조금씩 조금씩 얼굴을 제 쪽으로 가져왔습니다.

지팡이를 빼앗겨버리면 마법사는 어찌할 도리도 없는 피라미일 뿐. 애초에 지팡이가 저를 덮치고 있는 상황이니, 그 이전의 문제으아아아아무서워무서워무서워무서워.

"그만…… 잠깐, 그만두세—."

그리고 여성은 저에게—.

입맞춤을 하려던 순간에 지팡이로 돌아갔습니다.

"……정말이지. 뭘 하고 있는 건가요? 일레이나."

제 시야를 방해하던 지팡이를 치우고 올려다보니, 프랑 선생님이 어이없다는 표정으로 저를 보고 있었습니다.

"위험했네요. 여러 가지로."

"…………."

"괜찮은가요?"

선생님이 내민 손을 잡은 저는 그 손이 이끄는 대로 몸을 일으켰습니다.

"지금은, 그럭저럭이요……."

"그거 다행이네요."

약한 흐트러진 옷차림을 서둘러 정돈하며 저는 그저 비참한 마음이 들 뿐이었습니다. 의기양양하게 굴었던 것에 대한 벌인 걸까요? 설마 자신의 물건에 당할 뻔하다니.

제 마음을 헤아린 것인지, 프랑 선생님도 별다른 잔소리도 없이, 그저 "사람도 사물도 마찬가지예요. 뭐든 다 뜻대로 되지는 않는답니다"라는 한마디와 함께 머리를 콩 때릴 뿐이었습니다.

●

『친애하는 선생님께』

……그런 일이 있은 후, 그녀는 '사물을 인간으로 바꾸는 마법'을 전혀 쓰지 않는답니다.

『친애하는 첫 번째 제자에게』

어쨌든 다음에 딸을 만나면 그 지팡이를 분질러 버리겠어.

『친애하는 선생님께』

이미 제가 했습니다.

발을 내디딜 때마다 발밑에서 지면이 질척하게 가라앉는 감각
이 느껴졌습니다.

  오늘 아침 무렵부터 이 지역에 쉼 없이 쏟아졌던 비는, 끈질기
게도 여전히 숲을 축축하게 만들고 있었습니다.

  하늘 높이 오른 햇볕을 받으며, 때때로 나무에서 떨어져 내린
빗방울은 반짝반짝 빛나면서 물에 불은 지면이나 제 삼각 모자
중 한쪽으로 빨려들어 갔습니다.

  숲길은 질척거렸고, 초여름다운 열기를 띠고 있었습니다.

  무척이나 덥습니다. 짜증이 납니다.

  "……우으으으."

  발밑의 지면 위에서는 나뭇잎의 그림자가 후텁지근한 바람에
흔들렸습니다.

  불쾌함을 느끼며 숲을 걷는 것은 절대 바라던 바가 아닙니다.
그러나 이런 상황에서 빗자루를 타고 날았다가는 숲을 빠져나갈
때쯤이면 빗자루에 의한 바람에 흩날린 빗방울 잔당들에 의해 푹
젖어버린 상태가 될 겁니다.

  하지만 또 걸으면 걷는 대로 땀에 젖어버리니, 성가신 일입니다.

  "더워……."

  저는 지팡이를 양손으로 잡고, 미지근한 바람을 저를 향해 보
내며 계속 걸었습니다.

  "아아아아…… 미적지근해."

이렇게 더운 날, 로브는 입을 수 없습니다. 캐스트 오프입니다. 셔츠와 스커트와 삼각 모자라는, 언뜻 보면 마녀인지 아닌지 눈을 가늘게 뜨게 되고 마는 차림입니다.

그렇기에 지팡이에서 보내진 바람은 제 몸 곳곳으로 향했고, 제 잿빛 머리카락을 천천히 흔들며 목덜미를 쓰다듬을 만큼 강했지만, 그래도 제 기분은 전혀 나아지지 않았습니다. 오히려 불쾌감은 더해가기만 합니다.

눅눅한 날씨는 비 다음으로 싫습니다.

어서 다음 나라에 도착해, 숙소에서 느긋하게 쉬고 싶은 마음입니다.

자, 그럼.

다음 나라까지는 앞으로 대체 얼마나 남은 걸까요?

"……으음."

아무래도 앞으로 30분 정도면 도착인가 봅니다.

『세리얼 왕국까지 앞으로 30분.』

친절하게도 그런 간판이 세워져 있었습니다.

『쉬어 가세요.』

그리고 덤이라는 듯이 자그마한 벤치가 놓여 있었습니다.

그것참, 이런 날씨에는 그다지 달갑지 않은 친절입니다만.

"…………."

그러나 이런 불필요한 친절을 참을성 있게 받아들이는 마음 넓은 사람도 세상에는 존재했습니다.

한 남성이 자기 자신에게 부채질을 해가며 멍하니 벤치에 머무르고 있었습니다.

꽤 오랫동안 이곳에 있었던 듯 보였습니다. 입고 있는 셔츠는
땀에 젖은 자국이 모양을 만들고 있었고, 안색에는 약간 지친 기
색이 엿보였습니다. 겉모습으로 보이는 나이는 아마도 서른 중반
정도. 검은 머리카락 사이로 흰머리가 섞여 있는데, 혹시 오래 전
부터 여기서 끈기 있게 버티고 앉아 있는 겁니까?

참고로 그 옆에 대량의 물과 식량이 놓여 있는 것을 보면, 어쩌
면 이후로도 쭉 오랫동안 버티고 있을 셈인지도 모릅니다.

라니, 그럴 리 없겠지요.

그리고 남성의 발치에는 걸레 자루 같은 털을 가진 이상한 생
물이 앉아 있었습니다. 반려 동물인 걸까요? 어쩐지 묘하게 큰 마
리모(녹조류의 일종으로 동그란 모양을 하고 있다) 같습니다만.

…………

"여행자이신가요?"

저는 벤치 옆까지 갔을 때, 그 남성에게 말을 걸었습니다.

자랑하듯 유유히 지팡이로 만들어낸 바람을 쐬며, 시원하다는
표정을 억지로 만들어 보이면서.

열기 탓에 제 안의 양심이 말라비틀어진 모양입니다.

남자는 제 물음에 천천히 고개를 저었습니다.

"아니. 나는 저쪽 나라 사람이야."

그리고 그렇게 말하면서 제가 방금 만들어낸 발자국이 이어진
길을 가리켰습니다.

지금에 현재는 길 저편까지 온통 숲만 보일 뿐이지만, 그보다

훨씬 저 멀리에는 오늘 아침까지 제가 머물렀던 메르넬 왕국이 있습니다.

참고로, 아무것도 없는 나라였습니다.

"그 나라 출신이라는 건…… 아, 상인이나 뭐 그런 건가요? 고생하시네요."

"아니. 상인도 아니야. 나는 평범하게 그 나라에서 사는 사람이야. 그리고 딱히 세리얼 왕국에 용건이 있는 것도 아니고."

"……?"

저는 고개를 갸웃거렸습니다.

"그렇다면 어째서 이런 데 있는 거죠?"

"사람을 기다리고 있어."

"호오. 보아하니, 기다리고 있는 분이 무척이나 시간을 안 지키는 분이신가 보네요."

땀에 푹 젖었지 않습니까?

"그러게 말이야. 정말이지 시간을 안 지키는 녀석이라니까."

"대체 얼마나 기다리신 건가요?"

흥미본위의 질문이었습니다. 딱히 깊은 의미가 있는 것도 아니고, 땀범벅이 되어가면서도 사람을 기다리는 속 깊음에 감탄한 것도 아니었습니다.

그런데 남자는 그 물음에 이렇게 대답했습니다.

"나는 십여 년 전부터 쭉 여기에 있었어."

그렇게, 약간 걸리는 말을 하고서는 이렇게 덧붙였습니다.

"그리고 앞으로도 쭉 여기에 있을 거야."

무척이나 신경 쓰이는 말이었습니다.

○

"물론 나한테도 일이 있으니까, 24시간 쭉 여기에 있는 건 아니야. 하지만, 시간이 있을 때는 쭉 여기에 이렇게 있지. 나는, 여기서 줄곧 사람을 기다리고 있어. 그렇게, 이럭저럭 10년이라는 시간을 보내왔지."

흥미를 느끼고 벤치에 앉은 저에게 남자는 자신의 이름을 노르드라고 밝히고서 그러한 이야기를 해주었습니다.

저는 그가 눈을 가늘게 뜨고 보는 일이 없도록, 마녀라는 사실을 살짝 강조하면서 이름을 밝혔습니다. 그리고.

"누굴 기다리고 있는 건가요?"

그렇게 물으며 고개를 갸웃거렸습니다.

"아내야. 내 아내가 말이지, 10년 전에 저 앞에 있는 나라로 가서는 그 후로 돌아오지를 않고 있어. 그래서, 여기서 쭉 기다리고 있지."

"데리러 가면 되는 거 아닌가요?"

그러나 남성은 천천히 고개를 저었습니다.

"내가 사는 나라와 저쪽 나라는, 그 10년 전에 전쟁을 벌였고, 그 후로는 서로 관여하기를 그만둬 버렸어. 지금은 우리나라 사람들이 가도 문을 열어주지 않지."

"그래서 갈 수 없다는 건가요?"

"맞아. 그래서 여기서 기다리고 있는 거야."

10년 동안이나 말인가요?

아니, 그보다.

"10년 전에 저쪽 나라로 갔다는 건, 즉— 그거인가요? 망명이나 뭐 그런 거?"

"아니. 내 아내는 마녀야. 그래서, 저쪽 나라에는 싸우러 갔어."

"…………."

"무슨 말이 하고 싶은지는 대충 알겠어. 10년이나 기다려도 돌아오지 않았으니, 죽은 게 아니냐. 그런 말을 하고 싶은 거지?"

저는 끄덕였습니다.

"나도 그렇게 생각해. 하지만, 살아 있을 가능성이 있는 한, 기다리지 않을 수 없잖아?"

"그런 건가요?"

"그런 거야. 부부니까."

"…………."

무어라 답하면 좋을까 생각하며 제가 입을 다물었을 때였습니다.

그의 옆에 있던 생물이 일어서더니 꼼질꼼질 움직이기 시작했습니다.

"…………."

걸레 자루 같은 털이 꿈틀꿈틀 뻗어나가더니, 동그란 마리모 같은 몸을 들어 올렸고, 무수한 다리처럼 꿈틀거리기 시작했습니다.

다리 역할을 맡은 털은 제 키를 훌쩍 넘길 정도의 길이였기 때문에, 벤치에 앉아 있던 저는 그 생물의 얼굴— 같은 부분을 올려다보았습니다. 눈은 보이지 않았습니다. 단순히 털이 덥수룩한 구체가 있었습니다.

"저기, 그 생물은 대체 뭔가요? 아까부터 미묘하게 신경이 쓰였는데요."

털 뭉치는 무수한 다리를 저와 남자 사이로 뻗더니, 이윽고 둘 사이에 자리를 잡았습니다.

남자는 옆으로 이동한 털 뭉치를 쓰다듬었습니다.

"아, 역시 묻는구나. 이 녀석은, 잘 알 수 없는 생물이야."

"아, 그건 보면 압니다."

"그리고, 이 벤치에 사는 생물이지."

"호오" 하고, 무심코 고개를 끄덕였습니다. 하지만.

"응? 무슨 말인지······?"

잘 생각해보니 무슨 뜻인지 알 수가 없었습니다.

벤치에 산다고요? 으응?

"실은 나도 이 생물에 관한 건 잘 몰라. 전쟁이 끝나고, 그런데도 아내가 돌아오지 않아서, 그래서 이 벤치에서 기다리게 된 날부터 이 생물은 쭉 여기 있었어. 아침부터 밤까지, 쭉 여기에 있어."

"············."

"이 녀석도 여기서 누군가를 기다리고 있는 건지도 몰라."

"······그럴지도 모르겠네요."

"내가 끈기를 갖고 아내를 기다릴 수 있는 것도 이 녀석 덕분이야. 이 녀석이 옆에 있으면 어쩐지 안심이 되거든. 그래서 쭉 기다릴 수 있어."

그렇게 말하며 남자는 다시 털 뭉치를 쓰다듬었습니다.

털 뭉치가 살짝 흔들렸습니다.

"……싫어하는 거 아닌가요?"

"아니, 이건 기뻐하는 거야."

"…………."

저도 따라서 쓰다듬어 보았습니다.

역시나 털 뭉치는 살짝 흔들렸습니다. 덥수룩한 감촉에서 진동이 전해집니다.

"아, 이건 싫어하는 건데."

"당신이 쓰다듬었을 때와 똑같은 반응처럼 보이는데요?"

"초심자한테는 그렇게 보일 테지만 말이지. 나는 알 수 있어."

"그런 건가요?"

"그런 거야."

"이미 오래된 부부 급의 의사소통이로군요."

"10년이나 함께 있었으니까."

"…………."

그리고 남자는 자신에게 부채질을 하며 진지한 목소리로 말했습니다.

"앞으로도 함께 있을 테니까."

그러니까 이 녀석에 관한 거라면 뭐든 다 안다—라고.

습기를 머금은 바람이 숲에 불어온 것은 그때였습니다.

시원하지도 뜨겁지도 않은 바람은 우리들 사이를 빠져나갔고, 털 뭉치가 살짝 몸을 흔들었습니다.

그것이 대체 어떤 감정을 나타낸 것인지는, 저로서는 전혀 알수 없었습니다.

○

그렇게 잠시 휴식을 취한 다음, 저는 그 나라에 도착했던 것입니다.

하지만.

"으음……?"

묘합니다.

눈앞의 광경은 남자의 이야기와는 전혀 달랐습니다.

"어서 오십시오! 마녀님, 당신은 저쪽 나라 사람인가요?"

남자는 제게 분명 문은 닫혀 있다고 이야기했었습니다만, 그러나 당연하다는 듯이 열려 있는 데다, 문지기 병사님은 만면에 미소를 지으며 저를 맞이해주었습니다.

"여행자입니다. 저쪽 나라 사람이 아니에요."

"그렇군요! 며칠 정도 머물 예정인가요?"

문지기 병사님은 계속해서 말했습니다.

"가능하면 최저 사흘 정도는 머물러주시면 기쁘겠는데 말이지요……."

"음? 어째서죠?"

이상한 요청이었습니다.

어째서 사흘?

"오늘부터 사흘 후에, 이 나라는 종전을 합니다!"

문지기 병사는 더욱 이상한 말을 했습니다.

머리가 아파 옵니다.

그 후로 이틀 동안, 저는 이 나라를 관광하며 다녔습니다. 적어도 사흘은 있어달라고 부탁받기도 했고, 저 자신도 무천 궁금했기 때문입니다.

이 나라의 사람들은 아무래도 사흘 후에 찾아올 종전을 고대하고 있는 것 같았습니다.

『드디어 종전!』

『10년 전부터 기다려온 날이 드디어 찾아왔다!』

『우리들은 드디어 앞으로 나아가게 되었다!』

그런 간판과 문구가 마을 곳곳에 있었습니다. 조금 집요할 정도로.

그런데 어째서 사흘 후에 종전인 것인지? 제가 며칠 전까지 체재했던 나라에서는 이미 오래 전에 전쟁이 끝난 상태였습니다. 그런데 어째서 이쪽에서는 전쟁이 끝나지 않은 것일까요?

이것저것 물어보며 다니고 싶은 마음이었기 때문에, 실제로 저는 그렇게 하며 시간을 보냈습니다. 하지만 안타깝게도 마을 사람들은 전혀 대답해주지 않았습니다.

"괜찮아, 사흘 후가 되면 알게 돼."

그렇게 넌지시 이야기할 뿐.

"…………."

그리고 눈 깜짝할 사이에 종전의 날이 찾아왔습니다.

그 사흘 후가 찾아왔지만, 저로서는 도무지 알 수가 없었습니다.

"……어째서?"

어째서인지는 전혀 모르겠습니다.

마을 광장에 사람들이 모여 있었습니다. 전부 구경 하러 온 사람들인지, 무언가를 기대하는 듯 그들은 미소를 지으며 광장 한 가운데를 바라보고 있었습니다.

그곳에서는 라이플총을 든 병사들이 원을 만들고 있었습니다. 각자의 총구를 원 중심을 향해 든 채.

"…………."

그러나.

어째서 그 앞에 털 뭉치 같은 이상한 생물이 대량으로 있는 걸까요? 어째서 숲길에서 만난 남자와 함께 있던 털 뭉치 같은 모습을 한 것들이 포위되어 있는 걸까요?

마치 죄인 취급을 받는 것처럼, 모여든 이 나라 사람들이 털 뭉치를 괴롭히고 있는 것처럼, 그렇게 보였습니다.

털 뭉치들은 한 데 뭉쳐 떨고 있었으니까요.

"저건 대체 뭔가요?"

저는 옆에서 털 뭉치를 바라보고 있던 한 사람의 어깨를 두드리며 물었습니다.

그러자 곧바로, 당연하다는 듯이, 간단히 대답을 들려주었습니다.

"뭐라니…… 뻔하잖아. 저쪽 나라의 마녀들이야."

○

드디어 저는 이 나라의 진실을 알게 되었습니다.

10년 전의 일입니다.

전쟁의 영향은 이 나라 안에까지 미쳤습니다. 저쪽 나라에서 십여 명의 마녀가 무리를 지어 나타났던 것입니다.

반면 이 나라에 있던 마녀는 단 한 명. 승산은 처음부터 없었습니다.

십여 명의 마녀들은 이 나라를 유린했습니다. 건물을 파괴하고, 무기를 부수고, 계속해서 끊임없이 이 나라의 싸울 수단을 빼앗아갔습니다.

구석에 몰린 이 나라는, 단 한 사람의 마녀에게 나라의 앞날을 맡겼습니다.

"저 많은 마녀들을 한꺼번에 처리할 방법은 없는가?"

하고.

조국을 무엇보다 소중히 여긴 마녀는 적 마녀들의 공격을 멈추게 하기 위해 자신의 목숨을 바쳤습니다.

목숨을 바쳐서 저주했습니다.

나라 안을 이리저리 날아다니는 마녀들을 향해서.

그것이 바로 저 이상한 생물이 되는 저주였던 것입니다.

믿고 의지할 마녀를 잃은 이 나라는 노선을 방어전으로 바꾸었습니다. 그러나 저쪽 나라는 마녀들을 보낸 이후로 두 번 다시 공격을 해 오지 않았습니다..

이리하여 전쟁은 자연스레 끝났고, 두 나라는 서로에게 관여하지 않게 되었습니다.

"그런데 저 이상한 생물한테는 특징이 몇 개 있어."

"호오."

"저 녀석들은 아무래도 생물이라기보다, 단순한 물건에 가까운 것 같아. 물건은 먹지 않아도 되고, 무슨 일이 있어도 죽지 않지."

"그렇다는 건?"

"물에 빠져도 아무렇지 않고, 화재에 휘말려도 어째선지 타지를 않아. 날아든 총알에 맞으면 털 뭉치에서 총알을 뱉어내지. 저건 불사신이야."

"…………."

"그 어쩐 짓을 해도, 과거의 전쟁에서 눈을 돌리지 못하도록, 우리나라의 마녀가 해놓은 일인 것만 같아. 하지만 불사신에도 한도가 있지. 마녀의 저주에는 기한이 있었거든. 저주에 걸린 10년 후에, 저건 불사신이 아니게 되는 거야."

"……즉, 그게."

"맞아. 오늘이 그 10년 후야."

"…………."

"그래서 축하하는 거야. 그래서 오늘로 전쟁은 끝인 거야."

그 사람은 그렇게 말했습니다.

그때였습니다.

드문드문 일었던 민중의 함성이 더욱 커졌고, 함성은 하나의 카운트다운으로 변해갔습니다.

규칙적인 박수소리는 병사들을 재촉하듯 울렸습니다. 인파 너머로 병사들의 어깨에 힘이 들어가는 모습이 살짝 보였습니다.

그리고.

요란한 총성이 울렸습니다.

○

환성과 박수로 가득한 광장 가운데에서 붉은 꽃잎이 아름답게 흩날리며 공중으로 나부꼈습니다.

"…………."

비유 같은 것이 아니라, 평범하게, 정말로, 붉은 꽃잎이 날고 있습니다. 손을 펼치자 바람에 실려 온 꽃잎 하나가 제 손바닥 위로 떨어졌습니다.

총에서 발사된 것은 꽃잎이었던 것입니다. 불은 뿜어져 나오지 않았고, 당연히 아무도 죽지 않았습니다.

죽기는커녕.

"……돌아왔어! 드디어 인간으로 돌아왔어!" "아아…… 너무 긴 10년이었어…….""술! 술을 가져와!" "나는 케이크가 먹고 싶어!" "나는 남자를."

원의 중심에서 웅크리고 있던 이상한 생물들은 인간으로— 마녀로 돌아왔던 것입니다. 그녀들은 붉은 꽃잎 속에서, 병사와 이나라 사람들과 끌어안으며 기뻐했습니다.

"어라? 어떻게 된 거죠?"

다시 고개를 갸웃거리는 저.

"어떻게라니, 당연한 거 아닌가? 전쟁이 끝났으니 기뻐하는 거지!"

"…………."

어라? 에엣?

"저기 저는 완전히, 10년 후가 되어 더는 불사신이 아니게 되었으니 죽이려는 건가? 하고 생각했는데요. 그런 시리어스 가득한 전개인가 하고 생각했는데요."

"무슨 소리를 하는 거야. 그럴 리가 없잖아. 우리는 10년의 세월에 걸쳐서, 저 마녀들과 관계를 회복해왔어. 서로를 용서하고, 손을 맞잡고 살아가기로 했다고."

"……하지만, 그렇다면 어째서 문을 닫고, 저쪽 나라와 연락을 취하지 않았던 건가요?"

"그건 어쩔 수 없는 일이었어. 서로 공격을 멈춘 후에 그런 꼴이 되어버린 마녀들을 넘겼다면, 그 나라 사람들이 납득했을까? 『마녀들을 모두 이런 이상한 생물로 만들기는 했지만, 더는 싸울 마음이 없습니다』라는 말로 용서해줄 것 같아? 불에 기름을 붓는 꼴이지. 그래서 우리는 10년의 세월 동안 기다렸던 거야."

"당신들은 저쪽 나라 사람들을 용서한 건가요?"

"용서했고, 그리고 용서 받았지. 긴 시간을 들여서 말이야. 그래서 우리들은 이 종전을, 저 마녀들과 함께 기뻐하고 있는 거야."

"…………."

생각해보면, 싱거운 이야기입니다.

121

10년 후에 불사신이 아니게 된다는 것은 단순히 10년이면 저주가 풀린다는 뜻이었고, 병사들에게 둘러싸여 떨고 있던 털 뭉치들은 위축되거나 겁을 먹었던 것이 아니라 기뻐하며 떨고 있었던 것입니다.

이 얼마나 싱거운 결말인지.

맥이 풀렸습니다.

"그리고 보니, 당신은 여행자였지? 저쪽 나라는 우리를 여전히 미워하고 있던가?"

그 물음에 저는 쓴웃음을 짓고 말았습니다.

"저쪽은 올해로 종전 10년째라고 하던데요."

○

그리고 저는 기쁨으로 가득한 도시에서 그 후로 며칠의 시간을 보냈습니다.

10년 만에 인간이 된 마녀들과 교류하거나, 이 나라 사람들에게 바깥의 상황을 알려주거나 하면서.

마을 사람들은 앞으로의 일을 이미 정해놓았던 모양입니다.

10년 만에 본격적으로 도시를 개방하고, 저쪽 나라로 마녀들을 돌려보내면서 화해를 청할 계획이라고 합니다.

잘 풀리면 좋겠습니다.

뭐, 저와는 그다지 상관없는 일이지만.

"…………."

며칠 머문 다음, 저는 그 나라를 떠났습니다.

숲에 떠돌던 비의 기척은 이미 사라졌고, 바싹 마른 바람이 제 목덜미를 스쳐 지나갔습니다.

빗자루를 타고 날면 분명 기분 좋을 테지요—.

"가볼까요."

휴식은 적당히.

저는 숲에 마련된 벤치에서 일어서, 빗자루를 꺼내고 그 위에 걸터앉았습니다. 둥실 떠오르는 빗자루 아래에서, 마른 모래가 살짝 일더니 벤치를 덮었습니다.

텅 빈 벤치는 새로운 누군가가 다시 앉으러 오기를 기다리듯이, 가만히 그곳에 머물러 있었습니다.

좋은 아침입니다. 점심 식사는 하셨나요? 안녕히 주무세요. 과연 어느 것일까요? 뭐든 상관없지만요.

당신과 이렇게 이야기를 나누는 건, 처음이로군요.

그러니 인사를 드리겠습니다. 처음 뵙겠습니다.

저는 일레이나. 재의 마녀 일레이나입니다.

잿빛 머리카락과 유리색 눈동자를 가진 마녀입니다. 검은색 로브와 삼각 모자, 그리고 별을 본뜬 브로치를 하고 있습니다.

이미 알고 계시겠지만, 만약을 위해 자기소개를 해봤습니다.

어떠한 연유로, 지금 저는 눈앞에 있는 나라—같은 것 안에 갇혀 있습니다. 슬프게도, 저는 실수를 하고 말았습니다. 무심코 그만, 실수를 저지르고 말았습니다.

판단이 어설펐다고 할까, 방심했다고 할까. 변명은 어떻게든 할 수 있지만, 요컨대 얼빠진 짓을 하고 만 겁니다.

도망치려고 했을 때는 이미 늦었고, 저는 그 자리에서 잡혀버리고 말았습니다. 퇴로는 완전히 막혀 있었습니다. 지금 이 순간에도, 제 머리에 희미하게 남아 있는 정신은 제가 아닌 무언가에 의해 잠식되려 하고 있습니다. 이제 곧 저는, 저 자신을 잃게 되겠지요.

그러니까 저는 일단 당신을 이곳 밖으로 내보내겠습니다.

커다란 문 밖에서, 이 편지를 읽고 있을 당신에게 부탁이 있습니다.

부디 저를 구해주지 않겠습니까? 저는 분명, 당신의 눈앞에 있는 기묘한 나라에서 이상한 무언가에 의해 노예 같은 취급을 기꺼이 받아들이고 있을 테죠.

지금부터 당신에게 바라는 것은, 단 한 가지입니다.

저를—그 기묘한 무언가들의 세계에 젖어들어 버린 저를, 밖까지 데리고 나와 주었으면 합니다. 밖으로 나오고 나면, 어떻게든 될 겁니다. 제정신을 찾을 수 있을 겁니다.

아마도 저는 단호하게 거절하겠지만, 부디, 억지로라도 데리고 나와 주십시오.

그렇게라도 하지 않으면 저는 여기서 죽어버릴지도 모릅니다.

원래대로라면 당신에게 이런 부탁을 해서는 안 된다는 건 알고 있습니다.

그러나 구조를 바라는 메시지를 여기서 밖으로 보내본들, 이런 깊은 숲속에, 마침 형편 좋게도 누군가가 구해주러 올 리가 없습니다. 설령 나타난다고 해도, 그때 저는 아직 살아 있을까요? 아니, 애초에 그 도와주러 온 사람도 저와 같은 길을 걷게 될지 모릅니다.

그러나 당신은, 인간이 아닙니다.

그들과 같은 것입니다.

그래서 당신에게 부탁하기로 했습니다.

이런 마법은 오랜만에 쓰는지라, 당신이 무사히 이 편지를 읽어줄지도 알 수 없습니다.

읽어준다고 해도 그 자리에서 찢어버릴지도 모르지요. 지금까지 실컷 부려먹어 놓고서, 곤란할 때 부탁이나 하다니, 더할 나위 없이 뻔뻔한 일입니다.

그러니 이런 부탁을 하는 것은 무척이나 제멋대로이고 멍청하고 기만적이라는 건 명백하고, 정이 떨어져 그 자리에서 편지를 찢어버린다고 해도 아무런 불평도 할 수 없는 처지입니다.

그러나 저는 당신에게 부탁할 수밖에 없습니다.

부디 저를 구해주세요—.

제가 눈을 떴을 때, 그 편지가 제 옆에 놓여 있었습니다.

깔끔한 글씨로, 저에 대한 사죄와 부탁이 쓰여 있었습니다.

"…………."

제가 서 있는 곳은 깊은 숲속 같았습니다. 눈앞에는 그녀가 편지에 쓴 대로 나라 같은 것이 보였습니다.

얼마 전, 비가 내렸기 때문인지 제 발치에는 물웅덩이가 생겨 있었습니다. 슬쩍 들여다보니 거기에 제 모습이 비쳤습니다.

놀란 표정을 하고 있었습니다.

나이는 분명 20대 초반 정도. 조금 독특한 복숭앗빛 머리카락이었는데, 색을 제외하면 그녀와 똑 닮아 보였습니다.

복장도 깜짝 놀랄 정도로 그녀와 비슷했고, 검정 로브를 입고 있었습니다. 마법사는 아니었기 때문에 삼각 모자와 별을 본뜬 브로치는 하고 있지 않지만.

"…………."

제가 사람이 된 모습은, 이렇게나 그녀와 비슷해지고 마는 걸까요?

반려 동물은 주인과 닮는다고 하는데, 아무래도 그것은 소유물도 마찬가지인가 봅니다. 처음 알았습니다. 경악스런 사실입니다.

그녀와 무사히 재회하게 되고, 그녀를 구해내는 데 성공하고 나면 이 사실을 알려드리는 것도 좋을지 모르겠습니다.

"⋯⋯자, 그럼. 가볼까요."

혼자였지만, 저는 목소리를 내보았습니다.

그 목소리는 역시 그녀와—제 주인인 일레이나 님과 무척이나 똑같았습니다.

○

마침 제가 빗자루를 타고서 숲속을 날고 있을 때였습니다.

"으앗, 비."

세찬 빗줄기가 갑자기 쏟아져 내렸습니다.

낮 동안 줄곧 하늘이 온통 잿빛이었고, 당장에라도 쏟아질 것 같은 분위기를 구름 속에 꽉꽉 담아두고 있었기 때문에 비가 내리는 것에는 그다지 놀라지 않았습니다. 오히려 그 때문에 숲속을 날며 언제든 비를 피할 수 있도록 준비하고 있었던 것입니다.

그러나 쏟아지는 빗방울은 예상 이상으로 세찼습니다.

"아, 잠깐 좀⋯⋯."

대체 어찌 된 일일까요. 천장처럼 머리 위를 덮고 있던 나뭇가지들을 가차 없이 꿰뚫고 쏟아지는 비 탓에, 순식간에 물에 쫄딱

젖고 말았습니다.

난처하군요.

이대로는 감기에 걸리지 않습니까? 어쩔 겁니까?

"으음…… 응?"

불행에 짜증을 느끼며 뺨을 부풀리고 있으려나, 마침 운 좋게도 가늘디가는 길 저편에 커다란 건물이 숨어 있는 것이 보였습니다.

이 무슨 행운인지.

저는 바로 그 나라에 들어가기로 마음먹었습니다.

"저기! 계신가요?"

빗속, 저는 빗자루를 넣고 우산을 쓰고, 나무보다 키가 작은 벽에 달린 문을 두드렸습니다. 나뭇가지들과 덩굴이 벽에 기대듯 닿아 있었고, 자연이 벽을 숲의 일부로 인식하기에 이른 모습을 보면 무척이나 오래전부터 이 나라가 존재했으리라는 것을 엿볼 수 있었습니다.

엿볼 수 있지만 어찌 되든 상관없으니 어서 문이 열리기를, 진심으로 바랐습니다.

바란 직후에 열렸습니다.

끼이이익, 삐걱거리는 소리와 함께 문 저편이 보이기 시작했습니다.

"…………."

그리고 저는 굳어졌습니다.

놀라 멍해져버렸습니다.

『………….』

문 너머에서, 한 권의 책이 공중에 떠 있었던 것입니다. 나비처럼 팔랑팔랑 날갯짓을 하고 있었던 것입니다.

저는 곧바로 이곳이 평범한 나라가 아니라는 사실을 깨달았습니다.

"아, 안녕하세요. 비를 좀 피할 수 있을까요?"

깨닫고, 그냥 돌아갈까 하는 생각도 했습니다만, 빗속을 나아가는 쪽이 더 싫었습니다.

『………….』

그 책은 제 말의 의미를 이해했는지, 그 자리에서 몸을 한 번 위아래로 움직이더니 팔랑팔랑, 문에서 이어지는 길을 나아갔습니다.

"……?"

따라와라, 라는 뜻일까요?

"고맙습니다."

그리고 저는 그 나라 안으로 걸음을 내디뎠습니다.

제 등 뒤에서, 방금 막 열렸던 문이 끼이이익 하고 삐걱거렸습니다.

뒤를 돌아보았을 때에는 이미, 문 밖의 세계는 보이지 않게 되어 있었습니다.

그곳은 나라라고 부르기에는 너무나도 초라하고, 폐허라고 부르기에는 너무나도 훌륭했습니다.

주변이 온통 물건들로 넘쳐나고 있었습니다. 세찬 빗줄기 때문에 문 밖에서는 보지 못했었지만, 안으로 들어봐 보니 참으로 엄청났습니다. 민가 사이에 난 길 위—— 발밑은 깨진 접시, 고장 난 시계, 솜이 터져 나온 인형, 기타 등등의 물건들로 가득 메워져 있었습니다.

이곳은 참으로 이상한 장소였습니다.

『…………』

공중을 날던 책은 이윽고 한 건물 안으로 빨려들어 갔습니다. 입구에는 '숙소'라는 글자가 가로놓여 있었습니다. 저는 그것을 밟으며 안으로 들어갔습니다.

안은 더욱 이상했습니다.

『…………』『…………』『…………』『…………』

아무래도 혼자 움직이는 물건은 책만이 아니었나 봅니다. 예를 들면 속이 빈 장롱과 다리가 몇 개 없는 의자와 꺾인 지팡이와 빗자루 등도 자유자재로 움직이고 있습니다. 마치 살아 있는 것처럼 다리를 움직이며 걸어 다니고 있는 것입니다. 그것들은 저를 보자마자 그 자리에서 뿅뿅 뛰어올랐습니다.

……환영해주는 것일까요?

아뇨, 하지만.

"저기, 여기서 묵으면 된다는 뜻인가요?"

『…………』

책은 제자리에서 위아래로 움직였습니다.

"정말로 감사드립니다. 그럼, 어디서 자면 될까요?"

『………….』

그러자 책은 팔랑팔랑 움직이며 저를 한 방으로 안내해주었습니다. 좋게 말하자면 운치가 있었고, 나쁘게 말하자면 단순히 낡았을 뿐인 방이었습니다. 그래도 감사한 일입니다.

낡아빠진 방과 달리 침대와 가구들은 매우 새것 같았고, 수리된 흔적이 보였습니다. 묘하게 새것 같은 탓에 무척이나 위화감이 넘쳐납니다.

"돈은 어떻게 할까요?"

『………….』

책은 몸을 좌우로 흔들었습니다. 달라붙어 있던 빗방울이 후두두 하고 제 얼굴로 튀었습니다.

"……참고삼아 하는 확인입니다만, 이 방의 침대가 멋대로 움직이거나 하는 일은, 없는 겁니까?"

『………….』

"왜 아무 말도 안 하는데?!"

아니, 쭉 아무 말도 안 했지만 말이죠.

『………….』

그리고 책은 천천히 방을 나갔습니다.

"…………!"

역시 예상대로 침대는 혼자서 움직여대기 시작했습니다. 저는 침대를 방에서 몰아냈고 그 김에 상비된 가구들도 전부 밖으로 내놓아 두었습니다.

깔끔하게 한산한 상태로 만들어둔 다음, 저는 옷을 갈아입고 가방에서 침낭을 꺼내 잠자리에 들었습니다.

눈을 감으니 쏟아지는 빗소리가 부드럽게 울려 퍼졌습니다.

이튿날도 비였습니다.

너무나도 안타깝지만 오늘도 여행은 쉽니다.

『………….』

아침 인사라는 듯이 하늘을 나는 책은 제가 빌려 쓰고 있는 방으로 찾아왔습니다.

"아, 안녕하세요."

『………….』

"죄송해요. 비가 그칠 때까지 폐를 끼쳐야 할 것 같은데, 괜찮을까요?"

『………….』

책은 끄덕인 다음, 그 몸을 앞뒤로 흔들어 보였습니다.

따라와라, 그런 뜻인 걸까요?

그래서 일단 방문을 닫고서 옷을 갈아입은 다음, 저는 책의 뒤를 따라갔습니다. 숙소에서 나와 한동안 밖을 걸으니 이 나라에 있는 건물들보다 한층 커다란 성 같은 건물이 보였습니다.

공중을 나는 책은 그곳에서 멈추었습니다.

『………….』

"여기는 어디인가요?"

물어보았지만 책은 대답해주지 않습니다. 저를 무시하듯이 책은 혼자서 열린 문 너머로 사라졌습니다.

"으음."

약간 내키지 않지만, 어쩔 수 없이 저는 그 뒤를 따라갔습니다. 분명 보여주고 싶은 것이 있는 것이리라 생각했습니다.

책은 성의 1층 끝에 있는 문 앞에서 멈추었습니다.

『………….』

문은 역시 혼자 열렸습니다.

그리고 저는 여기서, 이 나라의 문을 통과했을 때처럼, 말을 잃고 말았습니다.

머리가 멍해졌습니다.

●

저는 그녀가 쓴 편지를 꼼꼼하게 읽은 후, 문을 두드렸습니다.

"저기, 안녕하세요. 저…… 여행하는 물건입니다. 사실 저는 물건인데, 어떤 이유로 사람 모습을 하고 있습니다."

문 너머에서 둥실 떠 있는 책에게 저는 기묘한 인사를 건넸습니다. 여행하는 물건이라니, 뭡니까.

『호오라. 물건, 인가요? 그렇다는 건, 혹시 내 목소리도 들리는 건가요?』

"그렇답니다."

『흐음…… 그것참 재미있군요. 오래 살고 볼 일입니다. 좋은 구경을 했어요.』

"그거 감사합니다."

『하지만 어째서 사람 같은 모습을 하고 있는 건가요? 괜찮다면 당신의 상황을 우리에게 들려주실 수 있을까요?』

"네. 얼마든지요."

『그렇다면 제 동료들이 있는 곳으로 안내하지요. 부디 모두 앞에서 당신 이야기를 들려주었으면 좋겠네요. 타지에서 온 물건의 이야기는, 우리들에게는 좋은 오락거리니까요.』

"그렇군요— 네. 좋습니다. 그 대신, 묵어갈 수 있는 곳을 제공해주시면 감사하겠는데요."

『물론이죠. 최고급으로 준비할게요.』

그리고 저는 당당하게 그 나라에 잠입했습니다.

『우와왓. 어이, 저 애 귀엽지 않아?』『알아.』

제 등 뒤에서 문이 이러한 말을 내뱉으며, 끼이이이 하고 닫혔습니다.

『그러고 보니, 당신은 원래 어떤 모습이었나요?』

앞에서 들려온 물음에 저는 시선을 돌렸습니다.

당연한 의문입니다. 그리고 감출 필요 같은 건 어디에도 없습니다.

"빗자루랍니다."

그래서 가르쳐드렸습니다.

"마녀가 갖고 있는 빗자루가 있지요? 그게 저랍니다."

나라 중간쯤에 이르자 책은 한층 커다란 성 같은 건물로 저를 이끌었습니다.

『자아, 여행자님. 어서 들어오세요. 이쪽이에요.』

저를 성 안으로 안내하더니, 입구 가까이에 있던 계단을 올라 2층으로 향했습니다.

"이 성은 대체 뭔가요?"

『이곳은 옛날, 한 나라였습니다. 여기는 그 당시에 나라를 통치하던 왕이 살던 집이죠. 뭐, 쉽게 말하자면 왕궁이에요.』

"호오 호오."

저는 책의 뒤를 따라가며 "그래서, 그 왕은 지금 어디에?" 하고 고개를 갸웃거렸습니다.

그러자 책은 나아가는 속도를 전혀 줄이지 않고, 단 한마디만을 했습니다.

『지금은 없습니다.』

무척이나 차갑게 말했습니다.

그리고 2층 막다른 곳의 문 앞에서 멈춰 섰습니다.

『자, 들어오세요. 제 동료를 소개해드릴게요.』

○

멍해진 채 서 있는 제 바로 앞에는 사람의 모습이 드문드문 보였습니다.

겨우 몇 명이지만, 분명 여기에는 살아 있는 인간도 있는 모양입니다.

"어머, 큰일이네요. 다리가 전부 부러졌네요? 괜찮아요. 제가 깔끔하게 고쳐줄게요."

"접시 님, 접시 님. 이제 살날도 얼마 안 남았으니까, 너무 무리는 하지 않는 편이…… 히익! 죄송합니다. 죄송합니다! 파편을 던지지 말아주세요!"

"홋홋홋. 인형 나리, 자네 많이 망가졌구먼. 괜찮네. 내가 고쳐주지."

그들은 아무래도 여기에서 물건 수리를 담당하고 있는 모양이었습니다. 커다란 방에서, 아주 낡고 망가진 물건과 마주하고 있습니다. 남녀노소, 연령도 제각각이었습니다. 보기에는 직업도 다양해서, 척 보기에도 여행자 같은 차림을 한 사람부터, 마법사까지 있었습니다.

혼돈으로 가득한 방이었습니다.

기묘한 광경에 고개를 갸웃거리며 저는 그 속에서 작업을 하고 있던 한 노인 곁으로 다가갔습니다. 마법사 차림을 한, 참으로 베타랑 같은 풍모를 가진 분이었습니다.

"저기, 무얼 하고 계신 건가요?"

제 물음에 그 할아버지는 저를 바라보더니 이렇게 말했습니다.

"호오. 신입인가. 아직 어리군그래."

"네?"

신입이라니요?

"흐음흐음. 자네는 마녀인가? 그거 잘됐네. 내 부담이 줄겠구먼."

"저기…… 부담이니, 신입이니 하는 건 대체 무슨 말씀이신가요?"

"음. 그 반응을 보니 아직 이곳을 잘 모르는 모양이군."

"어제 막 왔거든요."

"과연, 그렇구먼."

할아버지는 새하얀 수염을 쓰다듬더니, 눈앞에서 뿅뿅 뛰고 있는 자그마한 곰 인형의 팔을 꿰매며 말했습니다.

"여기는 말이네, 망가진 물건을 치료하는 곳이라네. 물건은 언젠가 수명이 다하니, 여기에 오는 물건들의 수리를 담당하는 게지."

"호오."

"참고로 수명이 다하기 전에 일부러 망가져서 여기에 오는 물건도 있다네."

호오오.

이곳의 물건들은 마조히스트나 뭐 그런 겁니까?

"흐음……."

하지만 망가진 물건을 수리하고 있다는 건.

"당신들은 이 나라에 사는 분에게 의뢰를 받아서, 일을 하기 위해 외부에서 온 건가요?"

혹시 괜찮다면, 이 나라에 사는 사람과 만나고 싶은데 말이지요— 이 이상한 나라에 관해 더욱 자세히 알고 싶습니다.

그러나 할아버지는 고개를 저었습니다.

"아쉽지만, 그건 아니라네. 우리는 이 나라에서 일하는 게 아닐

세."

"…………."

납득이 가지 않습니다.

"그렇군요. 즉, 당신들도 어제 호우를 만나 비를 피하러 온 분들인가요?"

그리고 그 답례로 물건을 고쳐주고 있는 거고요.

과연, 그렇군요.

"아니—아쉽지만, 그것도 아니라네. 우리는 여기에 살고 있다네. 더부살이를 하면서, 이 나라의 물건들에게 봉사를 하는 게야."

"더부살이로, 말인가요? 대체 무얼 위해서죠?"

"글쎄. 잊어버렸다네. 홋홋홋."

아무래도 이 노인은 기억력이 현저히 떨어진 것 같습니다.

"……언제부터 이 나라에 계셨나요?"

"글쎄. 꽤 오래 전 일이라네. 직업이 상인이라, 팔 물건을 찾아다니다가 이곳을 발견했지. 그리고 깨닫고 보니 여기서 일을 하고 있더구먼. 홋홋홋."

"…………."

그렇게.

여기까지 이야기를 나눈 저는 드디어 이곳—나라 같으면서 나라 같지 않은 곳의 이질적인 부분을 깨달았습니다.

생각해보면, 물건이 혼자서 움직이는 시점에서 이상한 느낌이 풀풀 피어오릅니다만.

빙글 뒤로 돌아선 저는 공중에 떠 있는 한 권의 책을 바라보았습니다. 여전히 입을 다문 채 둥실둥실, 나비처럼 춤추고 있습니다.

『…………』

제 시선을 눈치챘는지, 책은 제 옆으로 다가왔습니다. 변함없이 아무 말 없이. 말을 하는 기색도 없었고, 무엇을 말하려 하는지도 전혀 알 수가 없었습니다.

그리고 책이, 제 눈앞에 멈춰 섰습니다.

『…………』

그때였습니다.

단단한 무언가가 머리를 내리친 듯한 감촉이— 지면이 휙 뒤집히는 것 같은 감각이, 저를 덮쳐들었습니다.

정신이 들고 보니 저는 그 자리에 쓰러져 있었습니다. 눈앞에서는 공중을 나는 책이 저를 내려다보고 있었습니다.

납처럼 변한 제 몸은 의식과 점점 멀어져갔고, 이윽고 손가락 하나 움직일 수 없게 되었습니다.

그 이후의 일은 잘 기억나지 않습니다.

●

"이분들이 당신의 동료들인가요?"

성의 2층. 그 막다른 곳에 있는 방은 온갖 물건들로 넘쳐나고 있었습니다.

펜 같은 작은 물건부터 책장 같은 커다란 물건까지, 각양각색.

그들은 제 옆에 있는 책과 같은 표지인 책들과 마주앉아 대화를 나누고 있었습니다.

『아니, 그러니까 있지, 자, 여기를 좀 봐! 완전히 망가졌다고! 이제 두 번 다시 움직이지 않을 거야.』

『이미 오래 살았으니까, 몸 여기저기가 삐걱댄다고. 있지, 고쳐 줘.』

『나는 이제 틀렸어…… 제대로 움직이는 것조차 마음대로 못하는 결함품이야…… 우으…….』

책들에게 입을 모아 우는 소리를 하는 그들은, 전부 무척이나 낡았고 망가져 있었습니다.

여기는 대체 무얼 하는 장소인 것일까요? 고개를 갸웃거리는 제게 책은 가르쳐주었습니다.

『여기는 수리소의 접수처랍니다.』

"호오."

『여기에서 수리 의뢰와 정기 검사 접수를 한 다음, 1층에 있는 수리소로 보내지는 거죠.』

"호오오."

『그리고, 제 동료가 모여서 쓸데없는 잡담을 하는 곳이기도 하죠.』

"나이가 들면, 한가할 때마다 이런 곳에 모이는 습성이라도 생기는 걸까요?"

『참고로 최근에는 물건들끼리 합체하거나 하는 게 붐이랍니다. 저기 방 한쪽에 쌓여 있는 것들이 있죠?』

"어머. 쓰레기가 쌓여 있는 것으로만 보이는데요."

제 말에 책은 웃었습니다.

『저희들은 오락거리도 없는지라, 시간이 남아돈답니다. 그러니 어쩔 수 없지요.』

그렇게 말하며 책은 그 방 안쪽으로 나아갔습니다.

『자, 이리로 오세요. 여행자 님. 모두에게 당신을 소개할게요.』

저도 그 뒤를 따라 걸었습니다만, 역시 지금의 제 모습은 무척이나 기묘한 것인지, 근처에서 잡담을 나누던 오래된 가구 여러분과 그 오래된 가구를 상대하던 책들의 시선이 일제히 제 쪽을 향하는 것을 알 수 있었습니다.

책은 방 가운데에서 멈추더니, 제 주위를 빙글빙글 날아다니며 말했습니다.

『여러분. 오늘은 보기 드문 모습을 한 동료가, 우리나라를 찾았답니다. 보세요. 사람의 모습을 한 물건입니다.』

술렁거림이 실내로 퍼져갔습니다.

『세상에. 사람의 모습을 한 물건이라니.』『이거 참 별일이군.』『오래 살고 볼 일이야.』『하지만 인간 같은 모습이 되다니, 불쌍하게도…….』

『여러분, 조용히. 이런 모습을 한 물건이 있다는 건, 우리에게는 우려할 만한 중대한 사태입니다. 그녀가 어째서 이러한 모습이 되어버렸는지를, 들어보도록 하죠. 그리고서 우리도 그녀의 힘이 되어드리는 겁니다.』

그리고 책은 말을 이었습니다.

『왜냐하면 그녀는, 우리와 같은 물건. 동료니까요.』

그런 다음 자, 시작하세요, 라고 말하듯이 책은 제 곁에서 멀어지더니 근처 바닥 위에 멈춰 섰습니다.

그 방에 모인 물건들의 시선이 모두 저를 향해 날아드는 것 같은 기분이었습니다.

"…………."

저는 잠시 침묵한 다음, 말했습니다.

일레이나 님께 받은 편지에 쓰여 있던, 일레이나 님이 탈출하기 위한 계획을 머릿속에 떠올리면서.

"저는 나쁜 마녀의 저주를 받아, 이런 모습이 되어버렸답니다—."

○

제가 쓰러진 다음의 기억은 무척이나 애매합니다.

정신이 들고 보니 방에서 자고 있었고, 이상하게도 제가 방에서 쫓아냈을 터인 침대와 가구들은 전부 방으로 돌아와 있었습니다. 그런데도 저는 그 사실을 그다지 신경 쓰지 않고, 방을 나섰습니다.

향해 간 곳은, 성의 1층.

저는 그곳에서 다른 사람들과 마찬가지로 물건을 고쳤습니다.

"우와. 무척 더러워졌네요. 하지만 괜찮아요. 저는 마녀니까, 이 정도는 간단히 깨끗하게 할 수 있어요."

도저히 제 목소리라고는 생각할 수 없을 정도로 달달한 목소리로, 눈앞에 있는 말하지 않는 물건에게 말을 걸면서 마법을 걸었습니다.

"흐음. 신입. 꽤 실력이 좋구먼. 홋홋홋."

"그런가요? 우후후."

옆에서 작업을 하던 마법사 할아버지에게 칭찬을 받고 만면에 미소를 띤 것은, 안타깝게도 저였습니다.

그곳에서 저는 제가 아니었습니다.

하루 종일 쭉 그런 느낌으로, 꿈속에 있는 것처럼 저의 기억과 의식은 애매했고, 마치 마리오네트가 된 것처럼 몸이 말을 들어주지 않았습니다.

무시무시하게도, 저는 그런 사실에 의문조차 갖지 않았습니다.

제정신을 찾은 것은 밤이 깊어 방으로 돌아왔을 때였습니다.

"우으…… 대체 무슨……."

두려운 현실에 떨림이 멈추지 않았습니다.

그러고 보니, 전에도 이와 비슷한 곳에 간 적이 있었습니다.

고양이가 잔뜩 있고, 고양이에게 마음을 빼앗겨버리는 이상한 나라. 그때는 우연히도 제가 고양이를 거절하는 체질이었던 덕분에 무사히 탈출할 수 있었습니다만—.

이곳도 그곳과 마찬가지로, 마음을 빼앗겨버리는 무언가를 갖고 있다고 한다면— 대체, 그 원인은 무엇일까요?

…………

생각할 것도 없습니다. 여기에서 사람은 물건에게 마음을 빼앗기는 것일 테죠. 그리고 그 나라와 마찬가지로, 한없는 애정이니 뭐니 하는 걸 쏟게 되는 것이 틀림없습니다.

"……우으으."

큰일입니다. 어떻게든 이곳에서 도망쳐야만 합니다. 비가 오든 어떻든 관계없습니다. 여기는, 빗속보다도 훨씬 싫은 곳입니다.

아무래도 지금 당장에라도 도망치는 편이—.

그렇게 초조해하며 빗자루를 꺼낸 직후였습니다.

"—으앗."

어느 틈엔가 방으로 돌아와 있던 침대에서 시트가 슈욱 뻗어오더니, 제 손을 잡아 있는 힘껏 잡아당겼습니다.

아, 이거 완전히 도망칠 수 없게 됐어.

그 사실을 깨달은 것은 침대 위에 내던져지고, 이불이 덮여진 다음이었습니다.

"……우으으."

이곳은 감옥이나 다름없습니다.

다음 날도 역시, 꿈처럼 애매한 정신으로 저는 아무렇지 않게 일을 해냈습니다.

"—네! 다 나았습니다. 조심하세요!"

얼굴 가득 미소를 지으며, 저는 지금 막 수리를 해드린 인형님을 배웅했습니다. 손까지 흔들었습니다. 너 누구냐? 라고 말해주고 싶었습니다. 저입니다만.

점심때가 되면, 냄비와 도마(당연하게도 아주 오래된 것)가 변변치 못한 식사를 나누어줍니다.

주어지는 것은 언제나 근처에서 자라고 있을 법한 풀이나 풀이나 풀. 요컨대 잡초입니다.

"홋홋홋. 맛있구먼." "이 이파리는 풋내가 정말 농후하네!" "아아…… 이런 식사를 할 수 있다니. 나는 참 행복해."

그러나 모두는 매우 기뻐하며 그것을 먹었습니다.

으아앗 하는 느낌이었습니다. 하지만 저는 여전히 미소 띤 표정을 짓고 있었습니다.

"…………."

미소 지은 채, 저도 잡초를 향해 손을 뻗으려 했습니다. 하지만 아무래도 그건 너무나도 싫었던지라 온 힘을 다해 손을 멈추었습니다. 허공에서 저와 제가 아닌 무언가가 갈등을 했고, 어중간한 곳에서 멈춘 손이 부들부들 떨렸습니다.

"으응? 자네, 아직 때때로 제정신으로 돌아오는가 보군."

의아하다는 듯이 제 모습을 바라보며 할아버지는 말했습니다. 와삭와삭 잡초를 먹으며.

"……그, 런…… 모양, 입니다……!"

아, 말했습니다.

"홋홋홋. 나도 처음에는 그랬지. 여기서 일하는 게 싫어서, 어떻게든 빠져나가려고 했었다네."

호오.

"지, 지금은…… 어떠, 신…… 가요……?"

"웃는 얼굴을 하고 그런 목소리로 말하지 말게나. 무서우이."

할아버지는 잡초가 담긴 접시를 비우고 나서 말했습니다.

"지금은 딱히 아무렇지도 않다네. 아무렇지 않은 걸 넘어서 여기 있는 게 마음 편해."

"…………"

"뭐, 자네도 언젠가는 그리 될 걸세. 나나 다른 녀석들처럼."

그리고 할아버지는 말했습니다.

"염려 말고 이곳의 물건에게 모든 걸 맡기게. 그럼 편해질 걸세."

그런 건 절대로 싫습니다.

그렇게 대답하려 했지만, 안타깝게도 제 의식은 여기서 지고 말았습니다.

처음에는 그랬다.

그 말은 시간이 지나면 지날수록, 탈출 기회는 줄어든다는 뜻일 겁니다.

반대로 생각하면, 지금이라면 아직 도망칠 기회가 없지는 않다는 뜻입니다.

"……으음."

그날 밤, 저는 생각했습니다.

아, 빗자루로 도망치면 되려나?

다행히도 아직 이곳에 갇힌 지 얼마 안 된 저는, 입만이 아니라 몸 전체의 자유가 돌아오는 경우도 있었습니다.

며칠에 걸쳐 퍼붓던 비가 그친 그날도 그랬습니다. 저는 제 몸을 자유롭게 움직일 수 있게 되어 있었습니다.

이건 기회라고 생각했습니다.

이런 기회를 멀뚱히 보고 놓칠 만큼 저는 어리석지 않습니다.

재빠르게, 저는 자유를 손에 넣은 몸을 온전히 움직였습니다.
그리고 곧바로 도망치기 위한 수순을 밟았습니다.

"에잇."

우선 첫 번째. 가구와 침대가 방해입니다. 바로 방에서 몰아냈습니다. 그리고 마법으로 입구를 꽝꽝 얼려서 절대로 들어오지 못하게 해두었습니다. 문 너머에서 격렬하게 두드리는 소리가 들렸습니다만, 그건 무시.

"하압."

두 번째. 빗자루를 꺼냈습니다. 끝.

"흐랴앗."

세 번째. 두 개 정도 마법을 걸었습니다. 하나는 마법사라면 누구라도 쓸 수 있는 간단한 마법이면서, 쓸 데가 전혀 없어 보이는 단순한 마법. 또 하나는 프랑 선생님과 수행의 나날을 보내던 중에 심심한 나머지 제가 만들어냈던 기묘하기 그지없는 마법.

그것들을 걸었습니다.

"으랏차."

그리고 마지막으로.

편지를 썼습니다. 끝.

준비는 순조롭게 진행되었습니다.

『............!』『......!』『...........!』『! ....!』

하지만 녀석들도 그리 간단히 도망치게 내버려두지 않았습니다.

편지를 다 쓴 직후, 방에서 쫓겨났던 가구와 침대들은 수많은 동료들을 이끌고서 꽁꽁 언 문을 파괴했습니다.

챙, 하고 흩날린 얼음 너머에서 침대, 책상, 의자, 접시, 부엌칼, 줄, 이불, 시트들이 무리를 이루어 뛰어들어 왔습니다.

저는 바로 도망쳤습니다. 빗자루를 쥐고, 계획대로 창문을 깨며 폐허 같은 거리의 바로 위를 날았습니다.

역시나 그냥은 놓아주지 않을 셈인지, 깨진 창문에서 연이어 물건들이 쏟아져 나와 저를 뒤쫓았습니다. 신기하게도, 그중에는 지금 막 깨진 창문의 파편도 보였습니다.

빗자루를 한손으로 잡고서 저는 지팡이로 바람 덩어리를 만들어냈고, 물건들을 계속해서 격추해 보였습니다. 하지만 안타깝게도 그 수가 너무 많습니다.

깨진 창에서 나온 것들만이 아니라, 이 나라의 여기저기에 흩어져 있던 물건들이 우글우글 저를 쫓아 몰려오고 있었습니다.

이윽고 물건들은 대군이 되었습니다.

"으아아⋯⋯."

약간 질리면서, 저는 시선을 앞으로 보냈습니다. 이 기묘한 곳의 입구는 바로 눈앞에 있었습니다. 이것으로, 이곳과 작별할 수 있다면 좋겠습니다만.

─그러나, 그렇게 잘 풀리지는 않았습니다.

나라의 입구가 가까워졌을 때, 마치 그 순간을 노리고 있었던 것처럼 제 몸이 말을 듣지 않게 되었던 것입니다. 열심히 힘을 내보려고 했지만, 몸은 떨리기만 할 뿐이었습니다.

이윽고 제 몸은 제 의사와는 관계없이, 빗자루에서 뛰어내렸습니다.

"⋯⋯역시 실패인가요."

지붕 위로 추락한 저는 하늘을 올려다보았습니다. 여기에 이르러서는 이제 몸이 떨리지도 않게 되었습니다. 머리만이 지금 더욱, 저 자신의 의식을 유지하고 있습니다.

"⋯⋯⋯⋯."

아니, 알고 있었습니다. 어차피, 이리 되리라고 생각하고 있었습니다.

무사히 빗자루로 도망치는 데 성공한다면 만세였겠지만, 할아버지의 이야기를 들었을 때, 어차피 평범하게 도망치려 해본들 제대로 성공할 리 없다는 사실은 대강 눈치채고 있었습니다.

도망치려 해도 이 나라에 만연한 무언가가 제 머릿속을 제압하고, 마음대로 움직이지 못하도록 꾸미겠지요. 아마도 마법으로 물건들을 모조리 파괴하며 다녀도 같은 결과가 되었을 겁니다.

그러나.

그렇기에 저는 빗자루에 두 개의 마법을 걸었던 겁니다.

하나는 단순한 마법.

일정 시간 동안, 멋대로 하늘을 날게 해주는 단순한 것.

또 하나가 중요합니다.

또 하나는 물건에 생명을 부여하는 마법입니다. 사물에 생명을 부여하고 사람의 모습으로 바꾼다고 하는 아주 기묘하고 쓸 데가 전혀 없어 보이는 이상한 마법. 프랑 선생님과 수행을 하던 무렵에는 심심풀이로 열심히 이 마법을 썼습니다.

그것이 설마 이런 데서 도움이 되리라고는 생각도 못 했습니다.

녀석들이 쫓는 것은 저 한 사람. 일부러 빗자루를 쫓아가는 물건은 없을 테지요. 분명 빗자루는 무사히 나라 밖으로 도망칠 수 있을 겁니다.

올려다본 하늘에서, 빗자루가 혼자 날고 있었습니다.

"부탁할게요⋯⋯."

제발, 저를 도와주세요―.

●

그렇게 쓰인 편지에는 이어지는 내용이 있었습니다.

무척이나 구체적으로, 일레이나 님이 어떻게 도망칠 것인지에 관한 계획이 쓰여 있었습니다. 도무지 서두르던 상황이었다고는 생각할 수 없을 정도로 상세하게 이러한 계획이 쓰여 있었습니다.

제가 생각하기에 아마도 이 나라의 물건들은 주변 숲에서 끊임없이 주어지는 마력에 의해 이상해져버렸을 겁니다.

어떤 이유에서인지, 이 나라에서는 주민의 모습이 전혀 보이지 않습니다. 있는 것은 저처럼 우연히 흘러 들어와 버린 사람들뿐.

그리고 그 사람들은 하나같이 물건들의 손에 의해 노예 같은 취급을 받고 있습니다.

분명, 이곳에 있는 물건들은 저희 인간들을 무척이나 혐오하고 있는 것일 테죠.

그래서 저는 생각했습니다.

분명, 인간의 모습이면서도 물건인 당신을, 이 나라의 물건들은 가엾게 여길 겁니다. 동정을 아끼지 않을 겁니다. 당신과 만나면 그들은 분명 어찌하다 그런 모습이 되고 말았는지를 듣고자 할 겁니다.

그때는, 이렇게 말해주세요.

"저는 나쁜 마녀의 저주를 받아, 이런 모습이 되어버렸답니다—."

나쁜 마녀가, 물건인 당신을 사람의 모습으로 바꾸어 괴롭히고 있다고, 거짓말을 해주세요.

그리고 이렇게 물으면 됩니다.

"그 마녀는 사람을 죽였을 정도로 극악무도한 나쁜 마녀랍니다. 저는 지금 그 마녀의 행방을 쫓고 있지요. 혹시 본 적 있으신가요? 잿빛 머리카락과 유리색 눈동자를 가진, 어린 마녀를."

분명 그곳에 있는 물건들은 동요할 겁니다. 분노를 감추지 못하는 물건도 있을지 모릅니다.

본 적 없을 리가 없으니까요. 바로 며칠 전에 들어온 너무 싫은 인간이 실은 극악한 인간이었다는 것을 알면, 냉정하게 있을 수 없을 겁니다.

이제 마무리입니다.

그들에게 이렇게 말해주도록 하죠.

"혹시 본 적 있다면, 저에게 넘겨주실 수 없을까요? 저는 고향으로 돌아가, 그 마녀를 처형해야만 합니다."

분명 그들은 기꺼이 건네줄 겁니다.

사람의 불행을 무엇보다 기뻐하는 녀석들이니까요.

……그렇게.

저는 일레이나 씨가 만들어낸 계획대로 이야기를 진행했습니다.

그녀의 예상대로 제 한 마디 한 마디를 무겁게 받아들인 그곳의 물건들은 거짓된 저의 상황을 탄식하며 재의 마녀를 미워하고 증오했습니다.

여기까지는 순조롭습니다.

『과연…… 사람 따위의 모습이 되어, 무척이나 괴로웠을 테죠. 그 심정이 짐작됩니다.』

"이해해주시니 감사합니다."

심정 같은 건 전혀 짐작해내지 못한 책의 빗나간 말에 저는 거짓된 감사 인사를 했습니다.

주인과 같은 모습이 되어 기뻐하고 있는 제 마음 같은 건, 그들로서는 도저히 이해할 수 없겠지요.

"그래서, 마녀는 여기에 와 있나요?"

저는 이야기를 진행시키기로 했습니다. 당장에라도 그녀를 여기서 도망치게 해주고 싶습니다.

『네. 있습니다. 지금은 아래에서 수리를 거들고 있겠지요.』

"그럼 넘겨주셨으면 하는데요."

그러자 책은 저의 말에 몸을 흔들었습니다.

좌우로.

『그건 불가능합니다.』

"넷?"

예상외의 전개에 동요하는 저에게, 그 책은 이어서 믿기 어려운 말을 했습니다.

『그 마녀는 우리가 처형할 겁니다. 아쉽지만, 당신에게 넘길 수는 없습니다.』

라고.

"⋯⋯⋯⋯⋯⋯⋯⋯⋯⋯⋯⋯넷?"

제아무리 저라고 해도 깜짝 놀랐습니다.

일레이나 님, 이럴 때는 어떻게 해야 할까요?

●

우선 그 마녀가 정말로 재의 마녀인지 확인하고 싶다고 억지를 부려, 저는 1층까지 안내를 받았습니다.

그곳에는 분명 일레이나 님이 계셨습니다.

"으아. 이건 너무하네요. 엄청 갈라졌잖아요. 갈라진 데다 비 부분도 엉망이에요. 결이 부스스해요."

한창 빗자루를 수리하는 중이십니다.

『오, 언니. 귀여운데. 헤헷. 팬티 보여줘.』

"그럼 고쳐드릴게요. 잠깐 가만히 계세요."

참고로 대화는 성립되지 않고 있었습니다.

책은 저와 나란히 그 모습을 바라보며 물었습니다.

『저 사람이 그 나쁜 마녀인가요?』

"……네. 맞습니다. 하지만 당신들은 어째서 그녀를 처형하려는 거죠?"

『그녀는 이 나라에서 지나치게 날뛰었어요. 게다가 아주 고집 스러운 모양인지 좀처럼 우리나라에 물들지를 않아요. 언젠가 완전히 제정신을 되찾을지도 모르죠.』

"그래서 처형한다고요? 몹시 위험한 물건의 사고방식이로군요."

『옛날에 비하면 지금은 얌전해진 편이에요. 옛날에는, 사람을 보면 바로 죽이려 하는 물건들뿐이었죠.』

"…………."

여기서 저는 그러고 보니, 하고 궁금해졌습니다.

저는 말했습니다.

"원래 이 나라에 살던 사람들은, 대체 어떻게 되었나요?"

『없어졌습니다.』

책은 대답했습니다.

『우리들이, 쫓아냈어요.』

담담하게, 그렇게 대답했습니다.

"자. 이제 원래대로 돌아왔어요."

『이봐, 언니. 다음에 나랑 데이트할래? 헤헷.』

"다음 분 오세요."

참고로 일레이나 님은 담담하게 일을 하고 계셨습니다.

이 나라에서 벌어졌던 진실을, 책은 이야기했습니다.

지금으로부터 10년도 전의 일이었습니다.

그 당시 아직 나라였던 이곳은, 부자도 많고 나름대로 번영했으며 사람도 많이 살았다고 합니다.

그러나 이 나라의 사람들은 물건을 소중히 하지 않는 지독한 사람들이었습니다.

주변은 숲. 나무를 베기만 하면 당장에라도 새로운 물건을 만들 수 있을 만큼 재료는 넘쳐났습니다. 그곳에는 수리라는 개념이 거의 없었고, 망가지면 새로운 것을 다시 만들었습니다.

낡은 물건은 나라 밖으로 나르는 것도 귀찮다는 이유로 영지 한쪽 구석에 모아 버렸습니다. 아직 쓸 수 있건만, 살아 있건만, 살짝 흠집이 났다고 해서, 질렸다고 해서, 버렸습니다.

수명이 남았는데도 사람들에게 버려진 물건들은 산더미처럼 쌓여가며 원망스레 사람들의 생활을 지켜보았습니다.

나라 한쪽에 생긴 산은 점점 커져갔습니다.

원망도, 당연히 부풀어갔습니다.

산이 커지고 커져서 이윽고 키가 나무보다 커졌을 때, 사람들은 "이 쓰레기를 어떻게 할까?" 하고 이야기하기 시작했습니다.

"이대로는 영지가 좁아져." "방해야." "보기에 안 좋아." "차라리 묻어서 덮어버리자고." "어디 다른 데 버리는 건 어때?"

이야기는 오랫동안 계속되었지만, 그 사이에 단 한 번도 재이용하자는 말은 나오지 않았습니다.

결국 나라의 사람들은 아직 쓸 수 있는데도 버려져버린 물건들의 산을 반은 다른 곳에 버리고, 나머지 반은 묻어버리자고 하는 절충안을 취하기로 했습니다.

그때, 산에 묻힌 물건들의 분노가 정점에 달했습니다.

변화가 찾아온 것은 그때였습니다.

사람들에게 지독하게 당한 물건들은 그 몸을 움직일 수 있게 되었고, 사람들은 물건에 심취하게 되었습니다. 마치 고양이를 사랑하게 되었던 나라처럼 말입니다.

어쩌면 깊은 숲에 가득한 마력이란, 전부 이처럼 마음을 농락하는 성질을 갖고 있는 것일지도 모르겠습니다.

아무튼, 그곳에 있던 자들은 모두 물건을 받게 되었습니다.

물건들은 원한 하나를 원동력으로 삼아 자유자재로 움직일 수 있게 되었습니다.

그러나 물건들의 분노는 그것만으로는 사그라들지 않았습니다. 쓰레기처럼 여겨지고 버려졌던 물건들은 사람이라는 것을 신뢰할 수 없게 되어버렸습니다.

『이곳은 지금부터 우리들의 나라다. 너희들은 당장 무일푼으로 여길 나가.』

물건들은 나라에 살던 사람들을 모아 그렇게 선언하고, 그들을 쫓아냈습니다.

물건의 목소리 같은 건 실제로는 사람에게 들리지 않으니, 아마도 갑자기 움직이기 시작한 물건을 기분 나쁘게 여기고 도망친 것뿐일지도 모르지만 말이지요.

아무튼, 이리하여 물건들만이 사는 나라가 만들어졌던 것입니다.

하지만 그들은 한 가지, 커다란 실수를 범하고 말았습니다.

물건도 수명이 다하면 움직이지 않게 되는 법입니다. 십여 년, 아무도 영지에 들이지 않고 물건들만으로 생활을 했지만, 동료인 물건들은 하나둘 쓰러져버리고 말았습니다.

망가졌을 때 물건을 고쳐줄 인간이 존재하지 않았던 것입니다.

그들은 무계획적이고 대책 없는 녀석들이었습니다.

대책 없는 녀석들은 다시 문을 열었고, 사람들을 불러들이게 되었습니다.

우연히 길을 헤매다 와버린 여행자라든가.

혹은 비를 피하러 왔을 뿐인 여행자도.

예외 없이 불러들이고, 물건에 심취시키고, 사람을 노예처럼 다루면서, 물건을 고치도록 시키게 되었습니다.

그리고 며칠 전, 그녀가 여기에 찾아오고 말았다 — 아무래도 그런 사정이었던 모양입니다.

●

　그날 밤의 일이었습니다.

『응? 잿빛 머리카락의 마녀? 아, 그 녀석이라면 저쪽 숙소에 묵고 있어.』

　밤늦게 몰래, 고급 여관(이라고 해도 역시나 오래된 탓에 싸구려 여관이나 마찬가지였습니다)에서 빠져나온 저는 아직 일어나 있는 물건들에게 모조리 말을 걸어 일레이나 님이 계신 곳을 찾아냈습니다.

　어제 무척 크게 날뛰었던지라 숙소에서 감옥으로 옮겨지지 않았을까 걱정했습니다만, 그녀는 아무래도 아직 책에게 안내받아 들어갔던 숙소에 있는 모양입니다.

　"그 마녀가 이 나라에서 괴로워하는 모습을 조금이라도 보고 싶습니다. 면회할 수 있게 해주세요."

　그런 구실을 대자 물건들은 간단히 안내해주었습니다.

　저는 사람의 모습을 하고 있지만 실제로는 물건입니다. 일레이나 님처럼 이 나라의 힘에 머릿속을 농락당할까 걱정할 필요도 없습니다.

　즉, 마법이 풀릴 때까지 — 제가 물건으로 돌아갈 때까지, 저는 자유롭게 돌아다닐 수 있다는 뜻입니다.

　"아하, 찬스."

입니다.

그리고 저는 하루 만에 일레이나 님이 계신 곳으로 돌아왔습니다.

"실례합니다."

노크를 하고서 문을 여니 일레이나 님이 계셨습니다.

침대 위에 앉아 창밖에 떠 있는 달을 올려다보며, 멍하니 계셨습니다. 전에 제가 깬 창을 통해 산들바람이 불어와 그녀의 아름다운 머리카락을 가볍게 쓰다듬었습니다.

아직까지 수리가 되지 않은 데다, 파편이 바닥에 흩어져 있는 창은 『저기…… 고쳐줬으면 하는데요』라고 불평을 해대고 있었습니다. 무시했습니다.

"당신이 재의 마녀, 일레이나 님이죠?"

제가 묻자 그녀는 얼굴을 이쪽으로 돌렸습니다.

"그렇습니다만, 당신은 누구죠? 아, 신입인가요? 그렇군요."

"아직 아무 말도 안 했는데요."

"저 졸려서 이제 그만 자고 싶어요."

"오늘 밤은 재우지 않을 거예요."

"음흉해."

"농담입니다."

에헴, 하고 헛기침을 한 번 하고서 저는 원래 하려던 이야기를 꺼냈습니다.

"실은, 오늘은 당신에게 보고할 게 있어서 왔답니다."

"보고? ……그보다, 당신은 대체 어디의 누구인가요?"

"저는 이 나라의 높으신 분입니다."

거짓말입니다.

"높으신 분……인가요? 있었던 건가요?"

"있었던 겁니다. 실은 당신이 일하는 모습을 보고 직접 만나보기로 마음먹었지요."

"아, 칭찬해주는 건가요?"

"반대입니다."

"네에?"

지금부터 하는 이야기는 거짓말입니다.

"당신은 이 나라의 물건을 지나치게 고쳤어요. 애초에 이 나라의 물건들은 고쳐주기를 바라고 있는 게 아닙니다."

"뭐라고요?"

"사실은 망가뜨려주기를 바라고 있지요."

거짓말입니다.

"세상에. 하지만, 그 성에 있던 사람들은 수리를 의뢰받았다고 했는데요."

"그들도 모두, 착각을 하고 있는 거랍니다."

"진짜요?"

"진짜입니다. 이 나라에 가득한 물건들은 사실 이 녀석이고 저 녀석이고 전부 그런 취향을 갖고 있지요. 말이 통하지 않는 탓에 착각을 하고 있는 것 같은데, 그들은 마조히스트랍니다."

"마조히스트."

"특히 당신 같은 어린 소녀의 손에 망가지는 것이 무엇과도 비교할 수 없는 행복이지요."

"행복."

"망가지러 갔는데 고쳐졌으니, 그들은 욕구 불만으로 상당히 쌓인 상태죠."

"쌓였다고요."

"그런 사정인 겁니다."

"그런……."

풀썩 고개를 숙이는 일레이나 님.

저는 손을 뻗어 일레이나 님을 가리켰습니다.

"하지만 안심하세요. 지금이라면 아직, 당신이 한 일을 바로잡을 수 있습니다."

"뭐라고요?"

저는 말했습니다.

"이제부터는—."

거기까지 이야기한 직후의 일이었습니다.

그때까지 잠자코 듣고 있던 침대에서 시트가 숙 뻗어오더니, 제 손을 잡았습니다.

저는 곧바로 침대로 끌려가 이불로 덮여졌습니다.

『무슨 속셈이지? 우리에게 이빨을 들이대려는 건가?』

침대가 말했습니다.

『너의 이상한 행동은, 우리 동료들에게 보고하도록 하겠다.』

"그런 기회는 주지 않을 거예요."

저는 끊겼던 말을, 이었습니다.

"일레이나 님, 이제부터는 당신 앞을 막아서는 물건을 모조리 망가뜨려 주세요. 그게, 그들에 대한 최대한의 예의랍니다."

"네? 진짜요?"

"진짜랍니다. 참고로, 이 나라의 문이 당신 손에 부서지고 싶다는 말을 했었지요."

"세상에."

"망가뜨려주세요. 지금부터."

"지금부터요?"

"지금 당장 부탁드립니다."

"…………."

일레이나 님은 잠시 생각하는 모습을 보였습니다만, 곧바로 "알겠습니다. 망가뜨리겠어요"라고 말해주셨습니다.

"그거 다행이로군요. ―그런데."

"또 뭐죠?"

저는 침대에서 손을 꺼내며 말했습니다.

"이 침대도 마조히스트랍니다."

"망가뜨리는 편이 좋을까요?"

"부디."

일레이나 님은 제 말에 고개를 끄덕이더니 지팡이를 꺼냈습니다. 그리고 저를 잡고 있는 침대에 그 끝을 들이댔습니다.

『잠깐 기다려. 너희들, 그런 짓을 하고 무사할 줄 알―아, 아아아아아아아아아―!』

비통한 단말마가 울려 퍼졌습니다만, 적어도 일레이나 님의 귀에는 들리지 않았을 테지요.

●

　숙소에서 문까지 이어지는 길은, 많은 물건들의 비명으로 가득 메워졌습니다.

　"에잇."

　『아파! 아파! 아파! 아아아아아아아아아아아아아아앗!』

　"얍."

　『히이이이이이이이익……! 이제 그만—.』

　"으라차."

　『안 돼애애애애애애애앳! 망가져버려어어어어어어어어엇.』

　"에이차."

　『이 자식 잘도— 아, 잠깐 기다려, 하지 마 싫어어어어어어어어엇!』

　무더기로 몰려드는 물건들을 모조리 쓰러뜨려가는 일레이나님의 늠름한 모습으로 말할 것 같으면, 그건 정말이지 멋졌습니다.

　"저기, 이거 정말로 기뻐하는 건가요?"

　의심스러워하는 표정을 짓는 일레이나 님도 멋졌습니다. 눈에 보약입니다.

　"걱정하지 마세요. 무척이나 기뻐하고 있답니다."

　물론 거짓말입니다. 태연하게 거짓말을 해가며, 저는 일레이나 님을 따라갔습니다.

　아무래도 저는 거짓말이 특기인가 봅니다.

　이것도 역시 주인을 닮은 걸까요?

역시 마녀입니다. 물건 따위가 일레이나 님에게 대적할 수 있을 리 없었고, 저희들은 너무나도 간단하게 이 나라의 문 앞까지 이르고 말았습니다.

하지만.

『사람 모습을 한 물건 따위, 믿으면 안 되는 거였나 보군요.』

도착하기는 했으나, 문 밖으로 나가기 위해서는 조금 고생을 하게 될 것 같습니다.

온갖 물건들이 겹겹이 쌓여 거대한 인형의 모습을 한 괴물이 되어 있었던 것입니다. 아무래도 물건들을 긁어모아 즉석에서 괴물을 만들어낸 모양입니다.

문을, 숲의 나무들조차도 내려다볼 정도로 커다란 물건으로 된 괴물은『우하하하하!』하고 잔챙이 같은 웃음소리를 냈습니다.

아, 그리고 보니 최근 물건들끼리 합체하는 게 붐이라는 말을 했었지요.

『웃기지도 않는 짓을 해줬군요.』

얼굴 근처에 묻혀 있는 책이 말했습니다.

『당신 탓에 우리의 많은 동료가 목숨을 잃었습니다. 용서할 수 없어요. 살아남은 내 동료들이 만들어낸 이 거인으로, 당신들을 지옥으로—.』

"에잇."

거인이라는 것의 한쪽 팔이 날아갔습니다.

『기다려 아직 이야기하는 도중.』

"일레이나 님. 잠시 기다려주세요."

"아, 죄송합니다."

날아간 팔이 민가를 박살 내는 것을 지켜본 다음 거인(책)은 말했습니다.

『인간은 언제나 그랬어. 제멋대로 우리들을 있는 대로 만들어놓고, 필요가 없어지면 바로 버리지. 얼마나 어리석은 짓인지. 우리를 만들어놓고서, 만들어낸 목숨에 대해서는 아무런 책임도 지지 않아. 게다가 우리의 말은 언제나 그들에게는 닿지 않지— 당신은 알까요? 아직 살아 있는데도 버려진 우리의 분노를.』

"안타깝지만."

저는 고개를 저었습니다.

태어나서 지금까지, 쭉 그녀에게 소중하게 다뤄져온 저로서는 도저히 이해할 수 없는 감정입니다.

『이게 우리의 분노예요. 이 거인이야말로, 인간에 대한 우리의 원망 그 자체! 이걸로, 우리는, 증오스런 인간 놈들을 모조리 뿌리 뽑—.』

"에잇."

거인이라는 것의 나머지 한 팔도 날아갔습니다.

『기다려.』

"일레이나 님."

"어라? 아직인가요?"

"조금만 더 기다려주세요."

"우음……."

토라진 일레이나 님도 무척이나 귀여웠습니다만, 지금은 중요한 이야기를 하고 있는 중입니다.

본론으로 돌아가죠.

"여러분의 분노는 잘 알았습니다. 하지만, 그건 사람을 상처 입혀도 되는 이유는 되지 못합니다."

『무슨 소리를 하는 거죠? 상처 받았으니 상처 입힌다. 타당한 이유가 아닌가요?』

"저는 분수를 알라는 말을 하고 있는 겁니다. 필요하면 쓰이고, 필요 없어지면 버려진다. 그게 우리의 운명입니다."

『그래서는 노예나 마찬가지잖아요!』

"제 이야기는 아직 끝나지 않았습니다."

저는 말했습니다.

"필요가 없어졌다면, 버려졌다면— 그 다음은 쭉 기다리면 되는 겁니다. 새롭게 다시 태어나는 것을, 다시 필요성이 생기기를, 쭉 기다리면 되는 겁니다. 사람에게 소중히 여겨졌을 때의 추억을 안고서, 쭉 기다리면 되는 겁니다."

그러니 원망이라는 건, 착각도 정도껏이라는 겁니다— 저는 거인을 올려다보았습니다.

『착각이든 뭐든, 우리의 분노는 진짜입니다! 모든 인간을— 당신도! 우리는, 용서하지 않을 겁니다! 둘 모두, 여기서 죽어주시죠!』

"…………."

아무래도.

제 말 같은 건, 그들에게는 닿지 않은 모양입니다.

"당신들은 틀렸습니다."

저는 그래도 계속해서 소리쳐 말했습니다.

"하지만, 소중히 여겨지지 못했던 당신들의 슬픔은, 제가 받아 가겠습니다."

그리고 저는 일레이나 님의 어깨를 툭 두드렸습니다.

일레이나 님은 그것만으로도 제가 하고자 하는 말을 이해했는지, 지팡이를 들어주셨습니다.

곧바로 그녀의 손에서 마법이 날아갔고, 저희들을 향해 덮쳐들려 하던 거인의 몸을 산산조각으로 날려버렸습니다.

"이제 부디, 느긋하게 잠들도록 하세요."

제 말은, 여전히 그들에게 닿지 못했을까요?

●

문을 빠져나간 순간, 일레이나 님은 드디어 제정신으로 돌아왔습니다.

숲속의 달빛 아래서 지독한 표정을 짓고 계셨습니다.

"……어쩐지 무척이나 안 좋은 꿈을 오랫동안 꾸고 있었던 것 같은 기분이에요."

"안타깝지만 전부 현실이랍니다."

제가 그렇게 대답하자 일레이나 님은 저를 향해 물었습니다.

"……당신이, 그…… 제 빗자루, 인 거죠?"

"네. 틀림없습니다."

"…………."

"싫으신가요?"

그녀는 머리카락이 가볍게 흔들릴 정도로 고개를 저었습니다.

"저랑 많이 닮았구나 싶어서요. 그래서, 놀랐어요."

"분명 물건은 주인을 닮는 걸 테죠."

"반려 동물 같네요."

저는 고개를 끄덕일 뿐, 말로 답하지는 않았습니다.

"…………."

저희들 사이에 침묵이 놓였습니다.

그때 그녀의 표정이란, 무어라 형용하면 좋을지 알 수 없을 만큼 복잡했습니다. 무언가 골똘히 생각하는 것도 같고, 고민하고 있는 것도 같은. 아무튼 어두운 표정이라는 것은 분명했습니다.

"왜 그러시죠?"

저는 고개를 갸웃거려 보였습니다.

그러자 일레이나 님은.

"…………저기. 도와줘서…… 그, 고마워, 요. 그리고—."

그 다음 말을, 저는 듣고 싶지 않았습니다.

편지에도 쓰여 있었습니다만, 사물과 대화할 수 있는 마법을 갖고 있으면서, 대화를 나눌 수 있다는 걸 알면서도 쭉 저와 얼굴을 마주하려 하지 않았던 것을 사과하고 싶은 것일 테죠.

"당신의 마음, 저는 알고 있답니다."

저는 그녀의 말을 자르고 이야기했습니다.

"마음 쓸 것 없어요. 말이 통하지 않아도, 목소리가 들리지 않

169

아도, 저는 어디까지나 당신의 것이니까요. 아무리 혹사당한다고
해도, 당신을 원망하는 일은 없을 겁니다."

"…………."

"하지만 구울의 머리를 관통한 채 날거나 하는 건 어떨까 싶네
요."

"아, 죄송합니다."

저는 말했습니다.

"저는 딱히 신경 쓰지 않지만— 그래도, 일레이나 님이 꼭 사
과하고 싶다고 하신다면, 한 가지 부탁이 있습니다."

"?"

"들어주시겠어요?"

일레이나 님은 바로 고개를 끄덕여주셨습니다.

그래서 저는 사양하지 않고, 제멋대로인 부탁을 한 가지 했습
니다.

"—부디, 도와주세요."

○

물건들이 혼자서 움직이는 나라……였던 곳을 한 번 방문한 후
로 몇 주의 시간이 흘렀습니다.

날씨는 쾌청. 부드러운 초여름의 바람이 숲의 나무들 사이를
지나쳐 제 뺨을 쓰다듬었습니다.

"…………."

몇 주 만에 다시 찾은 그곳은, 이전과는 전혀 다른 모습을 하고 있었습니다.

날씨가 맑기 때문일까요?

아니, 그것 때문만은 아닙니다.

"이거 이거. 정말로 대단한데." "이렇게나 대량일 줄은……." "순서를 지켜! 장난치지 말라고." "어이! 이걸 먼저 발견한 건 나라고!" "시끄러워, 내 알 바냐!" "빠른 사람이 임자야." "훗훗훗."

좁은 문 근처에 모인 상인들이, 서로 다퉈가며 나라에서 물건을 빼내고 있었습니다. 수레에는 망가진 많은 물건들이 쌓여 있었고, 마차를 끄는 말들이 전부 힘든 듯이 히이잉 하고 비명을 질렀습니다.

"그것참. 그나저나 여기는 정말로 대단한 곳이야. 멋진 물건으로 넘쳐나잖아. 고쳐서 팔면 꽤 좋은 값을 받겠어."

상인 중 한 사람이 제게 말했습니다.

"자네. 정말 고맙네. 용케도 이런 곳을 발견했군그래."

"비를 피하러 왔다가 우연히 찾았답니다."

수레에 쌓인 물건들은 망가지기는 했지만 고치면 아직 쓸 수 있습니다.

수명이 완전히 다한 것이 아닙니다.

그렇기에 그녀는 그들에게 다시 활약할 기회를 주고 싶었던 것일 테죠.

이번에야말로 행복해질 수 있도록, 그녀는 그들을 돕고 싶었던 것일 테죠.

"마녀님. 이거 받아."

상인 중 한 사람이 그렇게 말하며 꾸러미 하나를 건넸습니다. 꽤 무거웠고, 안을 살펴보니 은화가 여러 개 들어 있었습니다.

"그건 우리끼리 모은 돈이야. 받아줘. 이렇게나 좋은 곳을 알려준 답례야."

"…………."

저는 상인에게 그것을 꾸욱 되밀었습니다.

"필요 없습니다. 저는 돈을 바라고 이곳을 알려준 게 아니에요."

"응? 그럼, 어째서지?"

의아해하는 기색을 띠는 상인에게 저는 말했습니다.

"부탁을 받았습니다. 제 소중한 파트너에게."

아주아주 사람 좋은 그녀에게.

저는 그녀와 만난 후로 쭉, 그녀와 대화를 나누려 하지 않았습니다.

말을 나눌 수 있는 마법을 쓸 수 있으면서도 지금까지는 도무지 그럴 마음이 들지 않았던 것입니다.

이유는 단순.

저는 무서웠던 겁니다. 제 빗자루가 평소 어떤 생각을 하고 있는지를 알고 싶지 않았던 겁니다. 제 물건인 그녀가 사람의 모습이 되었을 때 어떤 모습을 하고 있을지, 어떤 이야기를 할지, 상상하고 싶지 않았던 겁니다.

그래서 지금까지 줄곧 이 마법을 자신의 소유물에는 쓰지 않았습니다.

하지만 물건들로 넘쳐나는 그 나라에서 그녀와 만날 수 있었던 것을, 저는 다행이라고 생각했습니다.

도움을 받아서, 저는 무척이나 기뻤습니다.

제 빗자루가 그녀라서 정말로 다행이라고, 지금은 그렇게 생각하고 있습니다.

"그럼, 가볼까요."

생각하지만 그것을 소리 내 말하는 일은 없었습니다.

저는 사람이고, 그녀는 물건입니다.

목소리는 닿지 않습니다.

하지만 마음은 전해지고 있으리라고, 저는 믿고 있습니다.

저는 빗자루 위에 앉아 지면을 박찼습니다.

빗자루가 제 부름에 응하듯이 둥실 떠올라, 대지에서 하늘로 날아올랐습니다.

상인들이 잔뜩 모인 오래된 나라의 자취는 서서히 보이지 않게 되어갔고, 새로운 세계가 제 눈앞에 펼쳐졌습니다.

며칠 동안 쉬었던 여행자 일은 이렇게 겨우 다시 시작되었습니다.

소중한 물건과 함께.

제 10 장

저는 밤길을 서둘렀습니다.

그 나라를 방문한 것은 바로 이틀 전. 첫날은 단순히 주변을 구경하고, 둘째 날은 그 나라의 관광 명소를 하루 종일 돌고, 그리고 셋째 날인 오늘도 관광 명소를 열심히 돌았습니다.

이야기를 들어보니 야경이 무척이나 예쁜 언덕이 이 나라 근처에 있다고 하기에, 일부러 저녁에 나라를 나와서 밤이 된 후에 나라로 돌아왔던 겁니다.

그러한 연유로 저는 가로등이 비추는 밤길을 걷고 있었습니다. 팔 언저리를 쉼 없이 문지르면서, 때때로 등 뒤로 시선을 돌리며 잰 걸음으로 숙소로 가는 길을 걸었습니다.

한밤중의 길은 으스스합니다. 낮에도 지나갔던 그 길은 어느 틈엔가 모습을 싹 바꾸어서, 마치 전혀 다른 세계로 이끄는 길처럼 보이기도 했습니다.

밤의 깊은 어둠에 끌려든 것처럼 거리에는 안개가 끼어 있었고, 시야는 분명하지 않았습니다. 가로등 빛을 받은 저의 커다란 그림자가 눈앞에 비춰지고 있었습니다.

"……으음?"

아니, 아닙니다.

눈앞에 있는 그림자는, 제 것이 아니었습니다. 걸음을 딱 멈추고 선 후에도 그 그림자는 흔들흔들 어둠 속에서 꿈틀거렸습니다.

─무언가가, 제 앞에 서 있었습니다.

"……저기, 누구신가요?"

깨닫고 보니, 저는 지팡이를 꺼내 그쪽을 향해 들고 있었습니다.

희미하게 떨리는 제 목소리에 반응한 그림자는 어둠 속에서 일렁이며 움직이더니 이쪽을 향해서 천천히, 초조하게 만들려는 듯이 천천히 걸어왔습니다.

터벅, 터벅—하고 신발 소리가 울렸습니다.

그리고, 이윽고 그림자는 명료해졌고—.

"후하하하하하하! 나는 며칠 전 이 나라에 잠복한 늑대인간이다! 이런 밤길을 혼자 나다니면 위험하다고. 나 같은 괴물이 잡아먹어 버리니까 말이지!"

놀랐습니다.

눈앞에 나타난 것은, 그렇습니다.

늑대인간이었습니다!

"…………."

늑대인간이었습니다!

늑대인간! 이었습니다!

"어이, 왜 그래? 무서워서 말도 안 나오는 거야? 후후후, 그렇겠지. 무섭겠지."

"…………."

저는 눈앞에 있는 늑대인간을 올려다보았습니다.

"……하아."

그리고 한숨도 내쉬었습니다.

"어이, 잠깐 기다려. 어째서 한숨을 쉬는 거지? 늑대인간이라고?! 괴물이라고?! 지금부터 너를 먹어버릴 거라고?!"

"아, 네."

"네, 가 아니잖아."

"죄송합니다. 안개 속에서 등장한 것치고는 너무나도 미묘한지라 실망했습니다."

"실망했다고? 나는 늑대인간이라고?! 너, 늑대인간 몰라? 괴물 쪽에서는 그 이름을 모르는 자가 없다고 할 정도로 엄청나게 유명한 괴물이라고?"

"혹시 당신은 자신의 모습을 거울로 본 적이 없나요?"

"뭐라고?"

"노파심에 알려드리는 겁니다만, 우선 대전제로, 당신은 늑대인간이 아닙니다."

"……그럼 뭔데?"

"개인간입니다."

"개인간."

"그것도 치와와."

"잠깐. 치와와가 뭐지?"

"개 중에서도 가장 귀여운 종류라고 여겨지는 녀석들입니다."

그럼, 상상해보시지요.

제 눈앞에 있는 것은 얼굴이 치와와이고 몸은 근육 울끈불끈인 남자. 게다가 온몸이 갈색 털로 덮여 있는 데다, 목소리는 댄디한 아저씨. 하지만 얼굴은 치와와.

온갖 오물을 냄비에 집어넣어 끓인다고 해도 이 정도로 불쾌하

177

지는 않을 겁니다.

그 정도로 기분 나쁜 광경이 눈앞에 있었습니다.

모처럼 제가 무서워하는 척을 하며 완벽할 정도로 등장하기 쉬운 무대를 만들어드렸건만, 이게 뭡니까?

화가 머리끝까지 치밀었습니다.

"애초에 뭔가요? 어째서 그 얼굴로 늑대인간이라고 떠들어댈 수 있는 거죠? 바보예요? 바보인 거예요? 분수를 모르는 데도 정도가 있죠. 이 허섭스레기."

"……말이 지나치잖아."

"일단 거기 앉아보세요."

"아, 네."

앉았습니다. 어느 틈엔가 늑대인간(자칭)은 존댓말까지 쓰고 있었습니다.

참고로 늑대인간은 바닥에 영차 하는 느낌으로 책상다리를 하고 앉았습니다.

"지금 이게 우습습니까? 정좌하세요."

저는 늑대인간의 무릎을 찼습니다.

치와와 남자는 "깨갱" 하고 귀여운 울음소리를 내더니 정좌를 했습니다. 그렁그렁한 눈동자로 저를 올려다보고 있습니다. 열 받습니다.

"애초에 이런 밤길에 당신 같은 얼굴을 한 괴물이 나온다고 하면, 대부분의 사람이 어떤 반응을 보일 거라고 생각합니까?"

"겁먹습니다."

"노."

저는 고개를 저었습니다.

"오히려 웃습니다."

"어째서입니까?"

"얼굴만은 귀엽기 때문입니다. 늑대인간이라고 하고 싶으면 우선 성형부터 해주세요."

"아까부터 독설이 너무 심하지 않습니까?"

"그건 당신 탓입니다."

"그런 겁니까?"

"그런 겁니다."

"…………."

이야기를 계속하지요.

"애초에 당신은 어째서 사람을 놀라게 하려는 거죠?"

"거기에는 말이죠, 깊은 사정이 있어서―."

그렇게 치와와 남자는 슬픈 사정을 이야기하기 시작했습니다.

치와와 남자는 인간과 치와와 사이에서 태어난 아이라고 합니다. 참고로 인간은 아버지 쪽. 대체 어떻게 하면 인간과 개 사이에서 아이가 태어날 수 있는가 싶겠지만, 마법이 있는 세계에서는 이러한 기적이라고도 할 수 있는 시시한 일이 종종 생깁니다.

치와와 남자는 부모님과 함께 지금까지 사람들이 사는 마을에서 멀리 떨어진 산속에서 생활했었지만, 치와와 남자는 한창 때의 남자아이. 사춘기도 당연히 찾아옵니다.

"이제 이런 집, 나가주겠어!"

어느 날, 치와와 남자는 별것 아닌 말다툼 끝에 부모님과 결별했습니다. 아버지는 "그만둬. 너한테 독립은 무리야"라며 고개를 저었고, 어머니는 "끼잉" 하고 슬퍼했습니다.

그리고 산을 내려와 도착한 이 나라에서 우선은 직업을 구하려고 생각했지만, 레스토랑에 가면 기분 나빠하고, 숙소에 가도 기분 나빠하고, 어디에 가도 기분 나빠해서 취직은커녕 머물 곳조차 전혀 없었습니다.

그것도 그럴 테지요. 그는 늑대인간이라기보다는 치와와 인간. 만월이 뜬 밤에만 털북숭이가 되는 것이 아니라 24시간 내내 치와와 인간 사이의 모습을 하고 있는 것입니다.

기분 나쁜 게 당연합니다.

그런고로 그는 비뚤어졌습니다.

귀찮아졌기 때문에 이 부분부터는 흘려들었습니다만, 아무래도 그런 사정으로 직업을 구하지 못했기 때문에 반쯤 될 대로 되라는 심정으로 늑대인간으로서 사람을 습격하고 돈을 뜯어낼 생각이었다고 합니다.

참고로 제가 첫 피해자랍니다.

"하지만 말이죠. 당신의 그 모습으로 늑대인간은 역시 무리입니다. 그래서는 단 한 사람도 놀라지 않을 거예요. 늑대인간을 얕보지 말아주세요."

"그럼 어떻게 해야 할지."

"……하아."

저한테 다 떠넘기는 겁니까?

뭐, 됐습니다.

"일단, 우선은 그 귀여움 넘치는 얼굴을 어떻게든 하죠. 그 탓에 공포감이 옅어지니까요."

"성형을 하려고 해도 돈이 없습니다만……."

"괜찮아요. 돈이 없어도 어떻게든 됩니다. 일단 털을 깎아주시죠. 온몸을 다."

"털을 깎으면 늑대인간 같지 않을 것 같은데……."

"처음부터 이미 늑대인간이 아니었으니까, 털을 깎는다고 해도 아무런 문제없습니다."

"아니, 하지만……."

"걱정할 것 없습니다. 제 말을 듣기만 하면, 바로 큰 돈이 벌릴 겁니다. 괜찮아요. 당신에게는 그 소질이 있습니다."

"늑대인간이 아닌 이런 저에게, 말인가요……?"

"네, 물론이에요."

저는 고개를 끄덕였습니다.

"하지만, 그러기 위해서는 털을 깎아야만 합니다."

"털을 깎은 다음에는요……?"

그 물음에 저는 말했습니다.

조금 악랄한 미소를 지으면서.

"이렇게 하는 겁니다……."

○

181

그로부터 며칠 후.

안개가 낀 밤길에서 저는 남자를 기다리고 있었습니다.

"여어, 안녕하십니까. 마녀님."

왔습니다. 온몸의 털을 모조리 깎은 남자는 완전히 다른 인상이 되었습니다.

"안녕하세요. 기다리고 있었습니다. 요즘 벌이는 어떤가요?"

"그게 말이죠! 엄청납니다! 마녀님 말씀대로 털을 깎았더니, 밤길에서 마주치는 사람들이 전부 겁을 먹고 도망치더라고요!"

"그렇겠죠."

털을 싹 깎은 치와와 남자 같은 건 평범하게 기분 나쁘니까요.

"제가 『후하하하! 돈을 내놔!』라고 하면 지갑째 던지고 도망치는 녀석도 있을 정도로, 이제 완전히 이 도시는 저에 대한 공포에 휩싸여 있습니다."

"그렇겠죠."

참고로 소문도 돌고 있습니다.

"엄청나게 기분 나쁜 고블린 같은 무언가가 밤길에 나타난대. 무서워"라는 이야기를 관광 명소를 도는 도중에 아주 빈번하게 들었습니다.

"이제 이렇게 된 이상, 이 나라만이 아니라 타지에서도 충분히 활약할—."

"아, 이야기는 그만 됐습니다."

저는 그의 말을 자르고, 그를 향해 손바닥을 내밀었습니다.

"저와 한 약속, 잊지 않았겠죠?"

"…………."

그는 한순간 미묘한 표정을 짓더니, 부스럭부스럭 옷 주머니를 뒤졌습니다.

"여기. 번 돈의 20퍼센트."

그리고 그렇게 말하면서 금화를 제 손에 떨어뜨렸습니다.

금화 두 닢입니다.

즉, 이틀 동안 금화 열 닢을 벌었다는 뜻입니다.

꽤 벌었군요.

"감사합니다."

"그나저나 마녀님은 대단하네. 내 외모를 보고 이런 수를 생각해내다니. 하지만 뭐, 하루에 금화 다섯 닢이 그렇게 간단히 벌 수 있는 금액도 아니고, 아이디어는 분명 마녀님 거지만 벌이는 내 재능 덕분이라고 봐도 되지 않을까?!"

"우쭐대기 시작했군요."

"하지만 사실이잖아? 나는 역시 늑대인간의 재능이 있는 거야!"

"농담도. 제가 그럴 마음만 먹는다면 하루에 당신의 배는 벌 수 있습니다."

"호오. 어떻게?"

"비밀입니다."

그리고 저는 금화 두 닢을 소중하게 지갑 속에 넣었습니다.

"헤헤헤…… 이걸로 나도 일류 늑대인간……."

"단순히 못난 고블린이 아니고요?"

○

　그리고 다시 며칠 후.

　거리는 어떤 소문으로 자자해졌습니다.

　"어이, 들었어?" "또 나왔다며? 고블린 인간." "고블린에게 습격당하다니, 싫어! 이제 돌아갈래!" "고블린에게 공격당하면, 어떻게 하지?" "돈을 주면 도망치게 해준다던데?" "뭐야, 그 고블린은." "몰라." "일단 돈을 갖고 다니면 된다는 거지?" "그렇다나 봐."

　그렇군요. 그의 소행은 도시 전체에 퍼진 모양입니다. 돈을 노리고 사람을 습격하고 다닌다는 것도 다 알려졌습니다.

　이미 고블린 인간에 대한 공포보다도 불쾌감과 당혹감이 더욱 커지고 있습니다.

　이제 슬슬 때가 되었군요.

　"그것참. 여러분 무슨 일이신가요? 뭔가 곤란해 보이시는데 말이지요?"

　저는 고블린 남자의 소문을 이야기하고 있는 한 무리에게 접근해서 영업용 미소를 지었습니다.

　그러자 그들은 제 차림을 보더니 "아, 그게 말이지—"라며 너무나도 쉽게 사정을 설명해주었습니다.

　마녀라는 직함은 이런 때에 아주 편리합니다.

　저는 그들의 이야기를 친절하게 들으면서 때때로 맞장구를 넣어가며 과장스런 반응을 보여주고, 이미 다 알고 있는 사정을 다른 각도에서 바라보았습니다.

그리고.

그들이 한바탕 고블린 인간에 관해 이야기한 후.

저는 그들에게 한 가지 제안을 했습니다.

"으음. 그거 큰일이네요. 그런데 저, 고블린 퇴치를 생업으로 삼고 있는 마녀입니다만, 괜찮으시다면 퇴치해드릴까요? 금화 열 닢 정도에."

평원지대에 고요히 위치한 그곳은 시계 마을 로스트루프라고 불리는 아름다운 나라였습니다.

키 높은 집들이 규칙적으로 늘어선 나라의 중앙에는 광장이 있었고, 그곳에는 커다란 시계탑이 솟아오를 듯이 서 있었습니다. 마침 그녀가 광장의 벤치에 걸터앉았을 때가 시계탑의 시곗바늘이 푸른 하늘을 똑바로 가리키는 순간이었는지, 열두 시를 알리는 종소리가 요란스레 온 나라에 울려 퍼졌습니다.

묵직하게 나라 안의 모든 것을 흔드는 듯한 커다란 소리에 놀랐는지, 멀리서 새들이 황급히 날아올랐습니다.

그녀는 그 모습을 멍하니 바라보았습니다.

잿빛 머리카락과 유리색 눈동자를 가진, 10대 후반의 소녀였습니다.

그녀는 마녀이자, 여행자입니다.

아름다운 거리는 그녀의 마음을 무척이나 부드럽게 만들었는지, 그녀는 "하아……" 하고 한숨을 내쉬고 있었습니다.

"배고파……."

아니었습니다.

단순히 배가 고팠을 뿐입니다.

"돈이 없어……."

그리고 단순히 돈이 떨어졌을 뿐입니다.

…………

187

뭐, 그렇게.

그런 느낌으로, 아름다운 거리 속에서 배고픔과 돈 없음에 괴로워하는 마녀는 대체 누구인가.

"……………."

그렇습니다. 바로 저입니다.

슬프게도 저입니다.

눈물 날 것 같아.

여기에 이르기까지 무슨 일이 있었는가를 이야기하기란 쉽지 않습니다.

대강 이야기하자면, 그러니까, 저는 지갑 사정을 잘 살피지 않았던 겁니다. 흔히 있는 일입니다.

뭐 다음 나라에서 돈을 벌면 되겠지, 하고 생각하면서 여행을 계속하다 이 나라에 왔고, 우연히 이 나라에서 유명하다고 하는 『2번가의 살인귀』라는 것을 소재로 한 연극을 보고서 와아 재미있었어, 라는 생각을 하며 길거리 빵가게에서 빵을 사려고 하다가 돈을 꽤 써버렸다는 현실을 깨달았던 것입니다.

지갑의 내용물은 동화 몇 닢이 겨우 살아남아 있을 뿐, 다른 건 아무것도 없습니다. 그러니까, 연극 입장료는 예상 이상으로 비쌌던 것입니다.

그런고로, 저는 돈이 없습니다.

"……………."

의외로 쉽게 이야기할 수 있었습니다.

그리고 참으로 별것 아닌 결말이었습니다.

어쩔 수 없이 돈을 벌 기회가 떨어져 있지 않은지를, 시계탑을 중심으로 정비된 길을 돌며 찾아다녔습니다.

아무래도 이 도시는 『2번가의 살인귀』라는 걸 무척이나 좋아하는지, 거리 곳곳에 예의 연극 광고가 붙어 있었습니다. 그러고 보니 제가 보러 갔을 때도 만원이었던 것 같습니다.

"저기, 연극 봤어?" "봤어 봤어. 특히 마지막 처형 장면이 최고야!" "끔찍하게 죽는 느낌이 좋았지!" "그 느낌 알아!"

대체 뭘 어떻게 안다는 것인지? 일단 공감하는 척해본 건 아닌지?

저는 이것저것 묻고 싶은 충동을 억눌렀습니다.

제가 본 그 연극의 내용을 이야기하는 것은, 이것 역시 쉽지 않을—것도 없는, 그야말로 정말 단순하게 시리얼 킬러의 반생을 그린 내용이었습니다. 흔한 슬픈 이야기입니다. 각색되기는 했으나, 대체로 실화라고 합니다.

어떤 느낌의 이야기인가 하면, 이런 느낌.

지금으로부터 10년 전.

셀레나라고 하는 소녀가 있었습니다. 그녀는 평범한 가정에서 평범하게 살고 있었습니다.

그러던 어느 날. 평범하게 살던 가족은 강도를 당하게 되고, 집에 있던 부모님은 돌아가시고 맙니다. 그때 우연히 외출해 있던 셀레나 씨는 살아남았지만, 부모님을 잃었습니다.

불쌍한 그녀는 숙부 집에서 살게 됩니다.

그러나 그녀는 그곳에서 학대를 받았습니다. 숙부에게 가혹한 취급을 받았습니다. 마음에 어둠을 품고, 사람을 미워하게 되었습니다. 비참하고 구원 없는 세계를 증오하게 되었습니다.

이윽고 그녀의 충동은 형태가 되어 숙부를 찔렀습니다. 숙부는 죽었습니다. 그렇게 그녀는 잘못된 길로 들어섰습니다. 사람을 죽이는 데 쾌락을 느끼게 되었던 것입니다.

그렇게, 그 이후로 그녀는 계속해서 사람을 해치게 되었고, 언제부턴가 『2번가의 살인귀』라고 불리게 되었다고 합니다.

그러나 살인귀란, 악당이란, 언젠가 스러지는 존재입니다.

지금으로부터 3년 전, 그녀는 어린 나이에 마녀가 된 천재, 라벤더의 마녀 에스텔에게 잡혀 처형되었다고 합니다.

그렇게 이 나라는 아주 조금 평화로워졌다던가요.

해피엔딩.

악당이 태어나고 악당이 퇴치된다고 하는, 무척이나 평범하고도 흔한 불행한 이야기였습니다.

"……으음."

그러나 시리얼 킬러란, 사람의 도리에서 벗어난 존재란, 이렇듯 사람을 매료시키는 것인가 봅니다.

예를 들어 서점에 가보면, 셀레나라는 살인귀의 행적을 나열한 책과 혹은 '사실 『2번가의 살인귀』는 좋은 사람이었던 것이 아닐까?'라는 등의 폭투를 반복하는 책들로 넘쳐났습니다. 덤으로 '잘 팔립니다!'라는 문구까지 있었습니다.

세상에나.

대관절 어쩌다 이런 현상이 일어나게 된 것인지.

저는 책 위에 쌓인 먼지를 탁탁 털고 있던 아저씨(점원)에게 물어보았습니다.

"나도 잘은 모르지만 말이지, 보통 사람은 할 수 없는 일을 아무렇지 않게 해내는 이상한 인간은, 좋게도 나쁘게도 다른 사람의 관심을 끌기 쉬운 법이지."

"호오."

"그래서 팔리는 거겠지."

"과연."

납득되는 것도 같고 아닌 것도 같은, 미묘한 느낌이었습니다.

참고로 그 후에 "아, 한 권 살래?"라는 질문을 받고 지갑 속을 보여주었습니다.

"구경만 할 거면 나가!"

화를 냈습니다. 히이익.

당연하게도, 예의 살인귀가 자주 사람을 죽였던 시계 마을 로스트루프의 2번가는, 마치 성지라고 불러도 될 정도로 대성황이었습니다.

"봐봐! 여기가 셀레나가 살인을 했던 성지야!" "대단해! 아, 여기서 살인이 벌어졌던 거구나." "살인 사건이 벌어졌던 것 같은 기운이 떠돌고 있는 것만 같아!" "누워보자." "멋져라! 어쩐지 살해당하는 기분이 들어!"

이 사람들 하나같이 머리가 맛이 간 것은 아닌가 하는 걱정이 되었습니다. 괜찮은 겁니까? 거기는 그냥 땅바닥입니다만.

스쳐 지나가며 하염없이 시선을 보내드리는 저였습니다.

어찌할 도리도 없는 악인이라면서도 참으로 인기 있습니다. 저로서는 도저히 이해하기 어려운 일이었습니다.

"…………."

하지만 뭐, 내키는 대로 여기까지 와봤을 뿐입니다만, 아무래도『2번가의 살인귀』의 자취를 쫓아 돈벌이 기회를 찾은 것은 정답이었나 봅니다.

저는 여전히 길에 나붙은 연극 전단 중에 단 하나, 다른 것이 섞여 있다는 것을 깨달았습니다.

그 내용으로 말하자면.

『초 단기간 일할 마법사를 대모집 중! 큰돈을 벌 기회입니다!』

그렇게 쓰여 있었습니다.

큰돈이라고요? 뭐야 그거? 관심이 가네.

"…………음."

거기에 더해 구인을 하고 있는 인물도 신경이 쓰였습니다.

『흥미가 있는 분은 지금 바로 이 집으로 들어와 주세요(심심풀이 삼아 오신 분은 돌아가 주세요).』

그런 내용과 함께 글을 쓴 본인의 것으로 보이는 서명이 되어 있었습니다.

라벤더의 마녀 에스텔이라는, 기억에 있는 이름과 함께.

○

　자그마한 의심을 품기는 했지만, 제 호기심과 돈에 대한 집착이 그것을 억눌렀고, 결국 저는 그 집의 문에 노크를 하기에 이르렀습니다.

　그녀는 바로 나왔습니다.

　"어머어머, 안녕하세요. 처음 뵙겠습니다. 누구신지?"

　문을 열고, 어깨 근처까지 기른 연보라색 머리카락을 찰랑이며, 그녀는 금색 눈동자로 저를 바라보았습니다. 로브와 삼각 모자도, 머리카락의 색과 맞춘 것 같은 연보라색이었습니다. 삼각 모자 위에서는 별을 본뜬 브로치가 흔들리고 있었습니다.

　"안녕하세요. 저는 일레이나라고 합니다. 밖의 전단을 보고 왔습니다."

　"아, 당신 마녀지? 그런 분위기가 느껴져."

　"당신이 에스텔 씨죠? 그런 분위기가 느껴지네요."

　"밖에 내 서명이 들어간 전단이 있었을 텐데?"

　"제가 마녀라는 것도 보면 알 텐데요."

　"흐흥. 뭐 그렇지—."

　눈썹을 아주 살짝 치뜨며 그녀는 웃음소리를 흘렸습니다.

　"어쨌든, 우리 집 문을 노크했다는 건, 적어도 일할 마음이 있는 거라고 봐도 되겠지?"

　"돈을 벌 마음은 있습니다."

　"일할 마음은?"

"가능하면 일하지 않고 돈을 벌고 싶다고 생각하고 있습니다."

"의욕 없네……."

하아, 하고 그녀는 한숨을 내쉬었습니다.

"뭐. 됐어. 의욕이 없어도 마녀는 마녀니까. 자, 들어와."

그리고 받아들였습니다.

"실례하겠습니다."

그렇게 저는 간단히 그녀의 집 안으로 들어섰습니다.

일에 관한 것은 아무것도 모른 채.

○

그녀의 집은 적당히 정리되어 있었습니다. 좋게 말하자면 깨끗했고, 나쁘게 말하자면 거의 아무것도 없었습니다. 창가에 라벤더가 놓여 있을 뿐, 그 이외에는 최저한의 가구밖에 없었습니다.

"자, 여기에 앉아."

에스텔 씨의 안내에 따라 저는 소파에 앉았습니다.

뒤이어 그녀가 찻잔 두 개를 들고서 제 맞은편에 앉았습니다.

"감사합니다."

손가에 놓인 홍차를 들여다보듯이 인사를 하고서 저는 바로 본론으로 들어갔습니다.

"그래서, 일의 보수라는 건."

"내용이 아니라 돈이 더 궁금하구나……."

어이없어하면서, 그녀는 지친 듯이 웃었습니다.

"너, 꽤 어려 보이는데. 몇 살?"

"올해로 열여덟 살입니다."

"호오호오. 참고로 마녀가 된 건?"

"열네 살 때였습니다."

"아, 나보다 1년 늦네."

"……참고로 마녀 견습생이 된 건 몇 살 때셨죠?"

"열 살 때였던가?"

"즉, 마녀 견습생이 되고서 마녀가 될 때까지 3년이 걸렸다는 건가요?"

"그렇게 되겠네. 참고로, 본격적으로 시작한 게 여덟 살 때였으니까, 2년 만에 마녀 견습생이 되고, 3년 만에 마녀가 된 거야."

"저는 1년 만에 마녀가 되었답니다. 저보다 2년 늦네요."

"…………."

잠시 침묵을 하고서 저는 말했습니다.

"당신은 지금 몇 살인가요?"

"열아홉인데."

"아. 저보다 한 살 위."

"……너. 혹시 바보 취급 하고 있는 거야?"

"아뇨 아뇨. 딱히요."

그리고 저는 화제를 휙 되돌렸습니다.

"그래서, 어떤 내용의 일인가요? 그리고 보수 쪽도 상세하게 설명해주시죠."

"……아무리 생각해봐도 보수 쪽이 더 중요한 것 같으니 먼저

보수부터 이야기할까?"

에스텔 씨는 테이블 위에 자루를 올려두더니 그것을 이쪽으로 밀어 보냈습니다. 그녀의 손에서 떨어진 자루는 그 기세를 이기지 못하고 흐트러졌고, 안에서 찰그랑 하는 소리가 났습니다.

큰돈의 기운……!

냉큼 자루를 열어보았습니다.

"…………."

예상대로, 큰돈이었습니다. 아니, 기대 이상일지도.

자루 안에는 금화가 대량으로 들어 있었습니다. 그 수는 셀 수 없을 정도. 양손으로는 도저히 다 끌어안을 수 없을 정도의 돈이었습니다.

단순 계산으로, 3년 정도는 호의호식을 해도 문제없을 정도의 돈이었습니다.

깜짝 놀라 말을 잃을 정도입니다.

"그건 성공 보수야. 내 의뢰가 무사히 완수되면, 그걸 전부 줄게."

"진심인가요?"

"매우 진심이야."

"…………."

제아무리 저라도, 너무 큰돈에 당황을 했습니다.

"저기, 어떤 일을 하면 이렇게나 큰돈을 받을 수 있는 건가요?"

"응? 혹시 불안해진 거야? 하지만 괜찮아. 일레이나 씨는 나랑 동반해주기만 하면 돼."

"동반, 이라고요……? 대체 어디에 가는 건가요?"

"여기."

그렇게 말하며 그녀는 손가락을 아래로 향하게 했습니다.

"아, 찻잔 속입니까?"

"거기가 아니라 훨씬 더 아래."

"그 말씀은?"

"이 나라에 가는 거야— 정확하게는 10년 전의 이 나라에, 가고 싶어."

"10년 전……? 뭘 하러— 아니, 애초에 어떻게 갈 셈인가요?"

"너, 아까부터 질문이 많네."

키득, 그녀는 웃었습니다.

"나는 말이지, 마녀로서 이 나라에서 일하게 되었을 때부터 10년 전으로 거슬러 올라가기 위해서 쭉 마법을 연구해왔어. 10년 전으로 돌아가서, 불행한 결말을 피하기 위해서. 저기, 일레이나 씨. 지금으로부터 10년 전의 여기에 뭐가 있었는지 알아?"

"10년 전의 이 나라가 있겠지요."

"그것만이 아니야."

"…………."

"10년 전의 이 나라에는 그 아이가 있어. 아직 정상적이었던 무렵의 그 아이가 있는 거야."

그리고 그녀는, 그 이름을 말했습니다.

그것도 역시 기억에 있는 이름이었습니다.

〇

에스텔 씨와 셀레나 씨는 소꿉친구였다고 합니다.

어릴 때부터 쭉 사이가 좋아서, 주변 사람들에게 마치 진짜 자매 같았다는 말을 들었다는군요. 한쪽은 천재 마법사. 다른 한쪽은 평범한 여자아이. 그런 점에서는 전혀 닮지 않았지만, 그래도 마법의 유무 같은 건 상관없이 두 사람은 무척이나 친했습니다.

사이좋았던 두 사람이 만나지 못하게 되어버린 것은 지금으로부터 11년 전. 셀레나 씨의 부모님이 돌아가시기 1년 전의 이야기입니다.

어린 나이에 마법사로서의 재능이 넘쳤던 에스텔 씨는 마녀가 되기 위해 시계 마을 로스트루프를 떠나 다른 나라에서 마법을 공부하게 되었던 것입니다. 두 사람은 떨어져 지내게 되었습니다.

에스텔 씨는 5년의 세월을 수행으로 보냈고, 마도사에서 마녀가 될 수 있었습니다.

천재인 에스텔 씨의 능력은 시계 마을 로스트루프에서도 당연히 높은 평가를 받았습니다. 마녀가 되어 고향으로 돌아온 직후에, 임금님에게 불려가 "나라의 전속 마녀로서 일해다오"라는 부탁을 받았던 것입니다. 무척이나 명예로운 일입니다. 그녀는 두말 없이 승낙했습니다.

이 기쁨을, 에스텔 씨는 제일 먼저 친구인 셀레나 씨에게 전하고 싶다고 생각했습니다.

그때의 그녀는 과거의 소꿉친구가 쾌락 살인자가 되어버렸다는 사실을 알지 못했습니다.

에스텔 씨는 슬퍼하며 몇 번이고 셀레나 씨를 설득하려 시도했습니다. 그러나 모두 소용없었습니다. 매복하고 기다렸다가 셀레나 씨에게 설득의 말을 던져도, 그녀의 귀에는 닿지 않았습니다. 무슨 말을 해본들, 셀레나 씨는 이미 과거의 친구조차도 증오스러운 세계의 하나로만 보았던 것입니다.

그 당시부터 에스텔 씨는 일을 하는 틈틈이 어떤 마법을 연구하게 되었습니다.

그것은 바로 시간을 거슬러 오르는 마법이었습니다.

시간을 거슬러 셀레나 씨가 광기에 사로잡힌 원인을 없애려 했던 겁니다.

"내가 없는 사이에 그 아이는 무척이나 슬픈 경험을 한 모양이니까— 그러니까 있지, 내가, 그 아이를 구해주고 싶어."

에스텔 씨는 그렇게 말했습니다.

"저는 이 나라에 와서 제일 먼저 그 셀레나 씨를 소재로 한 연극을 봤습니다만—."

"그렇다면 이야기가 빠르겠네. 셀레나는 말이지, 3년 전에 죽었어. 이제 세상에 없어."

"분명, 처형되었지요?"

"그래. 내가, 처형했어. 3년 동안 뒤쫓은 끝에, 드디어 잡았는데, 어쩌면 그대로 제정신으로 돌아와 줬을지도 모르는데, 임금님과 국민들에게 재촉을 받아서, 서둘러 죽이라는 압박에 몰려서, 결국, 나는 그녀의 목을 쳤어."

"………….."

"그래서, 되돌리고 싶어."

그 아이가 없는 세계를, 나는 이제 더는, 살고 싶지 않아— 라고 그녀는 말했습니다.

입술을 깨물고 얼굴을 일그러뜨리면서.

저는 그녀의 애절한 표정에서 시선을 돌리듯이, 식어버린 홍차로 입을 적시면서 대꾸했습니다.

"사정은 알겠습니다. 하지만, 수단이 이해되지 않는군요. 과거로 돌아간다고 해도, 어째서 거기에 제 힘이 필요해지는 건가요?"

그러자 에스텔 씨는 천천히 소파에서 일어나 방 안쪽에 있던 문을 열었습니다. 문 너머의 어두운 방에는 의자 두개가 나란히 놓여 있는 것이 보였습니다.

그 두 의자 더욱 안쪽에는, 커다란 가마가 놓여 있었습니다.

"내가 만들어낸 마법은, 그리 간단하지 않았어. 그리고 대가를 지불하지 않고는 만들 수 없는 것이었어."

"……그 말은."

"마력이 없을 때, 마법사는 자신의 무언가를 희생해서 마력을 만들어낼 수 있잖아?"

"……네. 뭐, 그렇, 죠."

예를 들면 목소리라든가, 혹은 자신의 기억이라든가.

그러한 자신 안의 것들을 대가로 지불하여 마법사는 방대한 마력을 얻을 수 있습니다.

너무나도 무모한 일이기 때문에— 아니, 그 이전에, 제게는 그렇게까지 고집할 사안도 없었기 때문에, 써본 적이 없습니다.

"나는 있지, 최근 5년 동안 내 피를 빼내왔어. 그것과 별도로 마력을 아슬아슬할 때까지 깎아내 모아왔지. 10년 전으로 돌아가기 위해서는, 그야말로 정신이 아득해질 정도의 마력이 필요했으니까."

"…………."

"하지만 내 피와 모아온 마력만으로는 아직 부족해. 아주 조금, 부족해."

"얼마나 부족한가요?"

"지금 내 안에 있는 마력을 전부 쏟아 부으면 딱 맞을 정도로, 부족해."

그렇다는 것은.

"즉, 과거로 돌아간 후에 마력이 떨어지게 되니까, 옆에 마녀를 두고 무슨 일이 있어났을 때 지키게 한다. 그런 건가요?"

"음. 조금 달라."

에스텔 씨는 주머니에서 반지를 두 개 꺼냈습니다.

"일레이나 씨는 이 반지를 끼고, 나와 함께 돌아와 주기만 하면 돼. 나머지는 내가 어떻게든 할 테니까."

그렇게 말하며 그녀는 제 손에 반지를 쥐어주었습니다.

그것은 예쁜 보석이 박힌 자그마한 반지였습니다. 새끼손가락에 끼우면 딱 맞을 것 같습니다.

"이건?"

"셀레나를 기쁘게 해주기 위해서, 수행하던 때 만들었던 거야. 이게 있으면, 마력을 공유할 수 있게 돼. 분명 이걸 쓰면 셀레나도 마법을 쓸 수 있게 될 거야, 라고 생각했었지."

"…………"

저는 새끼손가락에 그 반지를 끼웠습니다.

"요컨대 이걸 제게 끼워서, 과거에서도 마법을 쓸 수 있게 하고 싶다는 건가요?"

"그런 거야. 가능하다면 멀쩡한 상태로, 제정신을 찾은 그 아이와 만나고 싶거든."

"……그런가요."

제 말에 그녀는 고개를 살며시 끄덕이고 말했습니다.

"어때? 해줄래?"

살피듯이 말했습니다.

그 말에 저는 새끼손가락에서 반짝반짝 빛나는 반지를, 손을 들어 보이며 대답했습니다.

"10년 전 이 나라라는 데, 조금 흥미가 생겼습니다."

저는 여행자니까요— 라고.

안쪽 어두컴컴한 방에 놓여 있던 두 개의 의자에 우리는 나란히 앉았습니다. 왠지 모르게 예상하고 있었지만, 아무래도 이 의자에 앉으면 과거로 돌아갈 수 있는가 봅니다.

"준비됐어?"

에스텔 씨는 지팡이를 양손으로 쥐며 저를 바라봤습니다. 제가 고개를 끄덕이자 "그럼, 시작한다—"라며 지팡이를 뒤쪽에 있는 가마를 향해 들었습니다.

그 손은 희미하게 떨렸습니다.

"……괜찮은가요? 손, 떨리는데요."

"괜찮아. 이건 빈혈 탓이야."

"땀도 나는데요."

"그것도 빈혈 탓."

"……괜찮지 않은 게."

"그럼 한다. 할 수 있을 때 하지 않으면, 기회는 바로 도망쳐버리니까."

"…………."

"준비됐어?"

두 번째의 물음입니다.

"에스텔 씨는 어떤가요?"

그러자 그녀는 말했습니다.

"완벽해. 5년 전부터."

그녀는 지팡이를 휘둘렀고, 가마를 노리고 희푸른 빛을 날렸습니다.

바로 가마의 뚜껑이 휙 열리더니 지팡이에서 나온 희푸른 빛의 줄기가 뱀처럼 꿈틀거리며 뻗어갔습니다. 빛줄기는 우리를 중심으로 해서 반구형으로 빙글빙글 돌기 시작했고, 이윽고 우리들을 빛 속에 가두었습니다.

차가운 듯한, 따뜻한 듯한, 신기한 빛만이 저의 시야를 덮었습니다.

의자 위에서 멍하니 바라보고 있으려니 에스텔 씨가 입을 열었습니다.

"아. 미안. 하나 말하는 걸 잊었어."

"뭔가요?"

제가 고개를 갸우뚱하자 그녀는 단 한 마디.

"고마워."

그 말만을 하고 눈을 감았습니다.

그 모습에 저는 웃고 말았습니다.

"천만에요."

○

댕댕 울려 퍼지는 종소리에 눈을 떴습니다.

아무래도 저는 잠이 들었던 모양입니다.

시야 속에 들어온 것은 조금 전과 전혀 다른 풍경. 좋게도 나쁘게도 소박한 방이 있을 뿐이었습니다.

과연 정말로 10년 전인 걸까요? 그저 빛 속에서 해방되었을 뿐인 것 같습니다만.

"아무래도 성공인가 보네."

그러나 의심하는 저와 달리, 그녀는 어느 정도 확신을 갖고 있는 것 같았습니다.

"일레이나 씨, 봐. 방 풍경이 10년 전으로 돌아왔어."

"죄송합니다만 어디가 다른지 모르겠습니다."

"전혀 다르잖아. 여기라든가 거기라든가 저기라든가."

"전부 아까랑 똑같은데요."

"나는 전혀 다르게 보이는데."

그건 뭐, 늘 보고 있으니 당연한 게 아닐까요? 매일 마주하지 않는 한, 달라진 부분을 눈치챌 수 있을 리 없겠지요.

"적어도, 처음 온 저로서는 같은 풍경으로만 보입니다."

"그렇다면 밖에 나가 확인해볼까?"

에스텔 씨는 연보라색 머리카락을 가볍게 흔들며 의자에서 일어나더니, 그대로 집 밖으로 나갔습니다.

저도 뒤를 쫓아, 그녀가 열어놓은 집의 문을 닫았습니다.

"음."

어떻게 된 일일까요.

"확실히 좀 다를지도 모르겠네요."

에스텔 씨의 집 밖— 길가에는 예의 연극 전단이 지긋지긋할 정도로 늘어서 있었을 텐데, 그게 전혀 보이지를 않았습니다.

그것만이 아니라, 거리도 같은 빛을 띠고 있을 터인데도 어딘가 묘하게 제 기억과는 맞아떨어지지 않았습니다.

예를 들면 길가에 테이블을 내놓은 가게의 이름이 다르다거나. 어느 집의 창가에 피어 있는 꽃 색깔이 다르다거나.

사소한 변화가 가득한 거리가 그곳에 있었습니다.

집들 너머로 보이는 시계탑은 제가 멍하니 바라보았을 때와 다름없이, 시간을 가리키고 있었습니다. 다섯 시를 알리는 종소리의 여운이 돌연 제 귀에 울렸습니다.

에스텔 씨는 제 시선이 향한 곳을 바라보았습니다.

"제한 시간은 지금부터 한 시간 정도. 오후 여섯 시를 알리는 종이 울릴 때, 우리들은 10년 후로 돌아가게 돼."

"한 시간밖에 있을 수 없는 건가요?"

"내 마력으로는 10년 전에 한 시간 머무는 것이 한계야. 하지만, 그거면 충분해."

그리고 그녀는 말했습니다.

"그 정도 시간이 있으면, 앞으로 10년 정도는 간단하게 없었던 걸로 만들 수 있어."

길을 걸으며 에스텔 씨는 메모장을 펼쳤습니다.

"지금부터 20분 후에 셀레나의 집에 강도가 들어올 거야. 그러니까 우리가 가서 그걸 막는 거지."

"그 메모장은 뭔가요?"

"나는 나라에서 일했으니까. 권력을 전부 활용해서 10년 전 사건에 관해 이것저것 정보를 찾았었어."

"호오."

"이 메모장은 당시의 상황과 목격 정보를 상세하게 정리해놓은 거야. 아무래도 지금부터 20분 후쯤에 검은 후드를 뒤집어쓴 수상한 사람이 셀레나의 집에 침입하나 봐. 셀레나의 부모님은 그때 살해당하고, 값나가는 물건은 전부 도난당할 거야."

"흐음."

"우리가 숨어서 그 수상한 자를 기다리고 있으면 사건은 해결된다는 작전이야."

"격퇴라도 할 셈인가요?"

"물론. 그럴 생각으로 온 거야."

에스텔 씨는 크게 고개를 끄덕였습니다.

"부모님이 돌아가시지 않으면, 분명 셀레나의 인생도 뒤틀리지 않을 테니까."

"그렇군요."

모든 원인을 없애버리면, 셀레나 씨에게 살해당한 사람들도 원래대로 돌아온다는 걸까요?

그렇다면 대체 미래는 어떻게 되어 있을지. 한 명의 살인귀가 태어나지 않게 되면, 우리가 돌아갈 10년 후는 무척이나 다른 풍경이 되어 있지 않을까요?

적어도 예의 그 연극은 상연되지 않을 테죠.

생각에 잠긴 저에게 에스텔 씨는 담담히 말했습니다.

"뭐, 내가 여기서 과거를 바꿔본들 미래로 돌아간 우리는 그대로 아무것도 달라지지 않은 미래를 살아가게 되겠지만."

"……? 무슨 뜻이죠?"

"즉, 여기서 셀레나의 과거에 간섭한다고 해도, 내가 셀레나를 죽인 미래는 달라지지 않아. 시간을 거슬러 올라가는 마법을 연구하면서 여러 문헌을 뒤져봤는데, 과거로 돌아가는 마법을 완성한 사람은 모두, 같은 이야기를 하고 있었어. 『과거로 돌아가도 아무것도 달라지지 않았다』라고."

"…………."

과거로 거슬러 올라가는 마법에 관해서는 저도 조금 연구해본 적이 있습니다. 제가 상처 등을 고칠 때 쓰는 마법도, 말하기에 따라서는 과거를 되돌리는 마법의 한 종류이기도 합니다.

"그러니까 이런 이야기인가요? 과거를 바꾸려 해도, 어떠한 요인으로 또 같은 전개가 벌어지고 만다는?"

모든 것은 정해진 대로 흘러간다고 하니 무슨 짓을 하든, 설령 과거를 바꾼다고 해도 이야기는 같은 결말을 향해 나아가고 만다는 것일까요?

그러나 그녀는 천천히 연보라색 머리카락을 흔들었습니다.

"그런 게 아니야. 애초에 과거를 바꾼 것 자체를 우리는 확인할 수 없어. 우리의 과거는 이미 확정되어버린 과거니까. 무엇을 어찌해도 바꿀 수 없어."

"으으으음……? 죄송합니다만, 대체 무슨 소리인가요?"

있는 대로 미간을 찌푸렸습니다.

그녀는 답답하다는 듯이 한숨을 살짝 내쉬고서 "알기 쉽게 설명해줄게. 우리가 지내온 세계를 A라고 하잖아? 그 세계에서 10년 전의 이 시간은 이미 확정되어버린 것이고, 우리로서는 어떻게도 할 수 없어. 그게, 우리가 간섭하지 않았기 때문에 지금이 있는 거니까."

"그럼 지금 우리가 있는 과거는 대체 뭔가요?"

"우리들이 간섭할 수 있는 과거라고 할까? 이 세계를 B라고 가정하고 이야기를 할게. 우리는 원래 A 세계의 10년 후에 있었잖아? 하지만 우리가 날아온 건 B 세계의 과거인 거야. 그리고 돌아가는 곳은 A 세계. 원래 세계로 돌아가는 거지."

"…………."

"그러니까 이 세계에서 무엇을 해도, 우리는 그걸 알 수 없어."

거기까지 설명을 듣고서야 비로소 납득이 되었습니다. 하지만 그 말이 진실이라고 한다면.

"그건 즉, 아무리 발버둥 쳐도 과거는 바꿀 수 없다는 뜻이잖아요?"

"그렇지."

그녀는 긍정하며 고개를 끄덕였습니다.

"……저기, 무척 실례인 이야기입니다만, 이 일, 의미 있는 건가요?"

"정말로 무척 실례네……."

"당신의 가설이 옳다고 한다면, 이것도 사실이니까요."

변하지 않는 미래를 위해서, 대체 무슨 생각으로 과거에 간섭을 하겠다는 건가요?

그것은 아무런 생각 없이 쓸데없이 시간을 되감을 뿐, 결국은 구할 수 없었던 미래를 사는 쓸쓸함을 부풀릴 뿐인 것은 아닌가? 하고 생각되었습니다.

하지만.

제 불안에 아랑곳하지 않고, 그녀는 고개를 저어 보였습니다.

"의미라면 있어. 그게, 이렇게 하면, 내 마음이 풀리는걸."

그리고 그녀는 이야기했습니다.

"그 애를 구한 미래가 있다고 생각하는 것만으로도, 충분히 마음은 풀릴 거야."

○

그 후로 한동안 걸음을 옮기며, 우리는 지금과 미래의 다른 부분을 함께 바라보았습니다.

—저 집은 지금 빵집이지만, 미래에서는 망했어. 아내가 야반도주를 했다던가?

—저기에 검을 휘두르는 꼬마가 있잖아? 10년 후에는 훌륭한 병사가 돼. 저때부터 병사가 되는 게 꿈이었나 보네.

그렇게 기쁜 듯이 이야기하는 셀레나 씨를 곁눈질하면서, 저는 걸었습니다.

"그리고 이제 곧 셀레나의 집에 도착—."

에스텔 씨는 거기까지 말하다 갑자기 멈추었습니다.

대관절 왜 그러는가 하고 뒤를 돌아보니, 눈을 동그랗게 뜨고 입을 벌린 채 멍해진 에스텔 씨의 모습이 보였습니다.

시선은 우리가 지금 나아가고 있는 길 너머를 향해 있었습니다.

"……? 왜 그러시나요?"

저는 고개를 갸우뚱하며 그녀의 시선을 좇았습니다.

거기에는 한 소녀의 모습이 있었습니다.

제 눈동자와 같은 유리색 머리카락을 길게 기른, 10대 정도의 여자아이였습니다. 심부름을 다녀오는지, 양손에 커다란 짐을 잔뜩 들고 멍하니 걷고 있습니다.

"셀레나……!"

그 소녀를, 에스텔 씨는 그렇게 불렀습니다. 짜낸 듯 갈라진 목소리를 내며 그녀는 소녀에게로 달려가, 지면 위에 무릎을 꿇고 다정하게 끌어안았습니다.

"어……? 응? 저기, 언니는 누구? 싫어, 무서워."

갑작스런 사태에 소녀는 눈을 동그랗게 떴습니다. 잔뜩 겁을 먹었습니다.

"셀레나. 정말 오랜만이야. 미안해. 무서운 일을 겪은 널 도와주지 못해서. 정말로, 정말로 미안해."

"저기, 언니, 누구예요……?"

"기다려. 내가, 반드시, 널, 구해낼 테니까."

"……언니는, 새로운 종교 권유나 뭐 그런 건가요?"

셀레나 씨는 나이에 비해 야무진 아이였습니다.

에스텔 씨는 노골적으로 의심스러워하는 셀레나 씨를 놓아주었습니다.

"응. 너무 수상했지? 미안해."

"현재진행형으로 수상한데요."

"정말로 미안해. 그냥 안고 싶었을 뿐이니까."

"언니는 새로운 수법의 변태나 뭐 그런 건가요?"

"언니는 미래에서 온 사람이야."

"호오."

셀레나 씨는 겉치레인 감탄과 함께 서둘러 이 대화를 끝내기 위해 거짓말을 했습니다.

"저기, 지금 좀 바쁘거든요. 죄송해요. 언니를 상대하고 있을 시간이 없어요."

"……응. 미안."

차갑게 쳐내진 에스텔 씨는 조금 슬픈 듯 눈썹을 모으고 그녀 앞에서 물러났습니다.

에스텔 씨에게서 풀려난 셀레나 씨는 그 후로도 몇 번이나 뒤를 돌아보며 갑자기 나타난 이상한 언니가 쫓아오지 않는지 확인하면서, 길 끝으로 사라져갔습니다.

"……기다려줘. 셀레나."

에스텔 씨는 그렇게 중얼거렸습니다. 흔들림 없는 결의가 말에 담겨 있는 것만 같았습니다.

"무척 쌀쌀맞게 대하는 것 같은데요."

"저 애는 옛날부터 저런 느낌이었어. 하지만, 말은 냉정한 주제에 속은 무척이나 다정한 아이야."

어릴 때부터 매일 얼굴을 마주했으니, 그 정도는 알아—라고, 에스텔 씨는 셀레나 씨가 지나간 길을 바라보면서, 그 모습을 좇으며 말했습니다.

그 눈동자에서는 상냥함이 가득 흘러넘쳤습니다.

○

셀레나 씨의 집에 도착한 저희들은 바로 셀레나 씨의 부모님을 구하기 위한 작전을 실행했습니다.

계획은 이런 느낌입니다.

우선 처음에 에스텔 씨가 현관문을 두드립니다.

"누구시오?" 하고 셀레나 씨의 아버지가 나옵니다.

"아, 저, 실은 에스텔의 이복 언니입니다."

"오오. 분명 에스텔이랑 똑 닮았군. 하지만 이복이라니, 그건 대체?"

"그건 일단 제쳐두지요."

"제쳐둬도 괜찮은 건가?"

"괜찮습니다. 그래서, 두 사람에게 전언을 부탁받았습니다. 들어주셨으면 합니다."

"흐음…… 뭔가?"

"에스텔에 관해서 뭔가 중요한 용건이 있는지, 셀레나의 부모님을 찾고 계세요. 지금 바로 와주셨으면 좋겠다네요."

"중요한 용건이라니?"

"글쎄요? 그건 저도 잘 모르겠는데요."

"자네는 잘 모르겠는 사정을 전하러 일부러 온 겐가?"

"그렇게 됐네요. 아무튼, 중요한 용건인 것 같으니까 지금 당장 저랑 같이 가주세요."

"……흠. 대체 무슨 일인지."

이런 느낌의 흐름으로 셀레나 씨의 부모님을 집에서 내보낸다는 계획을 세웠습니다.

그리고, 그대로 성공해버렸습니다.

그 이후의 계획은 무척이나 단순한 것입니다. 셀레나 씨의 부모님이 외출할 준비를 하는 사이를 틈타, 에스텔 씨는 몰래 가르쳐주었습니다.

"일레이나 씨는 셀레나의 집에서 대기하고 있어. 이 메모장을 줄 테니까, 그걸 잘 읽고 사건을 예습해둬."

"에스텔 씨는 어쩔 셈인가요?"

"나는 셀레나의 아빠랑 엄마를 호위할거야. 두 사람의 운명을 바꾼 탓에, 무슨 일이 벌어질지 알 수 없으니까. 내가 지켜야 해."

"…………."

요컨대, 저는 귀찮은 역할을 떠맡게 되었던 것입니다.

그런고로.

셀레나 씨의 본가에서 저는 혼자 강도분이 오기를 기다렸습니다.

시간 때우기로 에스텔 씨가 남겨준 메모를 멀거니 바라보면서, 시간이 올 때까지 멍하니 있었습니다.

"……흐음."

셀레나 씨의 메모에는 10년 전— 그러니까 지금. 앞으로 일어날 사건에 관한 세세한 내용이 기록되어 있었습니다.

사건이 일어나는 것은 앞으로 몇 분 후.

검은 망토를 입은 수상한 사람이 이 집 현관으로 당당히 들어와, 셀레나 씨의 부모님을 살해. 그리고 금품과 재물을 모조리 빼앗아 탈주합니다. 아무래도 셀레나 씨의 집은 꽤나 부유한 가정이라, 그 탓에 범행 목표가 된 모양입니다.

확실히 제가 지금 있는 옷장 속도 올려다보면 비싸 보이는 옷들이 쭉 걸려 있습니다. 반쯤 열린 작은 문으로 보이는 식당도 무척이나 예쁘고 쓸데없는 금 장식 등이 되어 있었습니다.

과연, 금을 노린 흔한 강도인 모양입니다.

"…………"

그러나 이 사건에는 한 가지 신경 쓰이는 점이 있습니다.

셀레나 씨의 부모님은 양쪽 모두 예리한 칼에 마구 찔려 있었다고 합니다. 몸에 수십 군데나 되는 자상을 입고 죽었다고 되어 있었습니다.

단순한 강도라고 하기에는 도가 지나칩니다. 에스텔 씨도 그점에 위화감을 느꼈는지, 메모 마지막에 이렇게 적어두었습니다.

『원한일 가능성 있음. 강도의 목적은 돈이 아니라, 부모님?』이라고.

과연, 그렇다면 두 사람을 위해 에스텔 씨가 호위로 따라간 것도 납득이 됩니다. 저를 여기에 둔 것은 어디까지나 강도가 단순한 강도일 가능성을 버릴 수 없었기 때문일 테죠.

"……음."

그리고, 버리지 못했던 가능성은 아무래도 지금 버려진 모양입니다.

제 새끼손가락에 끼워진 반지가 빛나더니, 희푸른 빛이 옷장 밖을 향해 뻗어나갔습니다.

제 몸에서 마력이 빨려나가는 감각이 느껴집니다.

요컨대.

에스텔 씨가 마법을 쓰고 있는 것입니다.

필시.

에스텔 씨가 강도와 대치하고 있는 것입니다.

○

불완전하다고 해도 에스텔 씨는 마녀입니다.

시간을 10년 거슬러 오를 수 있을 정도의 천재입니다.

평범한 강도가 나타났다고 해서, 과연 그녀가 버거워할까요? 아니, 애초에 상대조차 안 될 것 같습니다.

셀레나 씨의 부모님을 습격한 자는, 정보대로라면 단 한 명. 날붙이를 들고 있었다고 해도 대적할 수 있을 리 없습니다.

그렇기 때문에 저는 지극히 침착했습니다.

느긋하게 해 질 녘의 길을 걸어, 반지에서 뻗어 나온 희푸른 연기를 뒤쫓았습니다.

귀찮으니, 제가 도착했을 무렵에는 모든 것이 정리되어 있으면 좋겠습니다만.

―그렇게, 낙관하면서.

"…………."

그러나.

제가 그 자리에 도착했을 때.

마침 반지에서 마력이 빨려나가지 않게 되었을 때.

길이 꺾이고, 쓰레기통이 몇 개나 늘어선 어두컴컴한 뒷골목으로 발을 들였을 때.

제가 그리고 있던 전제가, 전부, 틀렸다는 것을, 알게 되었습니다.

저희는 전부 틀렸던 것입니다.

"…………."

에스텔 씨도, 저도, 전부 틀렸던 겁니다.

"―아. 언니, 아까 이 여자랑 같이 있던 사람이죠? 우와. 이거 곤란한데."

그녀는, 부모님이 살해당했기 때문에 이상해졌던 것이 아니었습니다.

"어떻게 하지? 언니도 죽여두기로 할까?"

매일 얼굴을 마주했다고 해도, 처음부터 이상했다면, 겉으로 내보인 모습이 전부 거짓된 것이었다면, 눈치챌 수 있을 리가 없습니다.

"나를 본 이상은, 살려 보낼 수 없거든."

기울어진 햇빛조차 들지 않는 뒷골목에서, 그 여자아이는 입가를 일그러뜨리며 이쪽을 바라보았습니다. 피투성이가 된 얼굴로, 피투성이가 된 옷을 입고서, 손에는 나이프를 들고 있습니다. 발치에 나뒹구는 세 사람의 피를 뒤집어쓴 그녀는 온몸을 새빨갛게 물들이고 있었습니다.

"미안해요. 언니도 죽어주세요."

그 소녀는 바로 몇십 분 전에 스쳐 지나갔던 여자아이였습니다.

셀레나 씨였습니다.

○

　제가 오기까지 무슨 일이 벌어졌는지를 파악하는 것은 간단했습니다.

　에스텔 씨가 경계하고 있던 것은 검은 망토의 강도. 변장조차 하지 않은 셀레나 씨가 눈앞에 나타났다고 해도 의심하지 않았겠지요.

　"이 사람. 미래에서 왔다느니 하는 이상한 말을 했는데, 당신도 그런가요? 언니."

　어쩌면 셀레나 씨는 아까 에스텔 씨에게 끌어 안겼을 때부터, 그 시점부터 무언가를 눈치채고 있었는지 모릅니다.

　"……그렇다고 한다면 어쩔 셈이죠?"

　"뭐가 됐든 상관없어요. 어느 쪽이든, 목격자는 제거해야만 하니까."

　"…………."

　"이 사람. 마녀 브로치를 하고 있기에 완전히 엄청 강한 사람이 아닐까 하고 경계했었는데, 의외로 별거 아니더라고요. 피라미예요. 싱거웠어요."

　그녀는 놀랄 정도로 차가운 눈빛으로 발치의 에스텔 씨를 바라보면서 말했습니다.

　"……당신은 어째서 부모님을 죽여버린 건가요?"

　그 말에 셀레나 씨는 표정 변화도 없이 대답했습니다.

　"나, 실은 부모님한테 학대를 당했어요. 그래서 죽여버렸어요.

이건 용서받을 수 있을까요?"

"…………."

"나는 태어났을 때부터 아버지에게 학대당하고, 어머니에게 질책당하며 자랐어요. 아버지는 나를 음흉한 눈으로 보기만 했고, 어머니는 저를 한 명의 여자로 보고 질투했죠. 그런데 집 밖에서는 사이좋은 가족을 연기했어요. 우리 가정은 뒤틀렸어요."

"…………."

"망가져서 부숴버렸어요."

빙긋, 그녀는 웃고 있었습니다.

나이에 걸맞은 천진한 미소 같은 게 아닌, 한없이 뒤틀린 무서운 미소였습니다.

셀레나 씨는 천천히 제 쪽으로 다가왔습니다.

"—깜짝 놀랐어요. 언니들이 정말로 정확한 순간에 내 계획을 방해하러 나타나서."

"검은 망토를 두르고 강도를 가장한다, 라는 게 당신이 말하는 계획인가요?"

"맞아. 역시, 잘 아네. 미래에서 왔기 때문일까?"

시간이 되어도 셀레나 씨의 집에 강도는 나타나지 않았습니다. 그것은 분명, 강도로서 들어올 터인 인간이 다른 곳에 있었기 때문이겠지요.

…………

조금 전 스쳐 지나갔을 때 셀레나 씨가 들고 있던 짐이 바닥에 나뒹굴고 있었습니다.

검은 천을 뱉어낸 채 널브러져 있었습니다.

"저기, 언니. 언니가 정말로 미래에서 왔다고 한다면, 가르쳐주지 않을래요? 미래의 나는 어떤 사람인가요?"

"저는 여행자입니다. 이 나라에 쭉 있던 게 아닙니다. 그러니까, 당신이 어떤 사람이 되었는지는 모릅니다."

저는 지팡이를 꺼내며 자세를 잡았습니다.

"그렇다기보다, 제가 있던 10년 후에, 당신은 이미 죽은 사람이었죠."

"네? 살해당한 거야? 누구한테요?"

"당신의 친구에게요."

"나한테 친구 같은 건 없는데요?"

"…………"

"아, 혹시, 에스텔을 말하는 건가요?"

제가 고개를 끄덕이자 셀레나 씨는 무척이나 기쁜 듯이 손뼉을 짝 쳤습니다.

"아, 과연 그렇구나. 저 알았어요. 여기 죽어 있는 여자가 10년 후의 에스텔인 거죠?"

"…………"

"역시! 그럴 줄 알았어."

저는 끝까지 답하지 않았지만, 침묵을 긍정이라고 본 것일 테지요. 기쁜 듯이 손뼉을 치면서 그녀는 "하지만, 어째서 살해당한 거죠?"라며 고개를 갸웃거렸습니다.

"당신이 살인자가 되었기 때문입니다."

"제가 살인자가, 되었다고요?"

"네—."

2번가의 살인귀.

그것이 그녀의 미래의 이름입니다.

기묘하게도, 저희들은 아직 2번가를 빠져나가지 못한 상태였습니다. 결국 저와 에스텔 씨는 살인귀가 태어나는 것을 막지 못했던 것입니다.

…………

아니. 태어나는 것을 막지 못했다기보다, 이미 늦었다고 말하는 편이 좋을지도 모릅니다.

"과연. 살인자가 되었던 거군요. 납득했어요."

셀레나 씨는 10년도 더 전부터, 이미 망가져 있었습니다.

손에 든 나이프를 이쪽으로 들이대면서 셀레나 씨는 땅을 차고, 달렸습니다.

"그게, 사람을 죽이는 건, 이렇게나 즐거우니까!"

"—윽!"

그리고 닥쳐드는 그녀를 향해 제가 지팡이를 든 직후였습니다.

길에 놓여 있던 쓰레기통들이 갑자기 셀레나 씨를 향해 덮쳐들었고, 그녀를 벽으로 밀어붙였습니다. 계속해서 몸을 부수고 썩은 쓰레기와 냄새를 퍼뜨리면서, 쓰레기통들은 셀레나 씨에게 부딪혔습니다.

"……용서 못 해."

퍼져가는 악취 저편에서 희미하게 목소리가 들렸습니다.

221

떨리는 손으로 지팡이를 쥐고, 피가 흘러나오는 배를 누르면서, 에스텔 씨가 일어섰습니다.

너덜너덜해졌지만, 만신창이가 되었지만, 그녀는 아직 살아 있었습니다.

"아하."

썩은 냄새 속에서 셀레나 씨는 에스텔 씨를 올려다보았습니다.

"뭐야, 아직 살아 있었네. 좀 더 제대로 찔렀으면 좋았—."

에스텔 씨는 그 말을 끝까지 듣지 않았습니다. 말을 자르듯이 지팡이를 휘두르자, 희푸른 마력 덩어리가 탄환처럼 쉴 새 없이 셀레나 씨에게 쏟아졌습니다.

제 손가락에 있는 반지는 눈부실 정도로 빛을 더해가고 있습니다.

"아아아아아아아아아아아아아아아아아아아아아아아아!"

에스텔 씨는 소리치며 몇 번이고 몇 번이고 지팡이를 휘둘렀습니다.

"아하하하! 아파! 아프다고!"

셀레나 씨는 마력의 탄을 맞으면서도 여전히 웃고 있었습니다.

"나를, 쭉 속인 거야? 바보 취급한 거야? 친구라고 생각했는데!"

"아하하! 에스텔이 나를 죽이려 하고 있어! 아하하하하하!"

"친구라고 생각했는데! 네가, 분명 착한 아이로 돌아올 거라고 생각했는데! 줄곧, 줄곧 줄곧 줄곧— 나를 속인 거야? 말해!"

"아하하하하하하하! 아파! 아파 아파 아파 아파! 하하하!"

"이— 악마……!"

그리고 에스텔 씨는 지팡이를 셀레나 씨에게 들이댄 채 멈추었습니다.

지팡이에서 쏟아져 나오던 희푸른 마력은 연기처럼 뻗어나가 셀레나 씨의 목에 휘감겼고, 꾸우우욱, 당겨졌습니다.

"하하하하하! 하하, 하—."

지팡이 끝은 점점 위를 향했고, 바닥에 주저앉아 있던 셀레나 씨의 다리를 떠오르게 했습니다.

"—하, 하하."

무시무시한 웃음소리는 점점 기세를 잃었고, 메말라갔습니다.

그러나.

만질 수 없는 연기를 잡으려고 손을 버둥거리면서도, 입꼬리로 거품을 흘리면서도, 여전히 웃고 있었습니다.

눈 아래에 보이는 에스텔 씨를 내려다보며 분명히 웃고 있었습니다.

"—이, 살인자."

그렇게 속삭이면서.

"…………."

등줄기가 흠칫했습니다.

눈앞에 펼쳐진 무서운 광경 앞에는 이제 최악의 결말만이 기다리고 있었습니다.

"에스텔 씨, 기다려주세요. 기다려—. 이건."

이건 너무나도 좋지 않습니다.

설령 상대가 살인자라 해도, 이런 결말을 대체 누가 바랄까요?

저는 곧바로 반지에 손을 댔습니다. 반지를 빼버리면 마력은 공급되지 않게 될 겁니다. 적어도 에스텔 씨가 살인자가 되는 것은 막을 수 있을 겁니다.

그러면, 그 다음은—.

그 다음은, 대체 어떻게 하면 될까요? 이런 비통한 이야기에, 어떤 막을 내리면 좋을까요?

…………

마음이 흔들린 탓일까요? 제 새끼손가락에 달라붙은 반지는, 전혀 빠질 기미를 보이지 않았습니다.

그러기는커녕, 떨리기만 하는 제 손은 반지를 집는 것조차도 힘들었습니다.

저는, 제가 생각한 것 이상으로 이곳에 있는 것에 공포를 느끼는 모양입니다.

제가 허둥대는 사이에도 셀레나 씨의 거친 웃음소리는 비명이 되었고, 목에 닿은 손이 더욱 버둥대기 시작했습니다. 그 단말마 같은 소리는 제 손에 담긴 초조함을 더욱 키웠습니다.

에스텔 씨에게 마력을 계속 전하고 있는 반지가 제 손에서 빠진 것은, 무척이나 긴 몇 초가 흐른 다음이었습니다.

피투성이 위에서 튀어 오르며 붉은 포물선을 그린 반지는 바닥으로 떨어졌습니다.

"에스텔 씨. 그만두세요. 안 돼요. 그런—."

저는 바로 그녀를 타이르려 했습니다.

다시 생각하게 하려고 했습니다.

하지만 셀레나 씨를 조르고 있는 연기는 사라지지 않았습니다.

"너와의 추억 같은 건 필요 없어. 전부 필요 없어. 너 따위, 전부 없어져버려."

반지는 확실히 뺐는데. 제게서 보내지던 마력은 끊겼는데.

그 마력은 대체 어디에서 끓어오르는 것일까요?

"너 같은 거 도와주지 말걸. 너 같은 거 돌아보지 말걸. 네 죽음 같은 거 슬퍼하지 말걸."

원한에 사로잡힌 그 눈은 어딘가 셀레나 씨와 겹쳐 보였습니다.

어찌할 도리도 없이, 떨리는 손으로 지팡이를 쥔 채 저는 멍하니 그 자리에 서 있을 뿐이었습니다.

당혹과 공포는, 제 몸을 칭칭 옭아매서 그 자리에 붙들고 있었습니다.

"안녕, 셀레나."

그리고.

모든 것을 포기한 듯 입가를 풀면서 에스텔 씨가 그렇게 속삭인 직후였습니다.

종이 울렸습니다.

마침 한 시간이 지났음을 고하는 종소리가 울렸고, 빛이 저와 에스텔 씨를 감쌌습니다. 주변 풍경은 서서히 희미해졌고, 보이지 않게 되었습니다.

시간이 다된 것입니다.

피 냄새도, 그녀가 쥐어짜 내던 소리도, 사라져갔습니다.

그리고 눈앞의 모든 것이 흐릿한 흰빛 속으로 녹아들었습니다.

이리하여.

한 소녀를 구하기 위해 돌아갔던 이야기는, 단 한 명도 구원하지 못한 채 막을 내렸습니다.

○

종소리가 울려 퍼졌습니다.

눈을 뜨니, 저는 원래 세계—그녀가 말했던 A 세계로 돌아와 있었습니다.

눈에 익은 풍경이 제 눈동자로 들어왔습니다. 한산한 방. 나란히 놓인 의자. 창가의 라벤더.

그리고 옆의 에스텔 씨.

"…………."

그녀는 흐릿한 눈동자로 천장을 바라보고 있었습니다. 무표정한 얼굴로 멍하니.

무슨 생각을 하고 있는지도, 무어라 말을 걸면 좋을지도, 저로서는 알 수 없었습니다.

그저 시간이 흘러가는 것을 기다렸습니다.

"……어라? 나, 뭘 하고 있었지?"

이윽고 그녀의 입이 열렸습니다.

"어째서 이런 데 앉아 있는 거지……? 어라? 기억이 안 나."

"……에스텔 씨."

"아, 너는…… 일레이나 씨, 였던가? 나, 지금까지 뭘 하고 있었던 거야?"

"…………."

저는 대답하지 못했습니다.

"뭔가 중요한 걸, 소중한 사람을…… 잊은 것 같아…… 하지만, 뭘까? 생각이 안 나네. 뭐였더라?"

"…………."

저는 말했습니다.

"셀레나 씨를, 기억하지 못하는 건가요?"

"응? 그게 누군데?"

그녀는.

미래에 돌아온 순간 셀레나 씨에 관한 것도, 10년 전으로 거슬러 올라갔던 것도, 잊어버렸습니다.

이야기를 나누는 사이에 저는 이해했습니다. 그녀는 그때— 제가 반지를 뺀 시점에서 이미, 무모한 방법으로 자신의 마력을 만들어내고 있었던 것입니다.

정말 소중한 친구에 관한 기억을, 모두 마력으로 바꿔버렸던 것입니다. 그녀의 대부분을 차지하고 있던 소중한 추억을 내던져 버리고 만 것일 테죠.

미래로 돌아온 그녀는 그저 멍하니, 쭉 무기력하게 있었습니다.

"어쩐지 기억이 안 나네……. 무척이나 몽롱해. 셀레나, 저기……. 누구였지?"

그녀는 한결같이 고개를 갸웃거렸습니다.

"일레이나 씨. 아무리 해도 기억이 안 나는데. 그 사람은 나한테 있어 뭐였어?"

의아한 표정은 저를 향하고 있었습니다.

저는 그녀에게서 시선을 돌리듯 자리에서 일어나, 그저 한마디를 답했습니다.

"아무것도 아니에요. 이제, 더는."

○

평원지대에 고요히 위치한 그곳은 시계 마을 로스트루프라고 불리는 아름다운 나라였습니다.

키 높은 집들이 규칙적으로 늘어선 나라의 중앙에는 광장이 있었고, 그곳에는 커다란 시계탑이 솟아오를 듯이 서 있었습니다.

제가 광장을 지나갈 때, 마침 세 시를 알리는 종이 댕댕 하고 울렸습니다. 커다란 소리에 놀라 멀리서 새들이 황급히 날아올랐습니다.

돌아본 저는 멍하니 그 모습을 바라보았습니다.

"…………."

결국 그 후 저는 도망치듯이 그 집을 나왔습니다. 물론 보수 같은 건 받지 않았습니다. 애초에 그녀에게 있어 존재하지 않는 과거에 대한 돈을 받을 수는 없습니다.

게다가 저는 과거로 돌아간 곳에서, 보수를 받을 만한 역할을 해내지 못했습니다.

아니, 애초에.

과거를 바꿀 수 있었다면— 시간을 되돌리면 분명 행복하질 수 있으리라는 것은 무척이나 나태한 생각일지도 모릅니다.

지나간 시간이라는 것은 돌아볼 수는 있어도 되돌리려 해서는 안 되는 것일지도 모릅니다. 거슬러 올라가 인간관계 그 자체를 바꾼다고 하는 것은 마법으로 시간을 조작해 상처를 고치는 것과는 의미가 다릅니다.

그러나, 설령 그러하다고 해도, 10년 전의 세계에서 저는 너무나도 무력했습니다.

저는 무서웠던 겁니다.

눈앞에서 사람이 살해당하는 참극과, 절망이, 너무나도 무서웠던 것입니다.

오랫동안 여행을 한 탓에, 자칫 감각이 마비되어버린 것일지도 모릅니다.

저는 단순한 여행자이자, 마녀. 단지 그뿐입니다. 무엇이든 할 수 있는 것도, 무엇이든 잘하는 것도 아닙니다. 과거로 돌아가, 저는 저의 미숙함을 깨달았습니다.

아플 정도로.

"…………."

뺨을 타고 미적지근한 눈물이 흘렀습니다.

어느샌가 울고 있는 자기 자신에게서 눈을 돌리듯이, 저는 시계를 올려다보았습니다.

종소리의 여운조차 남아 있지 않은 시계탑은, 의연하게, 언제나처럼 시간을 새겨가고 있었습니다.

결코 되돌아가는 일 없이, 정해진 시간을 새겨갔습니다.

"······슬슬 가볼까요."

그리고 저는 걸음을 옮겼습니다.

되돌리는 일 없이, 한 걸음씩 발을 내디디며.

제 12 장

그 나라의 왼쪽과 오른쪽은 사이가 나쁜지, 하나의 벽을 세워 두고 서로에게 관여하지 않는다는 규칙을 만든 모양이었다.

내가 그 나라의 왼쪽을 방문했을 때도 역시 벽은 있었고, 깨끗하게 손질된 회색 벽은 이쪽을 거부하는 저쪽처럼 무척이나 차갑고도 당당하게 존재했다.

닿으면 꽤 시원해서 기분 좋았다.

"이것 참 시시하네. 이건 너무 시시해. 최악이야."

시간을 때울 겸 벽에 뺨을 대고 있으려니 뒤에서 나타난 나라의 왼쪽 관리가 그렇게 투덜거렸다.

"대체 뭐가?" 싶어 고개를 갸웃해 보였다.

"자네는 대체 뭘 하고 있는 건가……."

어이없어하면서도 그 관리는 "아니, 실은 말이지 우리나라의 오른쪽과 왼쪽은 정말로 사이가 나쁘거든. 차라리 지금 당장 저쪽 인간이 몽땅 지옥에 떨어지면 좋을 텐데 하고 생각할 정도야. 그런데 말이지, 이것 좀 보라고. 이 벽은 이쪽과 저쪽을 가로막는 벽치고는 조금 시시하다고 생각하지 않나?"

"음? 시시하다니?"

이야기를 들어보니, 과연 납득이 가는 이유였다. 애초에 서로 사이가 나쁜 오른쪽과 왼쪽은 벽 너머 측에 지는 것을 견디지 못했다.

벽의 이쪽도 저쪽도 똑같은 회색이고 시시하기는 마찬가지였지만, 그렇기에 관리는 한탄하고 있는 모양이었다.

이쪽이 저쪽보다 뛰어나다는 것은 당연한 일이다. 그러나 이쪽이 뛰어나다는 확실한 증거는 어디에도 없다.

즉, 관리가 말하고자 하는 것은.

"이 벽을 좀 보게. 이것이야말로 이쪽이 저쪽보다 뛰어다는 가장 큰 증거다 — 하고, 우리는 자랑하고 싶은 거라네."

그렇다고 한다. 단순 명쾌. 실로 알기 쉬운 고민이었다.

아무래도 흑백을 가리려던 끝에 회색 벽을 세워버린 나라의 백성다운 고민이라고도 할 수 있었다.

"들자하니, 자네는 여행하는 마녀라고 하던데. 뭔가 좋은 생각이 없겠나?"

관리는 말 끝에 내게 그렇게 물었다.

"…………."

나는 그 후, 잠시 벽에 뺨을 댄 채 신음했다.

신음하고서 "뭐, 없는 건 아닌데" 하고, 하나의 제안을 했다.

아무래도 이 나라는 무엇이든 흑백을 가리고 싶어 하는 국민성을 갖고 있는 것 같다. 그러나 그것은 결국 벽 너머 쪽도 마찬가지라는 의미기도 했다.

"어라? 자네는 여행하는 마녀인가 보군. 그나저나 이 벽을 좀 보게. 어딘가 부족한 물건이라고 생각하지 않나? 아니, 실은 말이지, 자네에게 상담하고 싶은 게 있는데."

벽 너머 쪽— 즉 이 나라의 오른쪽을 방문해, 왼쪽에서 그랬듯이 뺨을 대고 있을 때였다.

이 나라의 오른쪽 관리가, 역시 왼쪽 관리와 마찬가지 부탁을 해 왔던 것이다.

나는 지난번과 마찬가지로 잠시 생각하는 척을 해 보이고서, 이쪽에도 한 가지 제안을 했다.

"뭐, 없는 건 아닌데."

라고.

관리는 크게 기뻐하며 "그게 정말인가?!" 하며 눈을 빛냈다.

"그래. 없는 건 아냐. 하지만 거기에는 한 가지 조건이 있는데—관리님, 나이프 갖고 있어?"

"음? 그래, 있는데……."

관리는 의아해하면서도 허리에 차고 있던 나이프를 내게 건넸다.

"그걸로 대체 뭘 어쩔 셈이지?"

"이렇게 할 거야."

말하면서 나는 벽에 나이프를 꽂아 넣었다.

으드득 드드득 하고 회색 벽에 흉터가 새겨져갔다.

대체 이 계집은 무얼 하고 있는 건가? 하고 눈썹을 찌푸리는 관리 옆에서, 내 손에 쥐어진 나이프는 벽에 하나의 글자를 새겨갔다.

『이 나라의 이쪽은 무척이나 훌륭하다. ——여행하는 마녀로부터.』

—라고.

"……이건 대체 뭔가?"

관리는 여전히 미간을 찌푸리고 있었다. 눈치가 없네.

"이 벽은 말하자면, 이쪽과 저쪽을 가로막는 상징이면서, 동시에 이쪽의 훌륭함을 상징하는 거잖아? 그러니까 이렇게 방문한 여행자들에게 벽에 글을 새기게 하면 되는 거야. 그 수가 많으면 많을수록, 벽의 이쪽이 얼마나 훌륭한지가 더욱 분명해지는 거라고."

"으음…… 하지만, 그런 방법은 별로 좋아하지 않는데……."

그렇게 말하며 오른쪽의 관리는 미간을 모으는 것을 넘어 주름이 생길 정도로 찌푸리기 시작했다.

모처럼 부탁을 하기에 좋은 방법을 가르쳐줬더니만, 이런 반응이라니.

이런 이런, 하고 어깨를 으쓱이고 싶은 기분을 참으면서 "맞다. 그리고 보니"라며 문득 생각난 것처럼 연기를 해 보였다.

그리고 어떤 마법의 말을 던졌다.

"벽 너머에는 이미 많은 여행자가 방문한 흔적이 있었어."

나중에 들은 이야기에 따르면, 내가 떠난 후 그 나라에서는 방문한 여행자에게 나이프를 건네고, 벽에 글을 새기게 하는 풍습이 생겼다고 한다.

그나저나, 무엇 하나도 서로 용납하지 않는 그 국민들이, 서로 경쟁한다고 하는 그 한 점에서 만큼은 기분 좋을 정도로 의견이 일치하고 마는 것은 대체 어째서일까?

『니케의 모험담』 제5권에서 발췌

●

　그녀가 스승님과 함께 이 나라를 방문한 것은 그녀가 아직 마녀 견습생이 된 지 얼마 안 되었을 때였습니다.

　문득 생각난 것처럼 스승님이 "맞다. 그리고 보니 그 나라에는 아주 맛있는 요리가 있었어. 아아. 맛있는 요리가 먹고 싶어. ……그런고로, 지금부터 갈 거야. 그 나라에"라는 말을 꺼낸 것이 사건의 발단이었습니다.

　갑작스런 제안에 그녀는 "이 사람은 갑자기 무슨 말을 하는 걸까?" 하고 엄청나게 고개를 갸웃거렸지만, 뭐, 딱히 꼭 가고 싶은 곳이 있는 것도 아니었습니다.

　그래서 그녀는 스승님의 돌발적인 생각을 받아들이고, 둘이서 그곳을 찾아가기로 했던 것입니다. 그러나 제안을 한 것은 스승님이었으니, 그녀는 끌려 다니는 입장을 이용해 "아, 밥을 사주는 거라면 갈게요"라고 답해두었습니다. 약간 싫은 표정을 했습니다.

　이러저러하여, 며칠 동안 빗자루로 초원을 날아서 두 사람은 그 나라에 도착했습니다.

　스승님이 말했던 대로 그곳의 요리는 훌륭했고, 입안에서 녹았습니다.

　스승님은 말하지 않았지만, 그 나라는 가운데 커다란 벽이 있어 나라를 둘로 나누고 있었습니다.

　"…………."

"…………."

두 사람은 그 벽을 올려다보았습니다.

한 사람은 잿빛 머리카락을 가진, 젊은 마녀. 나이는 20대 중반 정도일까요?

그리고 또 한 사람은 그 마녀의 제자. 밤의 어둠 같은 검고 아름다운 머리카락을 길게 기를 마녀 견습생이었습니다.

자, 그럼 여기서 문제.

그녀—마녀 견습생.

스승님에게 휘둘리면서, 마녀를 동경하여 나날이 강해지고 있는 그녀는 대체 누구일까요?

이름을 두 글자 이상 두 글자 이하로 대답해주세요.

……네, 시간이 다됐습니다. 그럼 답을 맞춰보고 다음으로 넘어갈까요.

그것은 누구인가.

정답은,

"프랑."

이었습니다.

스승님의 부름에 저는 뒤를 돌아보았습니다.

"왜 그러시나요? 선생님."

"이 벽 좀 봐. 대단하지?"

스승님은 약간 흥분한 모습이셨습니다.

"전에 와본 적 있으셨던 거 아닌가요?"

제가 그렇게 묻자 스승님은 "아, 정말. 이 녀석 뭘 모르네"라고 말하고 싶은 듯이 고개를 저으며 어깨를 으쓱였습니다.

"내가 전에 왔을 때보다도 대단해졌어, 라고 말하고 싶은 거야."

벽에는 수많은—셀 수 없을 정도의 자국이 새겨져 있었습니다.

『이 나라 최고!』라든가 『이런 좋은 나라는 태어나서 처음이야!』와 『우리들, 곧 결혼합니다!』와 『우리 우정 영원히』 등등의, 전혀 관계없는 말도 포함해서 온갖 사람들이 방문한 흔적이 새겨져 있었습니다.

스승님이 전에 왔을 때는 이런 흔적이 전혀 없었다고 합니다.

"호오, 그런가요?"

제가 대답하자 그녀는 더욱 자랑하듯이 "이 벽에 글을 새기는 계기를 만든 게 누군지 알아? 맞아, 나야" 같은 이상한 말을 하며 뽐냈습니다.

무슨 말인지 의미를 잘 알 수 없었기 때문에 무시했습니다.

"그나저나, 이건 왜 이러는 건가요? 벽에 문자를 새기는 데 무슨 의미가?"

"의미 같은 건 없어. 이 나라의 사람들은 말이지, 반대쪽 사람들과 경쟁하고 싶은 거야. 반대쪽보다도 뛰어나다는 걸 증명하고 싶은 거지. 그러니까 벽의 이쪽에는, 이쪽을 좋다고 생각하는 사람의 글이 남아 있고, 반대쪽에는 반대쪽을 좋다고 생각하는 사람의 글이 남아 있는 거야."

"흐음흐음……."

쉽게 말하자면 인기투표 같은 것일까요?

과연.

그러나 인기투표라고 하면 조금 신경 쓰이는 점이 생깁니다.

저는 스승님의 소매를 잡아당기며 물었습니다.

"그럼, 지금은 어느 쪽이 우세인 건가요?"

"어머. 어느 쪽이 인기 있는지 알고 싶어?"

"당연하죠. 인기 있는 쪽의 요리가 더 맛있을 테니까요."

잠시 침묵이 자리한 후.

"⋯⋯⋯⋯뭐? 설마 또 먹을 거야?"

스승님은 다시 약간 싫은 얼굴을 했습니다.

그 잿빛 벽을 나라의 오른쪽과 왼쪽의 양쪽에서 살펴본 결과를, 외람되나마 전하도록 하지요.

결과.

"양쪽 다 똑같네요."

그렇습니다.

같은 글이 같은 수만큼 쓰여 있었습니다.

『우리들, 곧 결혼합니다!』에서 『웃기지 마. 이혼이야 이혼』으로 바뀌는 등, 약간의 차이는 있습니다만, 대체로 비슷했습니다.

즉, 벽만큼은 왼쪽과 오른쪽의 우열을 가릴 수가 없었던 것입니다.

"아니, 어쩌면 음식으로는 우열을 가릴 수 있을지 몰라요."

그렇게 생각했기 때문에, 싫어하는 스승님을 끌고서 반대쪽 나라의 식당에도 가보았습니다만, 반대쪽 요리도 맛있었고 우열을

판가름할 수 없었습니다.

만복감에 만족하며 우리들은 다시 반대쪽 벽 앞을 방문했습니다.

"과식했어…… 이제 못 걸어……."

참고로 만복감에 만족한 것은 저 한 사람뿐입니다. 스승님은 그로기였습니다.

"하지만 선생님. 반대쪽 광경도 완전히 똑같은 건 어째서죠?"

"…………."

스승님은 배를 쓸며 후우, 하고 한숨을 내쉬었습니다.

"저쪽을 좋다고 생각한 사람들의 대부분이, 이쪽도 좋다고 생각했다. 그런 거야."

그렇게 말하며 저를 바라보았습니다.

그건 즉, 경쟁하고 있는 양쪽에 차이 같은 게 전혀 없다는 사실을 뜻하기도 했습니다.

하지만 그것도 그렇습니다. 오른쪽과 왼쪽으로 나뉜 이 나라는, 원래는 하나의 나라이며 상대편에 지고 싶지 않다는 마음만으로 지금에 이르렀기 때문입니다.

"……어째서 오른쪽도 왼쪽도, 상대편이 자신들과 같은 발전을 이루고 있다는 걸 깨닫지 못하는 거죠?"

제가 문득 중얼거린 그 말에 스승님은 자그마한 미소를 머금었습니다.

그리고 이렇게 말했던 것입니다.

"뻔하잖아. 이 벽 너머로 시선을 보내려 하지 않기 때문이야— 서로 말이야."

●

"거기는, 나라 가운데에 하나의 회색 벽이 서 있는 불가사의한 나라래."

그런 소문을 의지해, 그 나라에 한 마녀가 발을 내디뎠습니다.

여행하는 마녀였습니다. 검은 로브와 검은 삼각 모자, 그리고 마녀의 증거인 별을 본뜬 브로치를 하고 있었습니다.

나이는 10대 후반 정도. 그런 것치고는 무척 어려 보이는 생김새입니다.

"와아, 그건 대단하네."

소녀는 솟아오른 벽을 앞에 두고서 혼자 중얼거렸습니다. 이 나라를 찾은 다양한 사람들의 메시지가 이 벽에 담겨 있었습니다.

그런데.

그 여행하는 그녀는.

취미로 여행하는 마녀를 하고 있는 그녀는, 대체 누구인가.

그렇습니다, 저— 땡! 나예요! 사야입니다!

"여어, 자네가 『마법 총괄 협회』의 마녀님이지? 어떤가? 이 벽은."

이 나라의 관리님이 제게로 다가왔습니다. 오늘은 나라의 관리님의 부탁으로 파견되었습니다.

"대단하네요. 무척이나 많은 사람들이 이 나라에 왔었다는 걸 알 수 있어요."

저는 취미로 여행을 하고 있지만, 일로서 세계 각지의 곤란한 사건을 해결하며 다니고 있습니다.

기본적으로 '마법 총괄 협회'는 마법에 의해 일어난 사건과 사고를 해결하며 다닙니다만, 마법으로 해결할 수 있을 법한 의뢰도 받고 있습니다.

예를 들면, 이런 의뢰도.

"마녀님. 의뢰서는 이미 봤을 거라고 생각하는데—이 벽을 어떻게 좀 해주지 않겠나? 여행하는 마녀님의 아이디어로 벽에 메시지를 새겨온 지 10년이 지났는데, 하지만 말이지, 시간이 흐르다 보니 유행도 지나고 만 것인지 요즘 들어서는 손님들 발길도 끊어졌어. 메시지를 새로 써 넣고 싶다고 생각하는 여행자도 줄어버렸지. 벽이 소용없게 된 거야."

마녀에 의해 시작된 것을 마녀의 힘을 빌려 발전시키려 하는 것일까요?

즉, 여행하는 마녀의 지혜를 빌리면 아마 어떻게든 될 거라는 안이한 생각에 빠져 있는 것이 이 나라 분들의 현재 상황인가 봅니다.

일부러 의뢰를 보내면서까지 이 벽을 소용없게 만들고 싶지 않다고 생각하는 것은 어째서일까요? 저로서는 그냥 이대로도 충분할 정도로 멋지다고 보는데요.

"마녀님, 어떻겠나? 뭔가 좋은 아이디어가 있겠나?"

"음."

저는 벽을 바라보며 잠시 생각했습니다.

많은 여행자들의 흔적이 새겨져 있는 벽이었습니다. 여러 가지 말이 있었고, 여러 가지 감상이 있었— 응? 어라 이 『이 나라의 이쪽은 무척이나 훌륭하다. —여행하는 마녀로부터』라는 건 뭘까요? 다른 글자에 비해 무척 오래 전에 쓰인 것처럼 보이는 데다, 글자가 금색 테두리에 둘러싸여 있는 것이, 어쩐지 다른 글자들보다도 중요하게 취급받고 있는 분위기입니다.

"아, 그거는 말이지, 이 벽에 메시지를 쓰도록 권해준 마녀가 쓴 거야. 그녀 덕분에 우리나라는 지금까지 발전을 할 수 있었던 거지."

호오오. 그것참 그것참. 대단한 마녀도 있었— 으응?

어라?

"이 글자, 어디선가……."

글씨의 특징이 미묘하게 다르기는 하지만, 본 적 있습니다. 구체적으로 말하자면 몇 년 전 어딘가의 어느 나라의 어느 숙소에서. 게다가 그 글자에서는 왠지 모르게 상냥하고 가련한 분위기가 풀풀 뿜어져 나오고 있었습니다. 아마도 이 글자를 쓴 여행자는 잿빛 머리카락과 유리색 눈동자를 가진 마녀일 것이 틀림없습니다 아마도 저의 친애하는 일레이나 씨의 혈족 같은 그런 것일 테죠 더욱 관찰해보니 그 글자에서 일레이나 씨스러운 분위기가 절반 정도 담겨 있는 것이 아마도 일레이나 씨의 어머니나 그럴 것이 틀림없습니다 설마 딸이거나 한 건 아니겠지요? 틀림없이 아닐 겁니다 즉 어머니입니다 일레이나 씨의 어머니가 이 나라를 찾아와 최초로 벽에 글자를 새겼을 테지요 멋집니다 대단해요 이런 곳에서 일레이나 씨의 어머니와 만나다니 그야말로 운명적인 그겁니다 만세 이건 이제 결혼할 수밖에 없군요 마이 러블리 엔젤 일레이나 씨 멋진 어머님 처음 뵙겠습니다 사야라고 합니다 따님께는 언제나 신세를 지고 있습니다 그런데 일레이나 씨의 어머님도 멋지고 아름다운 모습이 일레이나 씨와 꼭 닮았습니다만 역시 일레이나 씨 쪽이 멋지고 예쁩니다 역시 일레이나 씨입니다 역시 일레이나 씨 아아아아아아아아아아아아아아아아아아아아아아아!!!

"······우헤헤."

"마녀님, 괜찮은가? 눈동자에서 대단한 광기가 느껴지는데."

"아, 괜찮습니다. 잠시 트랜스 했을 뿐입니다."

"아, 음······ 그, 그런가······."

어쩐지 질려하는 것 같습니다.

하지만 저는 괜찮습니다. 오히려 아주 좋습니다.

일레이나 씨 어머니의 자취를 본 덕분에 제 머리가 엄청난 속도로 회전을 시작했습니다.

즉, 순식간에 이 벽에 얽힌 문제 해결법이 번뜩였다는 겁니다.

"아저씨, 나이프를 빌려주세요."

"자네한테 나이프를 건네면 안 좋은 일이 벌어질 것 같은 느낌이 드네만······."

"자자, 괜찮아요."

"으음……."

마지못해 관리님은 제게 나이프를 건네주었습니다.

곧바로 그 나이프로 벽에 글자를 새겼습니다.

"아시겠어요? 이렇게 하는 거예요. 이게 최적이에요."

『일레이나 씨 좋아해요 일레이나 씨 일레이나 씨 일레이나 씨 일레이나 씨 일레이나 씨 일레이나』라고.

어째서 마지막에는 '씨'를 붙이지 않았는가 하면, 그것은 관리님에게 전력으로 제지당했기 때문입니다.

"무슨 짓을 하는 겐가, 자네! 이 벽은 역사 있는 귀중한 재산이란 말일세! 자신의 추잡한 욕망을 써도 되는 별 볼 일 없는 장난감이 아니야!"

엄청나게 화내고 있습니다.

저는 어디까지나 당당하게 그의 분노를 받아넘겼습니다.

"무슨 말을 하시는 건가요? 이건 무척이나 중요한 일입니다."

"뭐가 중요하단 건가?! 이 벽은, 이 나라의 훌륭함을 적기 위한 벽이라고!"

"아, 그 룰 말인데요. 오늘부터 바꿔보는 게 어떤가요?"

"……무슨 말을 하는 건가?"

제가 하는 말의 의미를 눈치채지 못한 모양입니다.

그래서 알기 쉽게 설명했습니다.

"오늘부터 이 벽은, 이 나라의 분들도 마음껏 써도 되는 걸로 하는 겁니다. 좋아하는 사람에 대한 뜨거움 마음이라든가, 미래에 대한 희망이라든가, 그런 식으로 좋아하는 걸 좋을 대로 쓰게 하면 되는 거죠."

"어째서? 어째서 그런 일을 해야 하지?"

무척 알기 쉽게 설명했다고 생각하는데, 그래도 이해하지 못했나 봅니다. 혹은 분노가 가라앉지 않은 탓인지도 모릅니다.

엄한 분입니다.

그렇다면, 그런고로 저는 더욱 알기 쉽게 타이르듯이 말했습니다.

"그러니까, 이 벽을 세운 건 당신들이잖아요? 그러면 당신들을 위해 써야 하지 않을까요?"

여행자들의 벽이 아니라.

자신들이 똑바로 바라볼 수 있는 벽으로 만들면 된다고, 저는 말했습니다.

○

그 나라에 한 마녀가 찾아왔습니다.

잿빛 머리카락과 유리색 눈동자. 검은 로브와 삼각 모자, 그리고 별을 본뜬 브로치를 자랑스레 가슴에 달고 있는 그녀는 마녀이자 여행자입니다.

나이는 십대 후반 정도.

참고로 예쁘고 멋진 마이 러블리 엔젤이라고 불릴 정도로 아름답고 가련한 소녀이기도 했습니다.

그것은 누구인가.

그렇습니다. 바로 저입니다.

"…………."

저에게 가장 큰 영향을 준 저서 중 하나인『니케의 모험담』에 나오는 마녀가 방문하여 글을 새긴 벽이라며 팬들 사이에서는 성지처럼 여겨지는 곳은 세계 각지에 몇 곳이나 있습니다.

그중 하나가, 바로 이 나라였습니다.

무려 작가가 실제로 방문하여 벽에 글자를 써 넣은 곳이라고 하며, 팬이라면 누구나 한 번은 방문하여 그 글자를 눈으로 보고 소원을 비는 것이 이미 순례의 하나로서 상례가 되었다고 하는 곳입니다.

저도 이번 여행 도중에 그곳을 방문하게 된 것입니다만.

무척 기대하면서 왔습니다만.

"……부서졌어."

부서졌습니다.

그 나라는 벽이라는 것은 존재하지 않는 평범한 나라였습니다.

어라라? 혹시 제가 장소를 착각한 것일까요? 그런 생각을 하며 고개를 갸웃거렸지만, 틀림없이 이곳은 책의 저자가 방문했던 곳이었습니다.

『이 나라의 이쪽은 무척이나 훌륭하다. ―여행하는 마녀로부터.』

『이 나라의 이쪽은 무척이나 훌륭하다. ―여행하는 마녀로부터.』

같은 문장이 두 개, 기념비로서 세워져 있었습니다. 오래된 글자는 금으로 된 틀에 끼워져, 과거 벽이 있었을 터인 나라의 한가운데에 놓여 있었습니다.

"어서 옵쇼! 벽, 쌉니다!" "여행의 추억으로 어떠십니까!" "단순한 잔해가 아니야. 그 벽의 잔해라고. 레어야, 레어."

벽이 사라지고, 아주 평범한 나라가 되어버린 그곳의 중심부에서는, 과거 벽이었던 잔해를 손으로 들 수 있는 정도의 크기로 쪼갠 것을, 나라의 사람들이 팔며 다니고 있었습니다.

의외로 호평인지, 여행자들은 그 판매자들 주변에 몰려들어 있었습니다.

아니, 평범한 잔해잖아요? 벽이기 때문에 가치가 있었던 건데…….

잔해에는 흥미가 없기 때문에 저는 그곳을 바로 떠났습니다.

지금은 오른쪽과 왼쪽으로 나뉘어 각각 높으신 분이 다스리는 것이 아니라, 한곳에 모여 있다고 합니다.

거리를 잠시 걷다가 건설 중인 건물을 발견했습니다.

『새로운 관청 건설 중』

그렇다고 합니다. 그렇게 쓰여 있으니 그렇겠지요.

"음. 이건 미묘하군. 입구가 오른쪽으로 치우쳤어." "무슨 소리. 창문은 왼쪽으로 치우쳤다고. 그쪽이 좋잖아." "무슨 소리야." "뭐라고."

"…………."

관리 같아 보이는 노인 둘이 건설 중인 관청을 바라보면서 별것 아닌 말다툼을 계속하고 있었습니다.

"저기, 두 분은 이 나라의 높으신 분인가요?"

두 사람에게서는 벽이 사라진 경위를 물어보기 딱 좋아 보이는 분위기가 느껴졌기 때문에, 저는 두 사람 앞에서 약간 애교스러운 목소리로 물었습니다. 이렇게 하면 남성에게 정보를 수집하기 쉽기 때문입니다. 노인이라도 그건 마찬가지입니다.

"어라? 자네는 여행하는 마녀가 아닌가." "이거 이거, 오랜만이구먼. 십수 년 만이군그래."

"? 저를, 아시나요?"

"꽤 오래 전에 한 번 온 적 있지 않은가." "……? 으음? 하지만 자네, 나이를 안 먹었구먼." "옛날 그대로인데." "음? 자세히 보니 생김새가 그때보다 어려졌는데?" "확실히." "그리고 자세히 보니 가슴도 다르구먼." "확실히." "뭐야, 다른 사람인가." "아쉽군."

"…………"

뭔지 모르게 실례인 시선을 보내오는 듯한 기분이 들었습니다.

저는 가슴속에서 솟아오르는 분노를 조용히 억누르며 "그래서, 이 나라의 관리님이신가요? 아니면 평범한 쭈글쭈글 영감인가요?"

"물론 관리지만." "쭈글쭈글 영감이기도 하지."

"그럼 마침 잘됐네요. 실은 여쭙고 싶은 게 있는데요—."

그리고 저는 마을에서 본 것과 이 나라를 방문한 이유를 이야기했습니다.

"흐음 흐음. 과연. 타당한 질문이라고 할 수 있겠군." "실제로, 그 책의 성지인지 뭔지 하며 이 나라에 오는 녀석들은 지금도 그리 적지 않다네. 뭐, 다들 무척 낙담하며 돌아가지만."

"어째서 벽을 부숴버린 건가요?"

두 사람은 이유를 가르쳐주었습니다.

말하기를.

지금으로부터 십수 년 전, 한 여행자 마녀의 발안으로 그 벽은 여행자들이 이 나라에 대한 감상을 적는 벽이 되었는데, 얼마 전부터 이 나라 사람들이 자신들의 감상을 쓰게 되었다고 합니다.

좋아하는 사람의 이름. 장래의 희망. 어리석은 소원. 입으로는 절대 말할 수 없는 것들. 임금님의 귀 모양. 단순한 망상.

그 외에도 온갖 것들을, 국민들은 사양 없이 쓰기 시작했습니다. 벽을 깎아내며, 제멋대로 해댔습니다.

지금까지 수많은 여행자가 벽에 글을 새겼었기 때문에, 거리에 서 있는 벽은 순식간에 글을 쓸 공간을 잃었습니다.

그만큼 이 나라의 사람들은 벽에 쓰고 싶은 이야기가 있었던 걸 테죠.

그런데 거기서 문제가 생겼습니다.

생각난 것을 그 자리의 기분에 맡겨서 쓴 글을, 며칠, 몇 주 동안 보던 그 나라 사람들은 이윽고 벽에 쓰인 글자를 참을 수 없게 되어버렸던 것입니다.

"뭐야 이거, 부끄럽게." "웃기지 마, 누구야? 내 욕을 쓴 놈은!" "이 벽에 이름을 나란히 썼더니 다음 날 그 사람이랑 헤어졌어! 더는 보고 싶지 않아!" "크흣…… 술기운에 터무니없는 걸 써버렸어……."

등등. 주민들의 민원이 끊이지를 않았습니다.

그것도 그럴 테죠. 여행자와 달리, 그들은 그 벽이 있는 나라에 사는 사람들입니다. 벽을 바라보며 살아가지 않으면 안 됩니다.

여행 중에는 아는 사람도 없으니 부끄러운 일을 했어도 떠나면 그만이지만, 자기 나라에서는 그 부끄러움을 뒤로하고 떠날 수도 없습니다.

결국 민원은 나날이 늘어났고, 그리고 바로 얼마 전에 벽은 헐리게 되었던 것입니다.

그러는 사이 이 나라 사람들은 반대쪽에 사는 사람들에 대한 분노 같은 건 어찌 되든 상관없게 되어버렸습니다.

분명 그들은 솟아 있는 벽을 보며 지금까지의 자신을 보았을 테죠. 벽 너머의 사람들보다도 자신들 쪽이 뛰어나다고 생각했던 과거를, 자신들이 쓴 부끄러운 글귀들에 의해 부정당한 것입니다.

뛰어날 리가 없다.

우리들은 이렇게나 어리석다.

벽 너머에 사과해야만 한다.

그 나라 사람들은, 오랜 역사 속에서 처음으로 벽을 넘어서 서로 이야기를 나누게 되었습니다. 놀랍게도 오른쪽도 왼쪽도 같은 시기에 같은 생각을 했는지, 이야기를 나누고 벽을 허물기로 결정할 때까지의 과정은 무척이나 순조롭게 진행되었다고 합니다.

"결국, 이 나라에 벽 같은 건 필요 없었던 거야. 우리는 처음부터, 하나부터 열까지 다 똑같았던 게지."

"뭐, 앞으로는 그저 하나의 나라로서 평범하게 지내게 될 테지."

그들은 그런 식으로 이야기를 마무리했습니다.

그렇게.

그런 느낌의 경위로 이 나라는 여행자가 방문할 이유를 부순 것이었습니다.

"여어, 귀여운 마녀님 어서 오십쇼! 추억 하나 어떠십니까?"

"그러네요. 그럼 추억을 하나."

"감사합니다!"

도시 중앙부까지 돌아온 저는 벽의 잔해(손바닥 크기)를 하나 구입하고서 문을 향해 걸었습니다.

방금 산 잔해에는 '일레'라는 글자가 새겨져 있었습니다.

……설마 누군가가 제 이름을 쓰거나 한 건 아니겠죠? 아닌 거죠?

"…………."

뭐라 말할 수 없는 기분을 안고서, 저는 가방에 그 잔해를 집어넣었습니다.

결국, 보고 싶은 것은 보지 못했습니다. 지금은 아직 벽의 잔해를 팔며 겨우겨우 관광지로서 살아가고 있습니다만, 잔해가 바닥을 드러낼 때, 그때 이 나라는 아무런 특별할 것 없는 평범한 나라가 되겠지요.

자신들을 훌륭하다고 생각하는 일도 없고, 평범하기 그지없는 나라로서 세계의 구석에서 조용하게 존재해가겠지요.

하지만, 그편이 이 나라에는 더 좋을지도 모릅니다.

나라는 여행자와 관광객을 위해 있는 것이 아닙니다. 멋지다고 여겨지기 위해서, 억지로 발돋움을 하고 여행자들의 가치관에 맞출 필요도 없고, 관광객을 기쁘게 하기 위한 노력보다는 자신들의 편한 삶을 위해 노력하게 될지도 모릅니다.

나라라는 것은 거기에 사는 사람들의 것이니까요.

제가 그 나라를 방문했을 무렵, 나라 안의 길이란 길, 가게란 가게에서는 둘 이상의 사람이 얼굴을 마주하기만 하면 마치 날씨 이야기를 하듯이 사람을 베고 다니는 악당에 관한 소문을 이야기 했습니다.

"너 그 살인마 본 적 있냐?" "본 적 없어. 하지만, 다섯 여자의 목숨을 빼앗았다는 건 알아."

"네, 저는 봤어요. 이 눈으로 확실하게. 그건 만월의 밤 일이였죠. 무시무시한 모습의 남자가—." "아니, 범인은 여자야. 나, 봤는걸." "뭐라고요? 저도 봤다고요. 하지만 살인마는 남자도 여자도 아니라, 언니 같은 오빠였는데요?" "어머머, 인형이 아니라요?"

"무서운 일이야! 아아, 정말이지 무서워! 이 마을의 누군가가 다섯 여자의 목숨을 빼앗았다는 거잖아? 이제 마음 놓고 밖에 나갈 수가 없다니까! 나, 본가에 틀어박혀 있어야겠어!"

이런 느낌으로.

마을은 소란스러웠고, 빨간 벽돌로 물든 거리를 걷는 주민은 하나같이 공포와 싸우고 있었습니다. 새빨간 거리를 걸으며 귀를 쫑긋 세우고 있자니, 오늘 아침에도 한 여성이 습격을 당했다고 합니다. 그 탓에 사람들의 마음은 공포에 지배당하고 있는 것 같았습니다. 그러나 주민이 아닌 사람들은 비교적 태연했습니다.

"그것참, 큰일이겠네."

그렇게 태평하게 빵을 먹으며 걷는 그 마녀는 누구인가.

그렇습니다. 저입니다.

완전히 남 일입니다.

아무래도 그 살인마가 일으킨 사건이라는 건 무척이나 큰 사건인지 '마법 총괄 협회'의 마녀가 사건을 조사하며 다닐 정도였습니다.

별빛처럼 부드럽게 빛나는 금색의 긴 머리카락을 찰랑이는, 성인 여성이었습니다. 하얀 로브와 삼각 모자, 그리고 별을 본뜬 브로치와 달을 본뜬 브로치를 하고 있습니다.

"······젠장. 이 녀석이고 저녁석이고 적당히 얼토당토않은 소리나 지껄여대고 말이야."

참고로, 보시는 대로 수사는 무척이나 난항을 겪고 있나 봅니다.

어지간히 짜증이 났는지, 손에 담뱃대를 쥐고 하얀 연기를 되는 대로 뱉어냈습니다. 동양풍의 가늘고 긴 타입의 담뱃대와 그녀의 입에서 싫은 냄새가 흘러나왔습니다.

아무튼, 살인마가 출몰하는 위험한 나라인 줄은 전혀 몰랐습니다. 이 나라에서는 하루만 머물고 서둘러 떠나기로 할까요. 참고로 안 좋은 냄새가 나기도 하니 냉큼 이곳에서도 떠나기로 할까요.

"······응? 어이, 너. 잠깐 좀 괜찮을까?"

총총히 걸음을 옮긴 직후였습니다.

등 뒤에서 누군가가 어깨를 두드렸고, 담뱃대 특유의 지독한 냄새가 제 몸에 들러붙었습니다.

혐오감에 휩싸이며 손을 내저어 하얀 연기를 흩뜨리고서 뒤를 돌아보니 '마법 총괄 협회'의 마녀님이 저를 보고 있었습니다.

"너, 이 나라 사람인가?"

"여행자입니다."

"흐응―그런데, 최근 이 나라에서 일어난 사건에 관해서 알고 있나?"

"살인마가 나왔다던가 하는 그거 말인가요? 뭐, 알고 있습니다. 당신이 이런저런 사람들에게 묻고 다니는 소리가 들렸으니까요. 안타깝게도 그 이외에 건 전혀 모릅니다."

제가 그렇게 대꾸하자 마녀님은 탐탁지 않은 표정을 지었습니다.

"……그거 안타깝네. 뭐, 뭔가 정보를 찾으면 나한테 알려줘. 나는 이 나라의 집회장에서 살인마 정보를 제공받고 있으니까. 잘 부탁해."

"그럴 일은 없을 거라고 생각하지만, 뭐 알겠습니다."

"……어째서 코를 잡고 있는 거지?"

"신경 쓰지 마시죠."

코맹맹이 소리가 되었습니다.

마녀는 살짝 고개를 갸웃거리더니 가슴 주머니에서 자그마한 종이를 꺼냈습니다.

"나는 실라. '마법 총괄 협회' 소속 마녀다."

쑥 내밀어진 종잇조각에는 방금 한 말과 같은 내용이 적혀 있었습니다. '어두운 밤의 마녀'라는 하나의 칭호와 함께.

"저는 일레이나라고 합니다. 재의 마녀 일레이나―뭐, 아마도 다시 만날 일은 없을 거라고 생각하지만요."

일단, 이라는 느낌으로 저는 종잇조각을 받아 들었습니다.

○

사람을 베고 다니는 악당이 있다는 소문이 도는 나라에서 부주의하게 돌아다니는 것은 자살행위나 다름없다는 생각이 들었기 때문에 저는 그 후 바로 숙소를 찾아 방을 구하기로 했습니다.

이 마을은 집이나 길도 붉은 벽돌로 물들어 있는 탓에 숙소를 찾는 데에도 꽤 고생을 해야 했습니다. 거기에 더해, 마녀 같은 차림을 하고 길을 걷고 있으면 주변에서 안 좋은 시선이 날아들었기 때문에 견딜 수가 없었습니다. 아마도 '어두운 밤의 마녀'라는 실라 씨가 마을을 돌아다니며 사건을 조사하고 있는 탓일 테지요—그 탓에 마녀라는 것만으로 무척 위축되고 말았습니다.

"…………."

귀찮았기 때문에 저는 브로치를 빼고, 평범한 마법사로서 길을 걸었습니다.

그러나 어디를 가도 풍경이 전혀 바뀌지 않는 거리였습니다. 그게 또 멋진 점이었습니다만, 목적을 가지고 걸을 때는 그저 지치기만 할 뿐입니다.

계속해서 걷다 보니 거리에 서점과 찻집, 그리고 인형 가게 등, 다양한 가게들이 보였습니다. 특히 인형은 이 나라의 특산품인지, 수많은 가게가 늘어서 있었습니다.

호오호오, 특산품이라면 기념으로 하나 사볼까요? 생각하며 저는 한 가게에 들어가 보기로 했습니다.

"후후후…… 어서 오세요. 우리 가게의 인형은 대단해서 말이지, 그거야. 오랜 옛날 다른 나라에서 가져온 희귀품이지. 빈티지야. 자, 봐봐. 이 애, 이 애는 특히 대단해서 말이지…… 봐. 머릿결이 무척 리얼해서 엄청 좋지? 냄새도 좋아. 맡아볼래?"

"아. 죄송합니다. 가게를 잘못 들어온 것 같아요."

바로 탈출했습니다.

뭔가 수상한 분위기가 엄청났습니다.

결국, 그 후로 한동안 거리를 걷고서 저는 숙소에 도착했습니다.

특별히 달라 보이는 것 없는 붉은 벽돌 건물 하나에 이끌리듯이 들어가 1박 요금을 지불하고서 저는 방에 틀어박혔습니다.

예의 살인마에 대한 공포가 저에게도 적지 않게 있었기 때문에, 단단히 문을 잠그고 창도 닫았습니다.

"……여기에도 있네."

역시 특산품이었습니다. 제가 묵을 방의 침대 옆 테이블에도 인형이 빈틈없이 놓여 있었습니다.

화려한 드레스를 입은 금발 여자아이 모양의 인형이었습니다. 미묘하게 입가에 미소가 어려 있지만, 시선이 향해 있는 곳은 무엇 하나 특별할 것 없는 낡은 방일 뿐입니다. 어쩐지 섬뜩합니다.

"…………."

기분이 나빴기 때문에 저는 그 인형을 안아 들어 옷장 안으로 던져 넣었습니다.

"뭐, 오늘은 일찍 자도록 할까요."

그 다음 저는 목욕을 하고, 저녁밥으로 빵을 우물우물 입에 넣고서 침대 위에 드러누워 책을 읽으며 밤이 깊을 때까지 시간을 보냈습니다.

"…………."

할 일이 없어지자 바로 졸음이 덮쳐들었습니다.

어느 순간 저는 깊은 잠 속으로 빠져들었습니다.

아침이 되었습니다.

"……잠들어 버렸었나요?"

제 위에 늘어져 있던 책을 침대 옆 테이블에 올려두며 저는 몸을 일으켰습니다.

창밖은 이미 쾌청했고, 부드러운 햇살이 붉은색으로 물든 거리를 비췄으며, 부드러운 바람이 커튼을 살랑이면서 제 몸을 휘감았습니다.

불어오는 바람이 기분 좋아 눈을 감았─.

"……음?"

어라라?

어라? 저, 창문을 열었던가요?

……으으으음?

그랬던가요?

안타깝게도 지난 밤, 잠들기 전의 기억이 애매해서 대체 언제 잠이 들었는지도 정확하지 않았습니다. 책도 어디까지 읽었는지

기억나지 않았습니다.

저는 스스로도 깨닫지 못하는 사이에 창을 열어버렸던 것일까요?

부주의하게.

"뭐, 됐어요."

이렇게 제가 살아 있다는 것은 적어도 제가 살인마의 피해자 중한 사람이 되어버리는 일은 없었다는 뜻일 테죠.

마녀라고는 해도 실제로 잠든 틈에 습격을 받으면 잠시도 버티지 못합니다. 창이 열려 있었다고는 하나, 아무 일도 없었던 것에 살짝 안심했습니다.

하지만.

"……뭔가 이상한 기분인데요."

몸이 묘하게 가볍다고 할까, 이렇게, 뭔가가 부족하다고 할까, 그런, 소소한 상실감이 있었습니다. 그 정체가 무엇인지는 알 수 없었지만 말이지요.

………….

"뭐, 됐어요."

결국, 잠이 덜 깬 저는 그 위화감을 무시하고 가방에서 칫솔을 꺼내 들고 욕실로 향했습니다.

그럼 오늘은 무엇을 할까—하는 생각을 하면서.

"…………."

하지만.

거울에 비친 자신에게 시선을 주었을 때, 잠에 어려 있던 저는 단숨에 각성했습니다.

믿을 수 없는 것이 거기에 비치고 있었던 것입니다.

위화감의 정체가 있었던 것입니다.

"어―뭐야, 이거?"

칫솔을 세면대 위에 떨어뜨리고, 떨리는 손끝으로, 저는, 제 머리카락을 만졌습니다.

잿빛으로 반짝이며 허리 근처까지 곧게 자라 있었을 터인 그 머리카락은, 깔끔하게 똑 잘려 있었습니다.

흔적도 없습니다.

제 긴 머리카락이, 사라져버렸습니다.

잠든 사이에 제 머리 모양은 롱에서 쇼트로 바뀌어버리고 말았던 것입니다.

"……누구야 이거?"

여기서 저는 문득 기억해냈습니다.

어제, 거리에서 들려오던 소문 이야기를.

사람을 베고 다니는 악당.

다섯 여자의 목숨을 빼앗았다.

여자의 목숨.

"………."

머리카락은 여자의 목숨이라고 하지요?

○

263

"네가 눈치챈 대로, 그건 예의 살인마가 한 짓이 틀림없어. 어떤 여자는 장을 보고 돌아가다 갑자기. 또 다른 여자는 찻집에서 시간을 보내고 있을 때—— 네 경우는 자고 있는 걸 덮친 모양이군."

제가 머리카락을 잘린 후의 이야기입니다.

우선, 저는 잠옷 차림 그대로 비틀거리는 발걸음으로 숙소의 프런트로 향했습니다. 숙소의 할머니에게 사정을 설명한 다음 '어두운 밤의 마녀 실라'의 명함을 건네주며 그녀를 여기로 데려와 달라고 부탁했습니다. 소중한 저의 긴 머리카락이 사라져버린 충격은 너무나도 컸기 때문에 외출할 수 없었던 것입니다. 참고로 떨떠름한 기색이기에 금화를 주었습니다.

그리고서 실라 씨가 올 때까지, 저는 침대에 엎으려 부루퉁해져 있었습니다.

그리고, 달려온 실라 씨에게 비웃음을 당했습니다.

"그나저나, 마녀씩이나 되는 사람이 살인마 따위의 피해자가 되다니…… 흐웅."

"…………"

대꾸할 기력도 없었기 때문에 침대 위에서 노려보아 주었습니다.

그녀는 제 시선 따위는 신경도 쓰지 않는다는 듯이 어깨를 으쓱이고는 "뭐, 일단 현장은 살펴보도록 할게"라며 장갑을 꼈습니다.

"저는 어떻게 하면 되나요."

"물건처럼 거기 가만히 있어."

"…………"

아무것도 하지 않아도 된다고 하기에 그렇게 했습니다.

침대 위에서 실라 씨의 모습을 지켜보았습니다.

익숙한 손놀림으로 방에 놓인 가구를 몽땅 뒤집어엎었습니다. 책상과 테이블, 옷장부터 꽃병에 이르기까지, 하나도 빠짐없이 뒤엎었습니다. 물론 침대도 예외가 없이 문자 그대로 뒤엎었고, 물건이나 마찬가지 상태였던 저도 그대로 침대에서 떨어졌습니다.

"으음…… 수상한 건 없네."

"아마 이 방에서 제일 수상한 건 실라 씨라고 생각해요."

저는 바닥 위에서 말했습니다.

"수상하지 않아. 수사야 수사."

실라 씨는 저를 내려다보았습니다.

"그런데 너, 뭔가 수상한 건 못 봤어? 아니면, 어제와 오늘 사이에 주변에 달라진 게 있다든가."

"전부 달라졌는데요."

뒤집혀 있으니까요.

"그런 농담은 됐으니까."

"그렇게 말씀하신들."

하지만 바닥에 누워서 보니 방의 모습이 정말 잘 보였습니다. 그래서 저는 퍼뜩 깨달았습니다.

"……아. 인형이 없어졌어요."

"인형?"

저는 고개를 끄덕이며 옷장을 가리켰습니다.

"어제, 침대 옆 테이블에 놓여 있던 인형을 옷장 안에 넣어놨었는데, 없어졌어요."

"흐음흐음…… 그렇군."

무언가를 납득한 듯이 고개를 끄덕인 실라 씨는 "역시 그런가" 하고 중얼거렸습니다.

"뭐가 역시인가요?"

"이 일련의 사건에는 공통점이 하나 있어. 피해자인 여성 모두 머리카락을 잘렸을 뿐, 목숨에 지장은 없었거든. 그래서 어제는 피해자들에게 이야기를 들으러 다녔는데, 다들 같은 녀석에게 당했다고 주장하더라고."

"누군가요?"

고개를 갸웃거리는 저에게 실라 씨는 분명하게 대답했습니다.

"인형."

이라고.

"…………."

"아마도 범인이 인형을 마법이나 뭐 그런 걸로 조종해서 머리카락을 자르게 하는 걸 거야. 그래서 어제는 진범의 단서를 찾아다녔는데…… 뭐, 그쪽은 진전이 없어."

마을 사람들이 말하길, 범인은 무서운 외모를 한 남자이고 여자이고 언니 같은 남자라고 했습니다.

확실히 온갖 억측만이 돌아다니는 길거리에서 진실을 찾아내기는 어렵겠지요.

"그래서, 그럼 지금 아는 건 뭔가요?"

"피해자들에게 이야기를 들으러 다녔다 ―라고 방금 말했던 것 같은데, 그 덕분에 일단 인형의 입수 경로까지는 판명이 되었어."

"호오."

과연, 그렇군요.

"그럼 지금부터 입수원을 엎어버리러 갈까요? 제 머리카락을 자른 것을 지옥에서 후회하게 하겠어요."

저는 몸을 일으켰습니다.

완전히 의욕이 넘칩니다. 의욕과 살의가 넘쳐흐릅니다.

"어이, 기다려. 좀 진정해. 사람 말은 끝까지 들으라고."

"뭔가요? 이미 범인 목을 친 겁니까?"

"비약이 심하잖아……."

실라 씨는 탄식했습니다.

"그게 아니야. 인형 입수 경로는 판명되었지만, 거기가 좀, 성가셔."

"성가시다는 건?"

잠옷에서 평소의 로브로 갈아입은 제 가슴께로 슬쩍 시선을 옮기면서 실라 씨는 말했습니다.

"이 나라에서는 희귀한 인형 같은 건, 뒤쪽 불법 경매장에서 취급된다나 봐. 거래되는 건 전부 정규 물품이 아니고, 사연이 있는 물건들뿐이야. 그래서 출품자도 구매자도 익명으로 진행된대."

어째서 제 가슴께를 보며 말하는 건가요?

"…………."

하지만 말하고자 하는 바는 대강 이해할 수 있었습니다. 저는 실라 씨의 시선에서 도망치듯이 재빠르게 셔츠와 스커트를 입었습니다.

"피해자들이 산 것도, 거기서 손에 넣은 물건이었다는 건가요?"

실라 씨는 고개를 끄덕였습니다. 여전히 가슴께를 보고 있습니다.

"참고로, 이 가게의 주인 할멈도 꽤나 수집했나 보더라고. 아까 협박해서 억지로 불게 했는데, 역시, 다른 피해자들과 입수 경로가 같았어."

실라 씨는 거기까지 말하더니 자신의 가방을 뒤적이기 시작했습니다.

그리고 "아, 이거다 이거"라고 말하면서 인형 하나를 쑥 꺼냈습니다.

어제 침대 옆 테이블에 놓여 있던 것과 아주 비슷한 모습을 한 금발 인형이었습니다.

"가게 주인 할멈을 더욱 협박해서 강탈한 인형이 이거야. 아무래도 피해자들이 갖고 있던 인형이랑 같은 인형사가 만든 인형이라나 봐."

"겉보기에는 전혀 특별할 것 없는 인형이네요. 지금 당장 움직이기 시작할 것 같은 기분 나쁜 분위기는 있지만."

실라 씨는 의기양양한 표정으로 인형의 목덜미 잡아 휘이 흔들었습니다.

"전혀 특별할 것 없는 것처럼 보여? 자세히 봐. 이거, 정말로 뒤틀린 녀석이 만든 거라고."

"……으음?"

들은 대로, 저는 인형 쪽으로 얼굴을 가까이 가져갔습니다. 흔들흔들 흔들리며 기분 나쁘게 옅은 웃음을 짓고 있는 인형이 이쪽을 들여다보고 있습니다.

잠시 그런 느낌으로 인형을 보던 저는.

"아."

눈치챘습니다.

"머리카락인가요?"

실라 씨는 바로 그렇다며 고개를 끄덕였습니다.

"맞아. 이 녀석의 머리카락은 인간의 머리카락을 이용해서 만들어진 거야. 그러니까 쓸데없이 질감이 좋지."

"…………."

"그리고 아마도, 이건 살인마의 피해자들 머리카락으로 만들었을 거야."

"과연."

확실히 뒤틀렸습니다.

"뭐, 그런 거야. 그러니까 불법 경매장이란 데서 거래되는 거지."

인형을 휘이 흔들면서 실라 씨는 말했습니다.

"참고로 그 불법 경매장 말인데, 오늘도 열린다나 봐."

"호오."

"갈래?"

저는 말로 대답하는 대신에 로브를 입고 삼각 모자를 깊게 눌러 쓰고 짐을 정리했습니다.

로브를 입은 다음에 머리카락을 휘릭 하는 느낌으로 옷 밖으로

빼 넘기는 동작이 저의 버릇 중 하나입니다만, 싹 잘린 머리카락
은 이미 옷 위로 훌쩍 나와 있었습니다.

………….

인형사, 용서할 수 없다.

"그럼 가볼까요."

끄덕이는 실라 씨와 함께 저는 방을 나섰습니다.

"그런데 어째서 아까는 제 가슴을 보고 있던 건가요?"

"응? 저기…… 뭐, 빈약하구나 싶어서."

"………….".

"………….".

"그리고 불법 경매장에 가려면 로브랑 삼각 모자는 벗고 가야
해. 눈에 띄는 차림이면 신분이 들통 날 가능성이 있으니까."

"………….".

'어두운 밤의 마녀' 용서할 수 없다.

○

도시의 뒷골목을 꽤 나아간 끝에 있는 가게의 뒤쪽을 통해 뒤
쪽 불법 경매장으로 들어갈 수 있다고 합니다. 뒤가 많군요.

불법 경매장에 들어가는 데는 세 가지 조건이 있습니다.

우선 하나는 자신의 신분을 밝히지 않는 것.

즉, 회장 안에 있을 때는 단순한 손님이며, 그 이상도 그 이하
도 아닌 존재로 취급된다는 뜻입니다.

그러므로 저는 셔츠와 스커트라는 실로 평범한 차림을 했고, 실라 씨는 어째선지 드레스를 차려입었습니다. 눈에 띄는 차림을 하면 신분이 탄로 난다고 하지 않았던가요?

두 번째는 가면을 쓸 것.

눈 근처를 덮는 가면을 쓰는 것으로 신원을 감출 필요가 있다고 합니다. 아무튼, 불법이니까요.

"……하지만 눈만 가려서는 누군지 바로 알 수 있잖아요?"

"말하지 마. 이런 건 분위기가 중요한 거야. 가면을 쓰고 있으면 어쩐지 해서는 안 될 짓을 하고 있는 것 같은 기분이 들잖아?"

"아니, 불법 경매라는 시점에서 이미 해서는 안 된다는 게 명백한 것 같은데요?"

당신은 무슨 소리를 하는 겁니까.

"뭐, 아무튼 들어가자고."

복장과 가면으로 신분을 감추고, 우리들은 불법 경매장으로 발을 들였습니다.

참고로 세 번째 조건은 입장료를 지불하는 것이었습니다.

불법 경매장은 지하실이었지만 깨끗했고, 오히려 현란하다고 부를 수 있을 정도로 화려했습니다.

잘 알 수 없는 그림이 그려진 천장에서는 호화로움의 상징이라 할 수 있는 샹들리에가 금색 빛을 뿌렸고, 그 아래에는 붉은 시트로 된 좌석이 죽 늘어서 있어서 겉보기에는 경매장이라기보다 오페라 극장 같았습니다.

"이곳은 옛날에 오페라 극장으로 이용되었다는 모양이야."

"호오."

정정. 오페라 극장이었습니다.

옛날에는 이곳에 어울릴 법한 화려한 차림을 한 사람들만이 모여서, 고상한 취미에 빠져 있었을 테지요.

"헤헤헤…… 오늘이야말로 예의 그 인형을…… 헤헤…….""절대 낙찰 받을 테다. 절대 낙찰 받을 테다. 절대 낙찰 받을 테다." "나, 오늘을 위해서 돈을 쭉 모아왔어…… 낙찰 받을 때까지 안 돌아갈 거야."

"…………."

하지만 지금은, 뭐라고 할까. 자리에 어울리지 않게 핏발 선 눈을 한 분들만 계십니다.

주변의 이상한 분위기를 살펴보며 우리는 자리에 앉았습니다. 옆의 실라 씨는 주어진 번호판을 손가락으로 만지며 "이 녀석이고 저 녀석이고 필사적이네"라며 탄식했습니다.

"인형 정도로 어째서 저렇게까지 불탈 수 있는 걸까요?"

"잘 모르겠지만, 밖에서는 팔 수 없을 법한 불법적인 물건이라는 게 매력적인 거 아닐까?"

"흐음."

잘 이해할 수 없는 열정이로군요.

웅성웅성 시끄러운 회장 안에서 멍하니 기다리고 있기를 몇 분. 드디어 스테이지 위에 한 남자가 타나났습니다.

"자아, 여러분 오래 기다리셨습니다! 오늘도 장인들이 만든 홀륭한 상품이 도착해 있습니다! 여러분, 원하시나요? 갖고 싶으시 죠? 당연히 갖고 싶으시겠죠!"

그 수준 낮은 부채질에 회장은 단숨에 끓어올랐습니다. 이미 끓어 넘치기 직전입니다.

그렇다기보다, 원하지 않는다면 일부러 회장에까지 오지 않겠 지요. 당연한 거 아닙니까?

그 후로 한동안, 스테이지 위의 남자는 경매를 이용하는 데 필 요한 주의사항이라든가 간단한 규칙을 설명했습니다.

번호표를 들고, 가격을 말하고, 제일 비싼 가격을 부른 사람이 낙찰. 살 수 없는 가격이 되면 포기. 부디 예산을 오버한 가격을 불러서 자기 목을 조르는 일이 없도록.

등등.

이것도 뭐, 당연한 이야기입니다.

"그럼 바로 시작할까요? 첫 상품은 이쪽!"

그리고 절정에 달한 분위기 속에서 드디어 인형이 스테이지 위 에 등장했습니다.

여자아이 모양의 인형입니다.

실제 크기의.

"아, 불법적인 상품이란 게, 그런."

"과연, 그렇군."

무척이나 인기가 있는지, 회장 안에서는 번호표가 몇 개나 올 라왔고, 경매의 열기는 뜨거웠습니다. 열전이 벌어진 끝에 부자 같은 아저씨가 큰돈으로 낙찰 받았습니다.

"저런 느낌의 인형들뿐인가요?"

"아니, 그렇지는 않을 거라고 봐. 내가 찾은 정보가 맞는다면, 틀림없이 일련의 사건과 관계있는 인형은 여기서 팔리고 있어."

스테이지 위를 보는 한, 두 번째도 실제 크기의 여자아이 인형이었고, 세 번째도 실제 크기의 여자아이였습니다.

대체 뭡니까? 이 경매장은.

"…………."

스테이지 위에 놓인 인형에 흥미를 보이게 된 것은, 서서히 주변에서 날아다니는 목소리가 짜증스럽게 느껴지게 된 다음이었습니다.

"자, 여러분이 기다리시던 그것! 이것이! 이번의! 주요 상품입니다!"

그것은 매우 평범한 크기의, 자세히 보면 제가 묵었던 방에 놓여 있던 것과 같은 크기의 인형이었습니다.

더욱 자세히 보니, 제가 묵었던 방에 있던 것과 같은 화려한 드레스를 몸에 두르고 있었고, 눈에 익은 모습이었습니다.

뭐, 콕 집어 말하자면 "저거 아냐?"라는 겁니다.

"그렇겠죠."

지당했는지라 저는 고개를 끄덕였습니다.

"……그보다, 뭐야 저거. 싸우자는 건가요?"

"참아, 참아."

"…………."

인형은 역시 상당히 뒤틀린 물건이었습니다.

"보십시오! 이 인형의 머리카락은 리얼함을 추구하여 사람의 머리카락을 이용했습니다!"

스테이지 위의 남자가 살짝 흥분한 기색으로 외쳤습니다.

"그것도 잿빛! 무척이나 보기 드물고, 윤기 있고 아름다운 머리카락입니다!"

그럼 대체, 그 드문 머리카락의 주인은 누구인가.

…………저입니다 아마도, 아니, 거의 틀림없이.

그리고 희귀함에 끓어오르는 관객들이었습니다. 광란의 목소리는 이쪽저쪽에서 끓어올랐고, 이미 환성인지 외침인지 구별할 수 없을 정도였습니다.

대체 뭡니까? 저건 제 겁니다.

"얕보고 있군요. 이건 이미 중죄에 처하겠습니다."

"자아, 침착해. 저 손님들은 입수 루트를 모르잖아. 죄는 없어."

그렇게 저를 달래는 실라 씨.

하지만.

"게다가 이 상품은 항간의 소란스러운 살인마가 출품한 겁니다! 어떻습니까? 대단하지요?"

남자의 부채질에 회장 안 손님들은 편승했습니다.

"젠장. 감싸줄 수가 없네."

아마도 귀찮아진 것일 테죠. 실라 씨는 내팽개치는 느낌으로 어깨를 으쓱였습니다.

"실라 씨, 참고로 살인마가 출품한 인형은 알아냈는데, 그걸 어쩔 셈인가요?"

"뻔하잖아. 낙찰 받아서 출품자를 알아낼 거야."

"흐음."

제가 끄덕이는 사이에 경매는 시작되었습니다. 스테이지의 남자가 나무망치를 두드렸습니다.

"그럼, 금화 한 닢부터 스타트!"

콩 하는 담박한 소리를 시작으로, 회장 여기저기에서 번호표가 올라오고 목소리가 난무했습니다.

두 닢, 세 닢, 다섯, 일곱, 아홉, 열, 열둘, 열넷, 열다섯―.

제게서 빼앗은 머리카락을 써서 만든 인형을 위해 쏟아부어지는 돈이 어이없을 정도로 올라갔습니다. 인플레가 마구 벌어지고 있습니다. 수직 상승입니다.

"낙찰 받는 건 아무래도 어려울 것 같네요."

"…………그런 것 같네."

금화 수가 20닢을 넘어 30닢에 오르려 하는 무렵에 저의 스트레스는 이윽고 한계를 맞이했습니다.

빠직, 하는 느낌으로 제 안에서 무언가가 꺾였습니다. 잘린 머리카락 탓입니다.

저는 자리에서 일어났습니다.

"실라 씨. 낙찰 같은 것보다도 간단한 방법이 있어요."

○

"스물아홉 닢! 또 없으십니까? 없으십니까? 그럼 스물아홉 닢으로 낙찰—."

아뇨 아뇨.

그럴 수는 없습니다.

남자가 낙찰 가격을 소리 높여 외치고, 나무망치를 휘둘러 내리려 하던 그 순간이었습니다.

"에잇."

제 지팡이에서 빛의 선이 날아가 나무망치를 날려버렸습니다. 빙글빙글 돌면서, 남자의 손에서 튕겨져 나간 나무망치가 스테이지에 떨어졌습니다.

"어? 대체 무슨— 으아아아아아아아아아앗!"

겸사겸사 남자도 날려버렸습니다. 성가신지라.

갑작스런 일에 술렁이는 회장 안에서 저의 발소리는 몹시 울렸습니다. 스테이지가 가까워질수록, 사람들의 시선이 제게로 모여드는 것이 느껴졌습니다.

대체 무슨 일이 일어난 거야. 어이 저 머리카락을 봐. 인형과 같은 색이야. 혹시 저건. 위험한 거 아니야?

하는.

그런 느낌으로.

"여러분. 저 인형을 출품한 게 누구인지 아십니까? 저 인형의 머리카락을 어디서 손에 넣었는지 아십니까?"

저는 스테이지를 향해 걸으면서 조용히, 누구에게라고 할 것 없이 소리 내 물었습니다.

"아니, 여러분은 알고 있을 겁니다. 저건 살인마가 만들어낸 인형이고, 저 머리카락은 그 피해자들의 것입니다."

그리고 제 것도 있습니다.

"알겠습니까? 당신들은 어쩌면 자신은 그저 구입만 했을 뿐이니까 무죄라고 생각하고 있을지도 모르지만, 산 시점에서 공범입니다. 아니, 이곳에 발을 들인 시점부터 공범입니다. 죽어 마땅할 죄입니다."

척, 저는 스테이지에 발을 내디뎠습니다.

"아마도 범인은 이곳에 있을 테죠. 정성을 담아 멋진 인형을 만들고, 일부러 경매에 내놓는 자존심 강한 범인이니, 분명 인형에 어느 정도의 가격이 매겨지는지를 지켜보고 있을 겁니다."

그리고 저는 인형의 머리를 잡아 올렸습니다.

"하지만 여기에 있는 인원은 꽤 되는군요. 적어도 수백 명은 있겠지요. 찾는 건 꽤 힘들 테죠— 그러니, 일단 우선은, 생각했습니다."

어떻게 하면 범인을 잡을 수 있을지를.

하지만 생각해보아도 답 같은 건 나오지 않았습니다. 아니, 그건 정확하지 않군요. 정직하게 고백하자면, 도중에 생각하는 것을 그만두었습니다.

"범인은 분명 한 명일 테지만, 하지만 여기에 있는 전원이 공범이지요. 다른 사람에게서 빼앗은 머리카락을 쓴 인형을 제 것인양 파는 인형사도 죄가 깊지만, 그것을 알면서도 사려 하는 당신들도 마찬가지로 죄가 깊습니다."

그러니.

"그래서 저, 무척이나 화가 나기도 했고, 이 화를 가라앉히고 싶기도 하니, 여기에 있는 전원의 숨통을 끊기로 했습니다. 뭐, 예를 들면— 이런 식으로."

빠각.

인형의 머리가 꺾였습니다.

"다음은— 이런 느낌으로."

드득.

인형의 머리카락이 깨끗하게 뽑혔습니다.

"그리고— 이런 느낌일까요?"

콰직.

인형의 사지가 조각조각이 나서 떨어졌습니다.

"자, 그럼 어느 분부터 죽여드릴까요? 누가 좋을까요? 누구 없습니까? 우후후."

제 목소리가 울려 퍼질 때, 저는 회장이 생각했던 것 이상으로 넓고, 생각했던 것보다도 고요하다는 것을 깨달았습니다.

잠시 기다리고 기다려도, 아무도 아무것도 입을 여는 일은 없었습니다.

잠자코 있으면 그냥 넘어갈 수 있으리라 생각하는 걸까요? 웃기지 마.

"에잇."

그리고 저는 조각이 난 인형을 짓밟으며 꾸욱꾸욱 힘을 주었습니다.

"범인은 잠자코 있는 겁니까? 아쉽군요. 그럼 오른쪽부터 한 명씩, 이렇게 처리해가도록 하죠—."

제가 그렇게 말한 순간이었습니다.

"무슨 지독한 짓을 하는 거람."

회장 어디선가, 목소리가 들렸습니다.

여성의 목소리였습니다.

"너, 그건 내 인형이야. 알겠어? 빈티지 상품이라고. 그렇게 함부로 다뤄도 되는 게 아니라고."

그 여성은 무척이나 화를 내고 있었습니다. 저벅저벅 큰 걸음으로, 객석에서 스테이지로 올라왔습니다.

"어라? 우리, 어디선가 만났던가요?"

눈에 익은 얼굴이었습니다.

"어제, 네가 내 가게에 온 이후로 쭉 네 머리카락만 생각하고 있었어."

"…………."

기억났습니다.

이 사람은 인형 가게의 주인입니다. 수상한 분위기 풀풀인 가게의 주인입니다.

"당신의 머리카락은 무척이나 예쁘고 드물지. 더할 나위 없이 멋졌으니까. 그만 갖고 싶어졌어. 화났어?"

"…………."

저는 인형 위에 놓인 발을 움직여 인형을 데굴데굴 굴려 보았습니다.

"어머! 화난 모습도 멋지네."

사랑에 빠진 소녀처럼 몸을 배배 꼬고 있습니다.

"당신, 어째서 머리카락을 인형에 심은 거죠?"

"당연하지 않아? 예쁘고 멋진 걸 널리 알리고 싶으니까! 인형에 사람의 머리카락을 심으면 말이지, 인형이 무척이나 생생해지거든. 그래서 처음에는 내 머리카락을 잘라서 인형에 심었었어. 하지만 말이지, 그걸로는 부족했어. 그래서 언제부턴가 타인의 머리카락을 쓰게 되었지. 인형을 멀리서 조종해서, 여자아이의 머리카락을 자르게 하는 거야. 긴 머리카락을 잃은 여자아이들은 절망과 분노에 물든 표정이라 정말이지 멋지다니까! 그리고 깨닫고 나니, 머리카락을 자르는 게 즐겁고 즐거워서 참을 수가 없게 되었어! 아, 얼마나 멋진지 몰라!"

"아, 네."

질렸습니다.

완전 질렸습니다.

그리고 그러한 이기적인 이유로 잘려버린 제 머리카락의 불행함이란.

"그럼, 어떻게 할 셈이야? 마도사님. 분노에 몸을 맡기고 나한테 도전해볼래? 말해두겠는데, 나는 마녀거든? 알겠어? 마법사 중에서도 최고위인 존재야. 당신이 도전해서 이길 수 있는 상대가 아니라고. 그래도 분노한 채 나한테 맞서볼래?"

"…………."

아, 저도 마녀입니다만.

아마도 가게에 들어갔을 때 브로치를 빼고 있었던 탓에 평범한

마도사라고 착각한 것일 테죠.

"자아, 자아 자아 자아. 어떻게 할래? 분노에 물든 당신 표정을 더 보여줘!"

제멋대로 혼자서 흥분한 여성이었습니다.

저는 그저 그녀를 불쌍히 여기는 시선으로 바라본 다음, 한 가지를 가르쳐드렸습니다.

"―안타깝지만, 당신은 여기서 끝입니다."

라고.

그 직후였습니다.

위에서, 딱 한 사람이 들어갈 수 있을 정도의 바구니가 떨어져 그 여성을 가두었습니다. 그리고 지팡이를 쥐지 못하도록 손가락에 쇠사슬을 통과시킨 수갑이 채워졌습니다.

한순간의 일이었습니다.

스테이지 위에서 혼자 떠들던 그녀는 순식간에, 마치 죄인 같은 모습이 되었습니다.

"여어. 협력 고마워. 일레이나."

회장 안 어디선가 실라 씨의 목소리가 울렸습니다. 덤으로 연기도 피어올랐습니다만 "실내에서는 흡연 금지입니다"라는 안내방송이 들린 후 사라졌습니다.

바구니는 실라 씨가 범인을 체포하기 위해 만들어낸 마법이었습니다.

"……어?"

넋이 나간 여성은 눈을 동그랗게 뜨며 펼쳐진 손으로 바구니를 두드렸습니다.

"뭐 하는 거야? 뭐 하는 거야? 너 화났잖아? 이렇게 어이없이 끝내고 만족하는 거야? 더 화내라고!"

"…………."

대체 어째서 화를 내고 있는 것인지, 저로서는 전혀 알 수 없었습니다.

남의 머리카락을 써서 인형을 만든다는 것도 전혀 이해되지 않았지만, 분노와 절망으로 일그러진 여자아이의 표정을 보고 싶다는 성벽 같은 건, 더욱 이해하기 어려운 것이었습니다.

하지만, 정말 싫네요.

정말로, 이 사람은 아무것도 모르고 있습니다.

저는 활짝 웃어 보이며 한 가지를 가르쳐주었습니다.

"더할 나위 없이 화내고 있기 때문에 당신이 가장 싫어할 법한 일을 온 힘을 다해 하는 거 아닙니까?"

○

그 후의 전말을 간단히 이야기하겠습니다.

사건은 무사히 해결.

따라서 제 머리카락도 무사히 회수되었고, 마법으로 냉큼 머리카락을 고쳐 평소의 찰랑찰랑하고 윤기 있는 롱 헤어로 되돌렸습니다. 어서 오렴, 내 머리카락.

그리고 범인은 무사히 잡았습니다. 이미 잡혔습니다만.

범행 수법은 간단한 것으로, 마법으로 인형을 원격 조작했던 모양입니다. 스테이지 위에 있던 인형도 물론 움직일 수 있었을 테지만, 그러나 제가 그 즉시 엉망으로 망가뜨려버리는 바람에 아무래도 직접 나설 수밖에 없었나 봅니다.

잡힌 그녀는 실라 씨의 손에 의해 국외— '마법 총괄 협회' 지부로 보내지게 되었습니다.

그곳에서 합당한 처분이 기다리고 있다고 합니다.

"처형을 구형합니다."

범인을 호송 중인 실라 씨는 저의 그 말에 눈썹을 모았습니다.

"안타깝지만, 이 녀석은 머리카락을 자른 것뿐이니까, 죄상은 그리 무겁지 않을 거라고 봐. 적어도 사형이 내려지는 일은 없을 거야."

"안 됩니다. 처형해주십시오."

"말도 안 되는 소리 하지 마, 멍청아."

"제 머리카락에 대한 죄의 대가를 치르게 해주세요. 그러므로 사형이 타당합니다."

"원래대로 돌아왔잖아. 네 머리카락."

"그럼 지금부터 자르겠습니다."

"대체 뭐가 널 그렇게까지 만드는 거야……."

뭐, 간단히 말하자면 범인에 대한 분노일까요?

저와 실라 씨가 한창 대화를 나누는 중에도 그 범인은 "후후후……"라든가 "좋아라……"라며 침을 흘리고 있었습니다. 이 녀석 전혀 반성하고 있지 않아.

차라리 온 힘을 다해서 두들겨 패주고 싶은 마음입니다만, 그런 짓을 해버리면 더욱 그녀를 기쁘게 해주는 일이 되니, 참으로 곤란합니다.

으으으……

"어쩐지 괴로운 표정을 하고 있네."

실라 씨는 어깨를 으쓱였습니다.

"뭐, 안심해. 호송된 곳에서는 사형보다도 쓰라린 벌이 기다리고 있을 테니까."

"……응? 무슨 뜻인가요?"

"글쎄?"

애매하게 웃으며 얼버무려 보인 실라 씨는 마법으로 바구니를 들어 올리더니, 빗자루에 올라탔습니다.

"그럼, 나는 이만 가볼게. 길을 서둘러야 하거든."

"그런가요."

"또 만나자고. 재의 마녀님."

그녀는 '마법 총괄 협회'의 마녀. 그리고 저는 여행하는 마녀.

분명 다시 만나는 일 같은 건 없으리라고 봅니다만, 뭐 상관없겠죠.

"또 만나요. '어두운 밤의 마녀' 님."

그리고 저는 여기서 또다시 힘껏 미소를 꾸며냈습니다.

●

그 후의 전말.

의 그 다음 이야기.

'어두운 밤의 마녀' 실라는 빗자루의 자루에 커다란 바구니를 매달고서 초원을 천천히 날아, 가장 가까운 '마법 총괄 협회'의 지부가 있는 나라로 향했습니다. '마법 총괄 협회'의 지부는 전 세계에 있기 때문에, 살인마 사건을 해결한 이튿날에는 지부에 도착했습니다.

지부로 들어가 사건을 보고하고, 범인을 넘기고 나면 그녀는 지부로부터 두둑한 돈을 받게 됩니다.

이것이 여행을 하면서 사건을 해결하고 다니는 마법사들의 삶의 방식입니다.

"아! 누군가 했더니, 스승님이시잖아요!"

참고로 전 세계를 다니며 사건을 해결하는 마법사는, 그 수가 아주 아주 많습니다.

실라의 제자도 그중 한 명이었습니다.

"뭐야 너. 있었어?"

"지금 왔답니다. 마침 돈이 부족해서요. 그래서 일을 받을까 하고요."

실라의 제자는 검은 머리카락을 가볍게 흔들며, 실라의 옆에 있는 커다란 바구니로 시선을 주었습니다.

"……그 일 제가 받아드릴 수도 있는데요."

"너 바보냐? 지금 끝난 참이라고."

"그래서 받으려고 한 건데요?"

"……………."

실라는 탄식했습니다.

"이 사람, 무슨 짓을 한 건가요? 묘하게 눈을 빛내고 있는데요."

바구니 속의 여성은 새 캐릭터 등장에 가슴 두근거리며 설레어하고 있었습니다.

"아아…… 귀여워! 화난 얼굴은 훨씬 귀여울 게 틀림없어!"

그런 말을 했습니다만, 다행히도 그 말은 제자의 귀에 들어가지 않았습니다.

"이 녀석 말이냐? 아, 저기……."

실라는 말해야 할지 조금 망설인 후.

"실은 말이지, 이 녀석, 사람의 머리카락을 자르고 다니는 악당이야."

"호오."

"수법이 무척 흉악한 데다, 여행하는 마녀의 머리카락을 자를 정도로 흉악한 상대라서 말이지. 그래서 이렇게 잡혀서 지부로 보내진 거야."

"호오. 여행하는 마녀의 머리카락을, 말인가요?"

"그래—."

실라는 빙긋 미소를 지었습니다.

"잿빛으로, 아름다운 머리카락을 가진 마녀였지."

"잿빛 아름다운 머리카락을 가진 마녀, 라고요. 흐으응……."

"그리고 너랑 똑같은 삼각 모자를 썼어."

"똑같은 삼각 모자라고요. 흐으으응."

"그리고 같은 목걸이도 했던데?"

"호오오. 그런가요? 흐으응…… 그렇군요."

대화를 나눌수록, 제자의 미소가 서서히 기분 나쁜 것으로 바뀌어가는 것을, 실라는 느끼고 있었습니다.

그리고 옆에 있는 바구니 안에서 "이유는 잘 모르겠지만, 화내고 있다는 건 알겠어!"라며 기대가 담긴 목소리가 흘러나온 것도 눈치채고 있었습니다.

싱글싱글 미소를 띤 채, 제자는 말했습니다.

"자세한 이야기를 들려주시겠습니까?"

참고로, 제자의 이름은 사야라고 합니다.

그 후, 살인마는 깨달았습니다.

머리카락을 잘린 여성들의 분노와 슬픔이, 얼마나 미적지근한 것이었는지를.

제 14 장

제 이야기를 하지요.

아니, 분명 지금까지 쭉 제 이야기를 해왔다고 생각하지만, 여기서 다시금 제 이야기를 하도록 하지요.

저는 검은 로브와 삼각 모자를 쓴 마녀이자, 여행자입니다.

언제나 온 세계를 느긋한 느낌으로 어슬렁어슬렁 방랑하며, 이상한 사람과 만나거나 이상한 나라를 방문하거나 혹은 이상한 사건에 말려들거나 하고 있습니다.

그러나 언제나 그러한 귀중한 체험을 하는 것은 아닙니다.

혹시라도 제 경험을 책으로 만들어본다면, 언제나 이상한 이야기 속에서 사는 듯 보일지도 모르겠지만, 실제로는 그렇지 않습니다. 방문했던 나라에서 아무런 일도 없이 무사히 관광을 하고 마치는 일 쪽이 압도적으로 많습니다.

저에게 이상한 이야기가 찾아오는 것은 정말로 극히 드문 일입니다. 제가 신기한 사건이 일어났으면 하고 바라도 그렇게 되지 않는 경우가 많고, 귀찮다고 생각해도 이상한 사건은 찾아옵니다.

여행은 만남과 이별의 연속이며, 동시에 선택의 연속입니다. 돌이켜보면 기이하게도 재미있는 만남을 놓친 일도 있었고, 기이하게도 이상한 녀석들과 알게 되어버린 일도 있었습니다.

그러나 후회해본들 소용없지요. 여행이란 앞으로 나아가는 것 이외의 길은 존재하지 않으니까.

그런고로, 저는 오늘도 여행을 계속하고 있습니다.

이상한 만남의 예감을 발견한 것은, 그 후로 한동안 빗자루를 날게 한 다음의 일이었습니다.

　"'당신의 소원을 이루어주는 나라'인가요. 흐음……."
　평원의 한가운데.
　문에 그러한 글자가 쓰인 나라를 발견했습니다.
　호오호오, 그것참.
　실로 신경이 쓰이는 글입니다.
　뭡니까? 부자가 되기를 바라면 부자로 만들어준다는 겁니까?
　그 문에는 '신경이 쓰이신다면 부디 안으로'라는 글도 있었습니다. 상대가 누구든 쌍수를 들고 환영해주는 모양입니다.
　그러나 대체 무엇으로 소원을 이루어주겠다는 것인가. 대체 이 나라는 무엇인가.
　성벽에 달린 문은 낮았지만, 안을 들여다볼 수는 없었습니다. 나라의 모습이 어떠한지도 알 수 없습니다.
　현재로는 알 수 없는 것투성이입니다.
　하지만 어쩐지 재미있을 것만 같은 느낌이 듭니다.
　"실례합니다."
　그래서 저는 이 나라의 문을 열었습니다.

○

　문 너머는 나라였지만, 대관절 어찌 된 일인지, 사람이 하나도 보이지 않았습니다.

쥐 죽은 듯 고요했고, 민가들이 늘어서 있기는 했지만 사람 목소리는커녕, 기척조차 느껴지지 않습니다. 다만 제 발소리만이 쓸쓸하게 울립니다.

도시가 쇠퇴한 것은 아닌 듯했습니다. 길의 양쪽에 나란히 선 건물들은 역사가 느껴지는 벽돌로 지어졌거나, 혹은 회반죽을 쓴 흰 벽으로 되어 있거나, 혹은 컬러풀하거나 하는 등, 마치 온갖 도시의 풍경을 한곳에 몰아놓은 것처럼 혼란스러웠습니다.

사람의 기척은 없었지만, 건물들 사이에 끈을 걸어두고 빨래를 널어놓기도 했고, 길가에는 노점도 보였습니다. 과일 같은 음식들도 제대로 놓여 있었지만, 아무래도 무인 판매소인 모양입니다. '산 만큼 넣어주세요'라는 글이 쓰인 간판이 세워져 있습니다.

그러나 여전히 사람의 모습은 보이지 않습니다. 오른쪽에도 왼쪽에도 어디에도 사람의 모습은 없습니다.

그저 누군가가 살고 있는 것 같은 생활감만이 남아 있을 뿐.

어라? 제 소원을 들어주는 게 아니었던가요? 대체 어떻게 된 거죠?

불가사의한 현실에 저는 고개를 갸웃거렸습니다.

아무튼 여기가 이상한 곳이라는 것만은 확실합니다.

"…………으음."

잠시 길을 걸었을 때, 앞에 왕궁이 있는 것이 보였습니다.

생활감 있는 거리와는 어울리지 않는 낡은 왕궁이었습니다. 두드리면 바로 부서질 것처럼 금이 가 있습니다.

왕궁 아주 가까이에는 시계탑이 서 있었고, 시시각각 시간을 새겨가고 있습니다. 시계탑이 알려주는 시간에 따르면, 지금은 열두 시를 조금 넘긴 무렵인 모양입니다.

"…………."

그보다.

뭐랄까, 이 기시감은 대체 무엇일까요?

모든 것이 어디선가 본 적 있는 것들뿐입니다. 거리의 모습은 지금까지 방문했던 나라들에서 보았던 것들을 모아놓은 느낌이었고, 왕궁의 경우에는 멸망한 나라에 홀로 남아 있던 왕녀님과 만났던 곳과 똑같습니다. 시계탑에 이르러서는, 바로 얼마 전에 방문했던 시계 마을 로스트루프의 것과 매우 닮았습니다.

도대체 어찌 된 일일까요?

마치 저를 위해 준비된 곳인 것처럼 느껴집니다— 그보다, 이상한 것은 그것만이 아닙니다. 명백하게 문보다도 훨씬 높은 건물이 몇 채나 있건만, 어째서 나라 안으로 들어오기 전에 저는 그 존재를 깨닫지 못했던 것일까요?

설마 이 나라는 이상한 것들만으로 구성되어 있는 것은 아닐까, 하는 생각마저 들었습니다.

"어라아? 혹시 이 나라 분이신가요?"

신기한 사태에 고개를 갸우뚱하며 고민에 잠겨서 길을 오른쪽으로 접어들었을 때였습니다.

저는 그 사람과 딱 마주쳤습니다. 아무래도 그녀 역시 저와 같은 여행자로서 이곳을 방문한 것 같았고, 저를 보자마자 그렇게 느긋한 목소리로 말하며 손을 흔들었습니다.

"우으. 아니군요. 당신은 이 나라 사람이 아니로군요. 그런 느낌의 표정이에요."

"…………"

그렇게 제 눈앞에 나타난 그 사람으로 말할 것 같으면, 이 나라의 모습과 마찬가지로 조금 이상했습니다.

검은 로브와 삼각 모자. 그리고 별을 본뜬 브로치를 하고 있습니다. 마녀인 모양입니다. 머리카락은 잿빛이었고, 눈동자는 유리색. 나이는 저와 비슷한 정도—.

그 마녀는 대체 누구인가.

그렇습니다. 저입니다.

제가 아닌 저였습니다— 저와 똑같은 외모의 소녀가 제 눈앞에 서 있습니다.

마치 도플갱어처럼.

"어머! 당신, 혹시 제 팬이나 뭐 그런 건가요? 제 코스튬플레이를 하고 있잖아요! 허가 없이 코스튬플레이라니, 좀 이해할 수가 없군요. 제 복장 사용료를 받을 거예요."

"…………"

참고로 같은 것은 외모뿐인 것 같습니다. 언행에서 머리의 부족함이 절실하게 느껴집니다.

○

"제 이름은 일레이나입니다. 재의 마녀예요. 여행자입니다."

"제 이름도 일레이나예요. 재의 마녀이자 여행자입니다. 아, 허가 없이 제 코스튬플레이를 한 저작권적인 그 대금은 금화 백만 닢이니까 잘 부탁해요."

후반의 헛소리는 무시했습니다.

"그보다 어째서 제가 둘이나 있는 건가요……?"

"네? 저는 저고, 당신은 코스튬플레이잖아요? 무슨 말을 하는 건가요?"

"…………."

당신이야말로 무슨 말을 하는 겁니까? 바보인가요? 머리가 비었습니까?

"죄송합니다. 실례지만, 지금까지 방문했던 나라들을 나열해봐 주시겠습니까?"

저는 일단 눈앞의 제가 단순한 가짜인지 어떤지를 확인해보기로 했습니다. 저는 방문했던 나라들을 언제든 가볍게 회상할 수 있도록, 언제나 로브 주머니에 일기장을 숨겨두고 있습니다.

누구에게도 보여준 적이 없고, 사람들 앞에서는 절대 내보이지 않는 물건입니다. 그녀가 진짜 저라면 그걸 이용해 지금까지 방문했던 나라들을 나열할 거라고 생각했습니다.

하지만.

"나열하게 해서 뭘 어쩔 셈인가요? 그렇군요. 제가 방문했던 나라들을 성지로서 우러러 받들며 순례할 셈인 거죠? 이 내 오타쿠 녀석."

"⋯⋯뭐야, 이 인간 성가셔."

뱉은 모든 말이 의미 불명이었습니다. 이런 건 절대 제가 아니라고 생각하고 싶습니다.

그러나 안타깝게도 그녀는 로브의 주머니에서 일기장을 꺼내고 말았습니다. 거절했던 주제에 뭡니까, 그건. 이제 모든 언행이 이해되지 않습니다.

"어디, 우선은—."

그리고 그녀는 지금까지 여행했던 곳들을 나열했습니다. 조금의 차이는 있었지만, 이야기를 듣는 한 그녀는 틀림없이 저 그 자체였습니다. 대체 뭐가 어떻게 된 일인지 알 수 없어 머리가 아파 올 것만 같았습니다.

그러나 애초에 이 거리 자체가 이상한 것들의 덩어리 같은 느낌이 들었기 때문에 저는 일단 생각하기를 그만두었습니다.

"뭐, 이렇게 만난 것도 어떤 인연일 테니 함께 거리를 돌아보겠어요?"

"이런, 제 귀여움에 반한 거로군요? 아니, 코스튬플레이를 한 시점에서 이미 반해 있던 건가요? 뭐, 좋습니다. 어쩔 수 없으니 제가 당신의 치유를."

이후, 짜증나는 소리를 500자 정도 이야기하고 나서 "저도 함께 가겠습니다"라고 말했기 때문에 그런 흐름이 되었습니다.

저희들은 나란히 거리를 걸었습니다.

마침 점심때가 되어 출출해졌습니다. 제 손에는 사과가 쥐어져 있었고, 저와 같은 모습의 아무 생각 없어 보이는 그녀의 손에는 케밥이 들려 있었습니다. ……어째서 케밥?

그보다.

"저기, 저는 당신을 뭐라고 부르면 좋을까요?"

"네? 제 이름은 일레이나입니다만?"

"아니, 저도 일레이나인데요."

저는 곤란해 하며 미간을 찌푸렸습니다만, 그와 거의 동시에 저와 같은 모습의 아무 생각 없는 그녀는 뺨을 빵빵하게 부풀려 보였습니다.

"저기요. 그건 저를 흉내 내고 있는 거잖아요? 진짜 저는 저라고요."

"…………."

제가 보기에는 당신 쪽이 가짜입니다만……. 아니, 여기서 반론을 해봤자 결론이 나지 않습니다. 외국인이 보기에는 이쪽이 외국인으로 보이는 것처럼, 상대의 인식 위에서 성립되어 있는 사실에 아무리 반론을 해본들 이야기에 끝이 없으리라는 것은 뻔했습니다.

귀찮으니 이제 아무 생각 없는 그녀를 '하이 한 저'라는 가칭으로 부르기로 하고 이야기를 진행하도록 하겠습니다. 쓸데없이 하이텐션이니까요.

"그나저나 당신은 무얼 바라며 여기에 왔나요? 여기는 '당신의 소원을 이루어주는 나라'잖아요? 어떤 소원이 있었나요?"

"소원 말인가요? 그런 건 말할 필요도 없는 거 아닌가요?!"

그녀는 케밥을 거친 느낌으로 물어뜯고서 말했습니다.

"딱히 없습니다!"

우와, 바보 같아.

"참고로 저는 부자가 되고 싶은데, 라고 생각하면서 들어왔답니다."

"우와, 바보 같아."

"미안하지만 당신에게만큼은 듣고 싶지 않은 말입니다."

"뭐라고요? 아무런 생각 없이 느낌에 따라 여행하는 것이야말로 여행의 묘미라고요! 아닌가요?"

일리 있지만, 당신은 그저 머릿속이 텅 비어 있는 것뿐이지 않나요?

그러나 우리의 바람은 전혀 달랐고, 애초에 저는 돈을 바랐는데 어째서 저희들은 만나게 된 걸까요?

뭔가 보이지 않는 의도가 작용하는 것처럼 느껴집니다.

한동안 나라 안을 탐색하고 알아낸 것이 두 개 정도 있습니다.

우선 하나는, 역시 여기는 제가 지금까지 여행해온 곳들을 재현한 마을이라는 것. 어디고 눈에 익은 건물과 노점뿐입니다.

그리고 또 하나.

그것 이외에는 그 무엇도 존재하지 않는다는 것입니다.

제가 모르는 것이 전혀 없습니다. 아무리 주변을 살펴보아도, 역시 낯선 것이 하나도 없습니다. 그야말로 기시감 그 자체를 현실로 옮겨놓은 듯한 마을이었습니다.

"……어쩐지 좀 지루해지기 시작하네요."

일곱 개째의 케밥을 다 먹어치운 하이 한 제가 말했습니다. 너무 먹잖아요.

"뭐, 새로운 게 하나도 없으니까요."

저는 대답했습니다.

이미 거리를 빙글빙글 돌고 또 돌았습니다. 하지만 그래도 여전히 이곳에 관해 알아낸 것이 없으니, 곤란한 일입니다.

눈에 익은 것밖에 없는 마을은 확실히 참신했지만, 그러나 그것밖에 없다고 한다면 머릿속으로 충분합니다.

설령 신기하고 매력 넘친다고 해도, 몇 번이고 돌아다니다 보면 눈에 익숙해지기 마련입니다.

"……음. 이제 배가 빵빵해졌어요."

"케밥을 너무 먹었잖아요."

"아니. 그것도 있지만, 이 마을도 그래요. 제가 여행해 온 곳을 재현한 마을 같은데, 말하자면 그것뿐이잖아요. 역시 식상하네요."

"……그러게요."

아무래도 옆에 선 저는 텐션은 쓸데없이 높다고 해도 역시 저인 것 같습니다. 대체로 같은 생각을 하고 있습니다.

그러나.

이 마을은 아무래도 제 머릿속을 엿보고서 만든 것인 듯, 마침 우리가 서서히 지루함을 느낄 무렵 이야기에 진전이 생겨났습니다.

눈앞에 갑자기 한 명의 여성이 나타났습니다.

뒤틀린 두 개의 뿔이 머리에 있었고, 등에는 박쥐의 것과 같은 날개가 자라나 있었습니다.

안타깝게도 눈앞에 나타난 인물도 역시 낯선 사람이 아닌, 그저 뿔과 날개가 달려 있을 뿐인 저였지만 말입니다.

"정말이지 분에 넘치는 녀석들이네. 모처럼 너희들을 즐겁게 해주기 위해서 이 마을을 만들었더니만."

그 입에서 나온 말투와 목소리는 제 것과는 전혀 달랐습니다. 그 언행은 저보다도 훨씬 어른스럽고 침착했습니다. 눈앞에 있는 모습이 저와 같은 모습을 하고 있다고 해도, 다른 사람이라는 것만은 확실하게 깨달았습니다.

"당신은 이 나라 사람인가요?"

그녀는 긍정했습니다.

"맞아. 이 '당신의 소원을 이루어주는 나라'는 너희 같은 여행자를 위해 만든 나라야."

"호오, 그렇다면 이야기가 빠르겠군요. 여기는 대체 뭡니까? 제가 본 적 있는 것들만 있습니다만."

하이 한 저는 여덟 개째 케밥을 손에 들었습니다.

"'당신의 소원을 이루어주는 나라'인데? 소원을 이뤄주려면 여행자의 머릿속에 있는 걸 재현할 필요가 있지 않겠어? 본 적 있는 것들만 있는 게 당연하지."

과연.

"하지만 저는 지금까지 방문했던 나라를 다시 방문하고 싶다는 소원을 빈 적이 없었는데요? 부자가 되고 싶다고 생각하면서 여기에 왔으니까요."

"표면상으로는 그렇겠지. 하지만 자기 자신의 진짜 소원이라는 건 아무도 모르는 거야. 너는 어쩌면, 마음 깊숙한 곳에서는 이 나라들을 다시 한 번 가보고 싶다고 생각하고 있을지도 모르지."

"…………." "과연."

옆에서 우적우적 먹고 있는 하이 한 저.

"즉, 이 나라는 방문한 인간들의 마음 밑바닥에서 잠들어 있는 소원을 이뤄주는 나라라는 거야. ─즐기도록 해. 사흘이 이 나라의 기한이야. 그때까지 편할 대로 마음껏 쉬도록 해."

"호오." "시원시원하시네요."

옆에서 우물우물 먹고 있는 하이 한 저.

"참고로 돈은 받지 않아."

"진짭니까?!" "엄청나네요."

"뭐, 나는 이 나라의 창조자니까."

에헴, 하고 허리에 손을 얹는 제 모습을 한 누군가. '소악마인 저'라는 가칭을 붙여두도록 하지요. 악마인 것치고는 어쩐지 하찮은 것 같으니까요.

"뭐, 그런 거니까. 여기서 잠시 여행의 피로를 풀도록. 여행자들이 편안하게 지내는 게 내 소원이니까."

소악마인 저는 그 말만을 남기고, 날개를 펼치더니 하늘을 향해 날아가 버렸습니다.

갑자기 나타났다 갑자기 어딘가로 가버렸습니다.

"…………."

하지만 이렇게 좋기만 한 상황이 있을 수 있는 걸까요?

어딘지 모르게 수상한 분위기가 느껴집니다. 겉모습은 분명히 악마이기도 하고요.

"……어떻게 생각하나요? 방금 그 사람."

그녀가 하늘 저편으로 사라진 후, 저는 하이 한 저에게로 시선을 돌렸습니다.

"인심이 아주 후하네요. 역시 제 모습을 할 만하군요."

"…………"

하이 한 저는 머리가 부족한 데 더해 남을 의심할 줄 모르는군요. 이런 꼴로 여행자를 계속할 수 있다니, 놀랍습니다.

○

자.

편히 쉬라는 말을 들었지만, 전혀 그럴 마음이 들지 않았습니다.

하이 한 저와 함께 저렴한 숙소(역시나 아무도 없음)에 묵었지만 마찬가지였습니다. 밤이 깊을 때까지도 저는 잠들지 못했습니다.

생각해보십시오. 저와 똑같은 모습을 한 사람이 있고, 성격은 정반대에 머리는 부족. 게다가 이야기를 들어본 바로는 역시 저와 똑같이 여행을 시작하고, 저와 똑같은 나라를 거쳐 왔다고 말씀하시잖습니까?

참으로 이상합니다.

하지만 그 이상함을 파고들기에는 힌트가 조금 부족했습니다.

대체 저는 무엇을 바랐기에 또 다른 저와 만나게 된 것일까요—.

제 자신의 일이건만 전혀 모르겠습니다.

다음 날도 아침부터 탐색을 했습니다.

"오늘은 왕궁으로 가볼까요?"

제가 먼저 제안했습니다.

"왕궁? 아아, 밀라로제 씨와 만났던 곳 말이군요."

"네. 어제는 주변을 탐색하기만 하고, 건물 안에는 들어가지 않았잖아요? 그러니까 오늘은 본 적 있는 건물 안을 전부 돌아보도록 하죠."

"호오. 과연 뭐가 있을까요?"

"그걸 찾기 위해 가는 거예요."

뭐, 그렇게.

그런 흐름으로 결국 저희들은 왕국으로 향하게 되었습니다.

나무로 만들어진 문을, 과거에 그렇게 했듯이 마법으로 불태운 다음 우리는 왕궁 안으로 발을 내디뎠습니다.

"…………." "…………."

그 직후였습니다.

"움직이지 말아주세요!"

목소리로 바로 알았습니다. 여기에도 제가 있는 모양입니다. 입구 앞에 있는 넓은 홀에서 지팡이를 이쪽으로 들이댄 제가 서 있었습니다. 참고로 촌스러운 검은 테 안경을 장착했습니다. 안경 낀 저라고 부르도록 하지요.

"당신들은 안전한 저입니까? 아니면 나쁜 저?"

안경 낀 저는 저희들을 노려보며 그렇게 물었습니다.

하지만 무슨 소리를 하는지 전혀 모르겠습니다.

"뭔가요? 나쁜 저라니. 저는 저입니다. 나쁘고 뭐고 없습니다."

"그 안경은 얼마였나요?"

라는 저희들.

"…………."

저희들의 반응으로 무언가를 눈치챈 것 같았습니다. 안경 낀 저는 지팡이를 천천히 내리고 말했습니다.

"과연— 당신들, 지금까지 몇 명의 저와 만났나요? 소악마 같은 뿔과 날개가 난 저를 제가 아니라고 가정했을 때, 지금의 저는 몇 번째의 저인가요?"

"…………."

저라는 단어가 너무 많아서 이제 머리가 아파 올 것만 같습니다.

"안경 낀 당신이 두 명째예요. 저희는 그렇게 여러 저와 만나지 않았어요—."

아니 그보다.

"저기, 저는 대체 전부 몇 명 있는 건가요?"

"전부 몇 명인지는 알 수 없지만— 여기에 있는 건 열네 명입니다."

"네?" "우와, 엄청나네요."

"참고로 당신들을 더하면 열여섯 명이에요."

"네에?" "제 코스튬플레이가 그렇게 잔뜩…… 정말, 제가 그렇게나 인기 있나요……?"

………….

아니, 열여섯 명이라니.

너무 많아서 머리가 어떻게 될 것만 같습니다.

○

성에 있는 알현실에는 안경 낀 제가 말했던 대로 여러 명의 제가 가득했습니다.

안경 낀 저는 우리들을 안내해 모두의 앞에 세우더니 "여러분, 소개할게요. 열다섯 번째 저와 열여섯 번째 저예요"라고 그렇게 큰 소리로 말했습니다. 실내 여기저기에서 제 목소리가 돌아왔습니다.

"아, 반가워요"라든가, "열다섯 번째에 열여섯 번째인 주제에 개성을 보여야겠다는 생각은 하지 말아주세요"라든가, "어찌 되든 상관없어요" 등등.

과연, 그다지 환영받지 못하고 있다는 것만은 잘 알겠습니다.

"그럼 신입 저희들에게 다른 여러분을 소개하도록 할게요."

그리고 안경 낀 저는 한 사람 한 사람을 가리키기 시작했습니다.

"저기에 있는 게 멍청한 저."

"안녕하세요. 열다섯 번째와 열여섯 번째 저! 저는 여기서 제일 귀여운 저예요! 에헷☆"

갑자기 강렬한 게 나타났습니다.

"이쪽에서 수상한 행동을 하고 있는 게 여자아이를 정말 좋아하는 저."

"우후후…… 열여섯 번째 나인가…… 아, 내가 잔뜩…… 아, 혹시 여기는 천국인가요?"

여자아이를 좋아한다기보다는 자신을 정말 좋아한다고 해야 하는 거 아닐까요?

"이쪽은 가슴 크기에 무척이나 콤플렉스를 갖고 있는 저."

"어라? 두 사람도 저랑 같은 저일 텐데, 어째서 저보다 가슴이 조그마한가요? 어떻게 된 거죠? 제대로 우유를 마시고 있나요? 응?"

저까지 허무해지고 말았습니다. 참고로 그녀는 가슴에 솜뭉치를 넣은 모양입니다. 덧없습니다.

"이쪽은 살짝 꼬인 저."

"뭐? 나중에 들어온 주제에 아는 척하지 말아줄래요? 뭡니까? 이 자식아. 해보겠습니까? 해버릴 겁니까? 예에?"

약해 보여.

"이쪽은 추잡한 저."

"후후후…… 여기에 있는 저희들에게서 돈을 털면 엄청난 부자가……."

이건 평소와 다름없는 제가 아닌지?

"이쪽은 아픈 저."

"으윽! 내 눈에 봉인된 흑룡 같은 그게 여러분을 덮치려 하고 있습니다, 제게서 떨어지세요!"

확실히 아픕니다. 여러 가지 의미로. 어쩐지 안대까지 하고 있고요.

"이쪽은 사랑에 빠진 소녀인 저."

"에헤헤…… 사야 씨 사야 씨 사야 씨 사야 씨."

……? 어째서 사야 씨?

"저쪽에 숨어 있는 건 마음속에 깊은 어둠을 안고 있는 저."

"……………………………………………………죽고 싶어."

무슨 일이 있었던 건가요?

"저쪽에 있는 게 마음속에 깊은 어둠을 안고 있는 저(두 명째)."

"싫어…… 밖은 무서워……."

어째서 여행을 하는 겁니까?

"저쪽에 있는 것도 마음에 깊은 어둠을 안고 있는 저(세 명째)."

"이제 싫어요……. 여기 있는 모든 제가 죽어버리면 좋을 텐데……."

대체 몇 명 있는 겁니까? 마음에 깊은 어둠을 지나치게 안고 있는 거 아닙니까?

"여기는 외국인스러운 저."

"하라쇼."

뭡니까, 하라쇼라니.

"이쪽은 젤 상태인 저."

『으규─.』

이미 인간이 아닙니다.

"그리고 이쪽은 구울이 된 저."

『아─ 우─.』

무슨 일이 있었나요? 아니, 대충 알 것 같지만 말이죠.

"그리고 저는 지적인 저."

"본인 입으로 말하는군요……."

"사실이니까요."

가슴을 쭉 펴고 자랑하고 있습니다. 아무리 저라도 짜증이 납니다.

그리고 안경 낀 저, 수정하여 지적인 저(자칭)는 말을 이었습니다.

"알고 있을 테지만, 여기에서는 제가 다른 저와 뒤섞이지 않도록 각각 특별한 이름을 갖고 있어요. 각자의 개성에 맞춰서."

"호오오."

"그러니 열다섯 번째와 열여섯 번째 저에게도 뭔가 호칭을 붙였으면 하는데─여러분 뭐가 좋을까요? 열다섯 번째 저에게는 어떤 개성이 있다고 보시나요?"

지적인 저는 제 어깨에 손을 얹으며 방 안의 저에게 물었습니다.

여기저기에서 대답이 돌아왔습니다.

"개성? 없는데요." "무개성이에요." "빨래판이에요." "무개성." "무개성한데요." "너무나도 개성이 없군요. 안대도 안 하고." "사야 씨." "죽고 싶어." "저도요." "잠들듯이 죽고 싶어요." "하라쇼." 『으규.』 『우아.』

"과연, 그렇군요. 여러분, 감사합니다. 참고가 되었어요."

"…………."

당신들 진지하게 이야기를 나눌 마음이 없는 거지?

지적인 저는 의기양양한 표정을 지으며 저를 바라보았습니다.

"그런고로, 열다섯 번째 저는 주인공인 저라는 호칭을 붙이면 어떨까 하는데, 괜찮을까요?"

"대체 어떤 사고회로를 거치면 그런 의미 불명인 호칭이 되는 건가요?"

"무개성이라는 단점 같은 특성을 군이 장점처럼 바꿔 말해봤습니다."

"미안하지만, 무개성이라는 말을 한참 들은 직후에 그런 말을 들어봐야 전혀 기쁘지 않거든요."

"괜찮지 않은가요? 무개성. 뭐든 될 수 있다는 뜻이잖아요? 주인공으로 딱이에요."

지적인 제가 그렇게 말씀하셨습니다.

당신 주인공이라는 존재를 공공연하게 바보 취급하고 있는 거 아닙니까?

"그러면 열여섯 번째는 어떻게 할까요?"

"저는 하이 한 저라고 부르고 있는데요."

마음속으로 부른 거지만요.

"과연. 그럼 그렇게 부르기로 하죠."

지적인 저는 스스로를 지적이라고 한 것치고는 무척 대강대강인 아이였습니다.

○

"하지만 대체 어째서 당신들은 이런 곳에서 농성을 하고 있는 건가요?"

자기소개를 하는 김에 지금까지 각자가 해온 여행 이야기를 대략적으로 들어보니, 역시 모두 저와 같은 나라를 여행해 왔다는 것을 알 수 있었습니다. 하지만 조금씩 다른 이야기를 거쳐 왔다는 사실을 확인하고서 저는 물었습니다.

대답한 것은 지적인 저였습니다.

"맨 처음에 만났을 때, 살짝 언급을 했었는데 ─ 아무래도 지금 이 나라에는 나쁜 제가 한 명 섞여들어 있는 것 같아요. 다른 저를 만나자마자 갑자기 공격을 하는 난폭한 제가요."

"호오."

"난폭한 저이기 때문에 난폭한 저라고 부르고 있지요."

"그냥 그대로군요."

이야기에 따르면 아무래도 저와 하이 한 제가 마을을 어슬렁어슬렁 돌아다니는 사이에, 다른 저는 그 난폭한 저에게 습격을 받았다고 합니다. 운 좋게도 저희 두 사람은 그 난폭한 저와 마주치는 일 없이 넘어갈 수 있었던 모양입니다.

"그러니까, 난폭한 저에게서 도망치기 위해 여기에 틀어박혀 있다는 건가요 ─."

과연. 기가 막힙니다.

"하지만, 상대도 저잖아요? 제대로 상대하면 적어도 무승부 정도는 되는 거 아닌가요?"

그러자 어이가 없다는 듯이 어깨를 으쓱이는 지적인 저.

"하지만 말이죠. 주인공인 저, 잘 생각해보세요. 상대도 저라는 건, 자기 자신을 상처 입혀야만 한다는 뜻이에요. 혹시 죽어버리기라도 하면 무슨 일이 일어날지 상상할 수 있나요?"

"…………."

"적어도 여기에 이미 모여 있던 열네 명의 저희들은 그 끝에 무엇이 기다리고 있을지 상상도 되지 않아서, 아무것도 할 수 없었어요. 그래서 이렇게 모여서 이야기를 나누고 있었죠. 이 나라의 기한이 끝나는 사흘째를 이대로 기다릴 것인가, 아니면 밖으로 나가 싸울 것인가. 지금 저희들은 기로에 서 있답니다."

"그렇군요. 참고로 여기를 습격당하면?"

"그때는 어쩔 수 없이 싸우겠지만, 그건 마지막 수단입니다. 기본적으로는 여기서 농성을 하거나 난폭한 저를 잡거나, 둘 중 하나예요. 즉, 움직일 것인가 도망칠 것인가, 하는 이야기죠."

"…………흠."

"그렇다고 했을 때, 어느 쪽이 좋다고 보나요?"

"아니, 저한테 선택을 떠넘기는 건 곤란합니다만."

"무슨 말을 하는 건가요? 당신은 주인공인 저잖아요? 이런 때는 주인공이 키를 잡아주지 않으면 곤란한데요."

참고로 저는 주인공을 보좌하는 참모역입니다— 라고 덧붙인 지적인 저는 손가락으로 안경을 쓱 밀어 올렸습니다.

……그렇다는 건, 저를 이용하기 위해서 일부러 주인공인 저라는 호칭을 붙인 건가요?

이 무슨 책사인지. 역시 저.

그러나 그쪽이 그렇게 나온다면 이쪽에도 방법이 있습니다.

저는 옥좌에 앉아서 다른 모든 저를 내려다보았습니다.

"그렇다면 저 이외의 여러분은 거리를 탐색해주세요. 저는 여기서 여러분이 돌아오기를 기다리겠습니다— 라는 작전은 어떤가요?"

곧바로 다른 저들이 야유를 날렸습니다.

"무슨 소릴 하는 겁니까? 이 자식아." "독재 정치 반대예요." "웃기지 마시죠. 당신 머리는 벼룩만도 못한 겁니까?" "받아들일 수 없습니다." "말도 안 되는군요." "주인공 강판해주세요."

등등. 제 발언에 하나가 되어 크게 불타올랐습니다.

제멋대로들 이야기하는군요.

뭡니까. 멋대로 주인공이라고 치켜세워 놓은 주제에, 막상 주인공답게 키를 잡으려 했더니만 이렇게 나오는 겁니까? 바보 취급도 적당히 해줬으면 좋겠군요.

저도 난폭한 제가 되어버릴 겁니다.

"그럼 여러분의 의견을 이야기해—"

그렇게.

옥좌 위에 앉아, 속이 부글부글 끓는 감정을 느끼면서 제가 소리를 높였을 때였습니다.

—콰광!

알현실 문이 억지로 벌컥 열렸—아니, 오히려 문이 통째로 날아가 그곳에서 편히 있던 저희들 중 두 사람을 깔아 뭉개버렸습니다.

철퍽. 그런 축축한 소리가 굉음과 함께 희미하게 들려왔습니다.

"아앗! 구울인 제가 죽었어요! 깔려 뭉개졌어요!" "엄청나게 그로테스크하군요!" "으아, 썩은 내가 진동하고 있어!" "이건 분명 즉사일 거예요."

『아으.』

"아, 살아 있네요."

무사해서 다행입니다.

"그리고 젤 상태인 저도 짓눌려서 젤 상태가 되었어요." "원래부터 젤 상태 아니었나요?" "일리 있네요." "그것도 그러네요." "죄송해요. 역시 두 사람 모두 무사해요."

무사해서 다행입니다.

"—정말이지. 모습이 보이지 않는다 했더니, 당신들 이런 데 모여 있었군요."

긴장감 없는 느긋한 분위기 속에, 몹시도 차가운 목소리가 문 근처에서 울려 왔습니다. 물론, 그 목소리도 제 목소리였고, 문을 날려버리고 나타난 것도 틀림없는 저였습니다.

"마침 잘됐군요. 여기서 한 사람도 남기지 않고 처리해주도록 할게요."

그렇게 말하며 문 앞의 저는 옅은 웃음을 흘리더니, 이쪽으로 걸음을 옮겼습니다.

그것은 머리카락을 짧고 단정하게 자른 저였습니다—마침 어떤 나라에서 인형에게 잘렸을 때와 비슷한, 짧은 머리 모양입니다.

그리고 동시에 당시의 불쾌한 분위기도 두르고 있습니다.

혹시 어쩌면.

"저기, 죄송합니다. 저건 난폭한 저인가요?"

"그래요."

끄덕, 고개를 끄덕여 보이는 지적인 저.

"······거기 옥좌에 앉아 있는 당신이 여기 있는 저들을 이끄는 리더인가요?"

난폭한 저는 저를 노려보았습니다.

"리더인지 어떤지는 모르겠지만, 주인공인 저라고 불리고 있답니다."

"과연, 그렇군요— 그런가요. 주인공, 인가요. 실실 웃고 있는 당신이, 주인공인가요."

그리고 그녀는 저에게 지팡이를 들이댔습니다.

직후.

지팡이 끝에서 무수한 창이 만들어졌습니다.

"불쾌하군요. 죽어버리세요."

난폭한 저의 차가운 한마디와 함께, 그것들은 단숨에 날아왔습니다.

옥좌에 빨려들 듯이 똑바로 날아온 그것들을, 저는 마찬가지로 무수한 창을 만들어내 반대쪽에서 같은 궤도를 그리게 함으로써 상쇄시켰습니다.

맞부딪히는 금속음이 잠시 울리고, 박살 난 창이었던 것이 비처럼 쏟아져 넓은 공간에 흩뿌려졌습니다.

저는 그녀를 내려다보았습니다.

"대체 뭐가 마음에 들지 않아서 자신 이외의 자신을 공격하는 건지 전혀 모르겠지만— 열여섯 명의 저를 상대로 이길 수 있다고 여기는 건가요?"

"아, 젤 상태의 저와 구울 상태의 제가 찌부러져 있으니 열네 명입니다."

옆에서 끼어드는 지적인 나.

"……열네 명의 저를 상대로 이길 수 있다고 여기는 건가요?"

그러나 난폭한 저는 압도적으로 불리한 상황 속에 놓여 있음에도 웃고 있었습니다.

대담하게, 저에게 있을 터인 감정을 전혀 느끼게 하지 않는 차가운 미소였습니다.

"저는 당신들처럼 무사태평한 세계에서 살고 있지 않습니다. 저는 당신들과는 다릅니다."

이런 이런 무슨 소리를 하나 했더니.

"당신 혹시 거울을 본 적 없는 건가요? 저인 주제에."

○

네, 개전.

저와 열세 명의 저는 차례차례 난폭한 저를 제압하기 위해 달려들었습니다.

난폭한 저는 그것을 실로 냉정하게, 한 사람 한 사람 처리했습니다.

우선 첫 희생자는 멍청한 저였습니다.

"에이잇."

그런 의욕 없는 구령과 함께 지팡이 끝에서 쇠사슬을 만들어냈지만, 순식간에 튕겨져 나왔습니다.

그리고 "아아" 하는 소리와 함께 쇠사슬에 휘감겨 애벌레가 되었습니다.

다음은 가슴 크기에 이상한 콤플렉스를 갖고 있는 저. 난폭한 저는 순식간에 간격을 좁혔고, 콤플렉스를 가진 저는 가슴에 넣은 솜뭉치까지 빠져나온 끝에 차 날려갔습니다.

"아아아아, 제 가슴이⋯⋯."

거기서 그녀의 의식은 솜뭉치와 함께 날아가 버렸습니다. 안녕히.

그 다음은 마음에 깊은 어둠을 안고 있는 세 명의 저. 이 세 사람은 잠시 잘 싸워주었습니다.

"무서워 무서워 무서워 무서워⋯⋯." "히이익! 오지 말아주세요!" "집에 가고 싶어!"

등등, 세 사람은 제멋대로 떠들어대며 그 손에 쥔 지팡이에서 불기둥, 물기둥, 벼락의 기둥을 날려 보냈습니다. 각각이 크게 물결쳤고, 뒤엉키며 난폭한 저에게 덮쳐들었습니다.

난폭한 저는 그것을 피하며 뒷걸음질 치더니 성 밖으로 도망쳤습니다.

그 행동이 난폭한 저의 함정이라는 사실을 깨달은 것은 마음에 깊은 어둠을 안은 세 명의 제가 그 뒤를 쫓은 다음이었습니다. 세 사람이 뒤를 쫓을 때, 성 밖의 지면은 이미 늪처럼 질척질척하게 녹아 있었습니다. 땅은 세 사람을 삼켰고, 세 사람의 머리만 지면 밖으로 내놓은 상태에서 다시 굳어져버렸습니다.

"……후후후. 처형된 직후 같네요." "땅 속 시원해서 차분해져요." "이대로 땅이 되고 싶어……."

너무나도 간단히 굳어지더니 어째선지 안심하고 있는 세 사람을 흘깃 보면서 저희들은 빗자루를 타고 날았습니다. 그러나 난폭한 저의 모습은 어디에서도 보이지 않았고, 저희들은 계속해서 주변을 살폈습니다.

그러던 중 갑자기 민가 쪽에서 뻗어온 줄에 남아 있던 아홉 명의 저 중 네 명이 잡혔고, 그대로 어떤 집의 지붕에 처박혔습니다.

모습을 감추고 있던 난폭한 제가 다시 저희들 눈앞에 모습을 드러냈을 때, 외국인인 척하는 저와 사랑에 빠진 소녀인 저와 추잡한 저와 여자아이를 좋아하는 제가 한꺼번에 정리되어 있었습니다.

살아남은 다섯 명의 저로 어떻게든 맞서려고 했지만, 대체 저희들과 그녀 사이에는 어떠한 차이가 있는 것인지 다섯 명을 상대로 하면서도 난폭한 저는 무척이나 냉정했습니다.

살짝 꼬인 제가 "이 자식!" 하고 귀여운 소리를 지르더니 빗자루에 탄 채로 간격을 좁히려 했지만, 그녀는 쉽게 피해버렸습니다. 그리고 겸사겸사라는 듯이 지팡이를 쳐내서 무력화시킨 다음, 들고 있던 지팡이로 목덜미를 내려쳐서 의식을 빼앗았습니다.

살짝 꼬인 제가 어떤 집의 지붕으로 떨어져 구른 다음 아픈 저와 지적인 저, 그리고 하이 한 저 세 사람이 난폭한 저를 포위하면서 지팡이로 마법을 날렸습니다.

창의 비가 쏟아지고, 물이 의지를 가진 용처럼 꿈틀거렸고, 마력의 덩어리가 희푸른 빛을 발하며 그녀를 구속하기 위해 다가갔지만, 그러나 난폭한 저는 역시 냉정하고 침착하게 대처했습니다.

창의 비는 제가 성 안에서 그러했던 것처럼 반대쪽에서 같은 것을 맞부딪혀 상쇄했고, 꿈틀대는 물은 얼음으로 바꾸어 박살 냈고, 마력 덩어리를 피하면서 세 사람의 시야 밖으로 도망쳤습니다. 그리고 세 사람에게 마력 덩어리를 날려 구속했습니다.

움직일 수 없게 된 세 명의 저는 등을 딱 맞댄 채 성의 입구로 떨어졌습니다.

세 명의 저는 그 자리에서 목만 지면 밖으로 나와 있던, 마음에 어둠을 안고 있는 세 명의 저와 만났습니다.

"…………."

그리고.

단 몇 분 만에 저 이외의 저를 전부 처리한 난폭한 저는, 언젠가 검은 머리카락의 소녀에게 마법을 가르쳐주었던 나라처럼 죽 늘어선 지붕 중 하나에 빗자루를 멈춰 세웠습니다.

거기에 제가 있었기 때문입니다.

"당신은 싸우지 않는군요. 다른 제가 당하고 있는데도, 느긋하게 구경인가요?"

그녀는 비난하는 듯한 시선을 제게 보냈습니다.

"당신은 무척이나 자신만만해 보였으니까요. 자신이 있다는 건 그만큼의 대책이 있다는 뜻이죠. 아무런 생각 없이 뛰쳐나간 순간, 승산은 없었던 겁니다."

"그래서, 구경한 소감은 어떠신가요?"

"결코 이길 수 없는 상대는 아니라고 생각했습니다."

결국은 상대도 저니까요.

"건방지군요."

"네. 당신과 똑같이요."

"…………."

아무런 대꾸도 하지 않고, 난폭한 저는 그저 저를 노려볼 뿐이었습니다.

저는 그 눈을 똑바로 마주 바라보았습니다.

"—그런데 당신은 어째서 머리카락을 자른 건가요?"

아니. 이렇게 말하는 편이 좋을까요?

"어째서 잘린 채인가요?"

"…………."

제가 머리를 잘린 건 분명 몇 주 전에 빨간 벽돌이 늘어선 나라를 방문했을 때의 일입니다. 인형에게 여자아이의 머리카락을 자르며 다니게 했던 악당. 그 악당에게 머리카락을 깔끔하게 잘렸던 저는 분명 그 다음 날 범인을 잡았습니다.

어째서 난폭한 저는 그대로인 것일까요?

"당신은 머리카락이 잘린 이유를 알고 있군요."

"네. 저도 잘렸었으니까요—."

반면 다른 저들은 머리카락을 잘렸다는 이야기를 하지 않았습니다. 그 왕궁 안에서 저는 전원에게 지금까지의 이야기를 묻고 다녔습니다만, 실라 씨와 만나기는 했으나 이미 그녀가 혼자서 사건을 해결해버린 다음이었다고 합니다.

저희들은 같은 저이지만, 완전히 똑같은 길을 걸어온 것은 아닌 모양입니다.

"저는 분명 그 나라에서 머리카락을 잘렸습니다. 하지만 그 머리카락을 원래대로 돌려놓을 기력은 없었습니다. 그래서 그냥 쇼트커트로 여행을 계속했습니다."

"…………."

기력이 없었다, 라. 어째서죠?

"당신은 시계 마을 로스트루프에 가셨었나요?"

난폭한 저는 죽은 사람처럼 어둡게 흐려진 눈동자로 저를 바라보았습니다.

"가셨었군요."

당연한 일이라는 듯 저는 고개를 끄덕이고, 너른 대지처럼 펼쳐진 지붕 너머에 있는 탑을 가리켰습니다.

"저 시계탑이 있는 나라였죠? 좋은 나라였어요."

그리고 그렇게 덧붙였습니다.

"…………좋은 나라, 인가요? 그 나라가, 좋은 나라였나요?"

"네—."

시계탑이 나라의 한가운데에 서 있고, 연극이 유행하는 멋진 곳이었습니다. 특히 인기 있는 연극인 『2번가의 에스텔』은 심심풀이로 딱 좋았지요. 어린 시절, 가장 친한 친구를 괴한에게 살해당한 일을 계기로 악을 미워하게 된 에스텔이라는 이름의 마녀 이야기를 그린 연극이었습니다.

「친구를 죽인 범인을 찾을 때까지, 그녀의 싸움은 끝나지 않는다──라는 내팽개쳐 버린 듯한 엔딩이었던 것이 조금 아쉬웠지만, 적어도 심심풀이는 되어주었습니다.

"그래서, 그게 어쨌다는 거죠?"

저는 아무 말 없이 고개를 기울이고 바라보았습니다.

눈앞에 있는 난폭한 저의 모습이 이상해졌다는 것을 저는 그때야 겨우 눈치챘습니다.

그녀는 지팡이를 강하고 강하게 움켜쥐면서 천천히 말했습니다.

"저는 그 나라에서, 10년의 시간을 거슬러 올라갔습니다. 사람들을 구하기 위해서, 과거로 돌아갔습니다. 하지만 그곳에서 본 것은 다른 무엇보다도 가혹한 현실이었고, 그 누구도 구하지 못하는 결말이었습니다──. 당신은 본 적이 있습니까? 눈앞에서 애정이 증오로 변하는 순간을. 조금 전까지 사랑스럽다고 느꼈던 인간에게 살의를 느끼는 순간을──."

"없네요."

저는 그녀의 말을 가로막았습니다.

"대체 무슨 일이 있었는지는 모르겠지만, 그래서, 그 가혹한 현실이라는 것 탓에 당신은 잘린 머리카락을 되돌릴 기력도 잃고, 그렇게 자포자기한 건가요?"

그렇게 말한 순간이었습니다. 그녀는 저를 향해 들고 있던 지팡이를 휘두르고, 얼음 탄환을 몇 개나 날려 보냈습니다.

그리고 말했습니다.

"자포자기한 게 아닙니다. 속이 뒤틀리고 있는 겁니다."

"호오. 무엇에 대해서 말이죠?"

저는 얼음 탄환을 전부 피하며 대꾸했습니다.

"뻔하지 않나요? ―저 자신입니다."

그리고 짧은 머리카락의 저는 "저와 달리 유유자적 여행을 계속했을 뿐인 저 자신과. 가혹한 현실을 눈앞에 두고도 아무것도 할 수 없었던 저 자신에게 화가 나는 겁니다"라고 말했습니다.

억지스런 분풀이로군요.

역시 저.

○

그리고 저희들은 자그마한 전쟁을 시작했습니다.

우선 그녀가 지팡이로 얼음 기둥을 몇 개나 만들어냈고, 저를 향해 날려 보냈습니다. 저는 그것을 하나씩 하나씩 피했고, 되갚아주겠다는 듯이 발밑에 널브러진 기와들을 마법으로 들어 올려 사방에서 그녀를 향해 퍼부었습니다.

마치 제가 그러하리라는 것을 처음부터 알고 있었던 것처럼 그녀는 기와들을 전부 얼음 기둥으로 쳐 떨어뜨렸고, 그 후에 공중에 커다란 얼음 덩어리를 만들어냈습니다. 아무래도 난폭한 저는 얼음을 다루는 공격을 좋아하는 모양입니다.

커다란 얼음 덩어리는 저를 향해 똑바로 떨어졌지만, 거대한 공격이라는 것은 연출이 화려할 뿐, 실제로는 대단할 것 없습니다.

저는 빗자루에 올라서 그것을 아무렇지 않게 피했습니다. 대신

집 한 채가 뭉개졌지만, 뭐 상관없겠죠.

기와로는 소용없는 것 같으니, 이번에는 집 한 채를 마법으로 들어 올려 그녀를 향해 던졌습니다. 하지만 상처 하나 없습니다. 그녀는 서 있던 주변에 스스로 얼음벽을 만들었던 겁니다. 얼음을 좋아하는 분 같으니.

그리고 전쟁의 행방은 지극히 단순했습니다.

그녀가 마법으로 얼음을 만들었고, 저를 향해 날립니다. 저는 그것을 피하면서 근처에 널린 집을 마법으로 들어 올려서는 내던졌습니다.

연출이 화려한 공격을 좋아하는 그녀에게 맞춰서, 저도 연출이 화려한 느낌의 공격을 골랐습니다.

그녀는 여전히 얼음을 만들어내면서 소리쳤습니다.

"당신 따위— 당신 따위, 사라져버렸으면 좋겠어!"

그렇게 말입니다.

"그거, 대체 누구에게 하는 말인가요? 저인가요? 아니면 자기 자신?"

"…………닥쳐주세요."

그녀는 말했습니다.

"제가 어째서 이 나라에 이끌려 왔는지 아나요? 이 나라는 소원을 이뤄주는 나라. 저는 분명, 아무런 괴로움 없이 유유자적 여행을 하고 있을 뿐인 저를 용서할 수 없어서, 여기에 온 거예요. 다른 저에게도 저와 같은 괴로움을 알게 해주기 위해서, 분명 그래서 여기에 오게 된 거예요— 그러니 당신도."

"그건 당신의 바람이지, 저희들의 바람이 아니에요."

저는 가능한 한 냉정하게 대꾸했습니다.

"이 나라는, 저의 소원을 이루어주는 것과 동시에, 저들의 소원을 이뤄주는 나라예요. 그러니 그 인식은 잘못됐어요. 아주 아주 잘못됐어요."

이 나라에 와서, 여러 저와 만나면서 생각했던 것이 하나 있었습니다.

소악마인 저— 즉, 이 나라의 창조자는 말했었습니다.

—자기 자신의 진짜 소원이라는 건 아무도 모른다.

—너는 어쩌면 마음 깊숙한 곳에서는 이 나라들을 다시 한 번 가보고 싶다고 생각했을지도 몰라.

즉, 제가 표면상으로 떠올렸던 '부자가 되고 싶어'라는 소원보다도, 마음 깊은 곳에서는 더욱 강하게 바랐던 것이 있을지도 모른다는 겁니다.

"그렇다면—."

그녀의 목소리는 떨리고 있었습니다.

"그렇다면 대체 뭔데요?! 대체 무엇이 우리들을 여기로 모았다 건가요?!"

"모르는 건가요?"

저는 담담하게 대답했습니다.

"아니면 모르는 척을 하는 건가요?"

"바보 취급, 하지 말아주세요!"

그리고.

그녀는 계속해서 저를 향해 얼음을 날렸습니다.

그리고 저는 끝없이 나라 안을 온통 파편투성이로 바꾸어갔습니다.

실력은 슬플 정도로 엇비슷했고, 아무리 마법을 맞부딪혀도 결말이 나지를 않았습니다—이미 다른 저들을 전부 쓰러뜨린 그녀와 동등한 실력이라는 건, 어쩌면 사실은 제 쪽이 조금 더 약하다는 뜻일지도 모르지만요.

자, 그럼, 갑작스럽지만.

지금까지의 역사 속에서 켜켜이 쌓이며 자아져온 전쟁이라는 행위의 끝을 아시나요? 저는 크게 둘로 나뉜다고 생각합니다.

하나는, 어느 한쪽의 완전한 승리. 이긴 쪽이 정의가 되고 패자는 악이 된다고 하는, 무척이나 뒷맛이 안 좋은 결말입니다.

그런 방식의 결말이 우리들을 찾아오는 일은 다행히도 없었습니다. 우리들의 싸움은 어디까지나 호각이었고, 도저히 승패가 나지 않았습니다.

그것은 즉, 우리들이 맞이한 끝은 다른 하나라는 뜻입니다.

"…………."

"…………."

우리가 싸우기 시작한 후로 몇 시간이 흘렀을까요?

깨닫고 보니, 우리들은 절반 이상이 부서져버린, 말 그대로 반파된 나라 안에서 서로 하늘을 바라보고 있었습니다.

태풍이 지나간 후처럼 쾌청한 하늘에는 흰색에 가까운 선명한 잿빛 구름이 모양을 그리며 퍼져가고 있었습니다.

우리들은 양쪽 모두 마력을 거의 다 써버리고 말았습니다.

서로의 물자가 바닥을 드러내고, 선도 악도 유야무야해진 채 양쪽 모두의 힘이 다한다. 그것이 두 번째 결말의 방식이며, 우리가 맞이한 것이었습니다.

그리고 때때로 이러한 결말이 나아가 이를 곳은 단 하나뿐입니다.

"……저는 대체, 무엇을 위해 이 나라에 온 걸까요?"

그녀는 불쑥 그런 물음을 던졌습니다.

"그 전에, 제가 마음속 깊은 곳에서 왠지 바랐던 것을 가르쳐드릴게요."

저는 하늘을 바라보며 말했습니다.

"저는 다른 저와 만나기 위해서, 분명 그래서 여기에 온 걸 거예요."

이 나라에서는 소원을 이뤄준다고 합니다.

저는 분명 다른 가능성을 보고 싶어 견딜 수 없었던 것일 테죠.

여행은 만남과 이별의 연속이고, 동시에 선택의 연속이기도 합니다. 되돌아보면 기이하게도 재미있어 보이는 만남을 놓치기도 했고, 기이하게도 이상한 녀석들과 알게 되어버린 일도 있었습니다.

그러나 만약, 재미있어 보이는 만남을 놓치지 않았던 제가 있었다면 어땠을까요?

이상한 녀석들과의 만남을 피한 제가 있었다면, 어땠을까요?

저에게, 저 이외의 가능성이 있었다고 한다면 어땠을까요?

분명 저는 그 가능성을 바랐던 겁니다. 그렇기에, 이 나라에 와서, 다른 저와 만난 것입니다.

"그것은 제가 여기에 온 이유가 되지 않습니다."

아뇨 아뇨.

"됩니다. 당신도 분명 저와 마찬가지로, 다른 저를 동경했을 겁니다. 시계 마을 로스트루프에서 겪은 슬픈 사건 속에 있지 않았던 저를 향한 동경이, 당신을 여기로 이끌었던 거예요."

"…………."

"당신은, 당신이 생각하는 것만큼, 저희들에 대한 원한은 없을 거예요. 당신은 자신 이외의 가능성을 ― 슬픈 사건을 경험하지 않았던 자신을 바라며 여기에 온 겁니다. 결코 다른 저를 상처 주기 위해서가 아니라, 자신의 다른 가능성을, 마음 한편으로 바랐을 테죠."

"…………."

저희들을 상처 주기 위해서가 아니라.

상처를 치유하기 위해서 이곳에 이른 겁니다.

분명 다른 저들도 마찬가지일 겁니다. 자신과는 다른 자신의 가능성을 알고 싶어서, 이곳을 찾은 겁니다.

"……그런 건 너무 자기만 아는 거잖아요."

그녀는 모르는 척, 누군가를 비판하는 듯한 투로 말했습니다.

"자기 자신에게 가능성을 바라는 건 나쁜 게 아니에요."

게다가.

"자기만 아는 거라지만, 여기에는 자기 자신밖에 없잖아요?"

그리고 저는 그녀의 손을 잡았습니다.

가늘고 하얀 손가락은 제 손이 닿자 한순간 거절하듯 움찔 움직이더니, 이어 지그시 제 손을 잡았습니다.

"……들어주겠어요? 그 나라에서, 제가 10년 전으로 거슬러갔던 이야기를."

그녀는 하늘에서 시선을 옮기더니 저를 바라보았습니다.

저도 그녀를 마주 바라보며 말했습니다.

"저는 그러기 위해 여기에 온 거예요."

그리고 저희들의 전쟁은 끝났습니다.

승패가 아닌, 또 하나의 결말로.

화해라는 형태로.

○

그 후의 이야기를 하지요.

난폭한 저, 아니, 단발인 저와 함께 저희는 다른 저희들을 모으러 갔습니다.

거리를 엉망으로 만들어버렸으니 어쩌면 다른 저희들 중 몇 명은 건물이나 혹은 얼음에 깔렸을지도 모른다는 걱정을 했습니다만, 훌륭하게도 전원 무사했습니다.

"그나저나 대단한 싸움이었어요." "저희들이 얼마나 열심히 구하러 다녔는지 아시나요?" "그런 멍청한 소동은 이제 적당히 해주세요." "저희 끼리 싸우다니, 매우 어리석은 짓을 했네요." "바보네요."

그렇다기보다는 이미 전원이 모여 있었습니다.

이미 다른 제가, 다른 저희들을 왕궁에 모아두었던 것입니다.

"…………." "…………."

참고로 지금 저희를 나무란 것은 다른 저희를 한데 모아준 저희들.

대체 지금까지 어디서 무얼 하고 있었나 했더니, 이 나라에 몰래 숨어서 상황을 지켜보고 있었나 봅니다.

다양한 제가 있었으니, 분명 그녀들은 철저하게 방관자의 자세를 유지한 저희들일 겁니다.

"그나저나 이렇게나 제가 많은 건, 뭔가 그러네요. 이상한 기분이에요."

제 말에 하이 한 제가 뽐었습니다.

"이제 와서요? 그보다, 모두들 제 코스튬을 한 거죠? 완벽하게 제 캐릭터를 연기할 셈일 테지만."

그녀는 여전히 태평한 세계 속에 머리를 두고 있는 모양입니다.

"그래서, 지금부터 어떻게 할 셈이죠? 소악마인 저―그러니까, 그 악마 같은 제 말에 따르면, 아직 하루 정도의 시간이 남아 있는데요."

안경을 만지며 지적인 제가 말하자 방관자인 저희들이 의아한 표정을 지었습니다.

"애초에 그 악마 같은 저를 믿어도 괜찮은 건가요?" "그 여자는 수상쩍어요." "분명히 뭔가를 숨기고 있다니까요." "흑막 같은 그런 게 틀림없어요."

지당한 말씀입니다.

그러나.

"바꿔 말하자면, 앞으로 하루는 무엇을 하든 문제없다는 뜻이 아닐까요? 이 나라의 기한은 사흘. 그렇다는 건, 사흘이 지나면 뭔가 안 좋은 일이 일어난다는 거겠죠."

"과연." "역시 주인공을 자처할 만하군요." "그럼 사흘째까지는 여기에 있어도 괜찮다는 거군요." "숙박비가 들지 않아 다행이에요."

방관자인 저희들은 기본적으로 한몫 벌 생각도 없는가 하면 낭비도 싫어하는 성격을 가진 모양인지, 무엇이든 공짜로 손에 넣을 수 있는 이 나라가 무척이나 마음에 들었나 봅니다.

그런고로, 그날 저희들은 마을에서 마음껏 놀았습니다.

먹고 싶은 것을 먹고, 마시고 싶은 것을 마셨습니다.

마음껏 날뛴 다음, 저는 한 손에 포도주 잔을 들고서 다른 저희들 앞에 섰습니다.

"여러분. 노는 것도 좋지만— 제 제안을 하나 들어주시지 않겠습니까?"

모처럼 제가 이렇게나 모여 있습니다.

그저 놀기만 하는 건 아깝습니다.

"여러분, 로브 주머니에 일기장은 있나요?"

그러니, 여행의 추억에 잠기면서 새로운 추억을 하나 만들어보도록 할까요?

저희들은 각자의 일기장을 꺼냈습니다.

역시 저희들은 각각 다른 이야기를 거쳐온 것 같습니다. 예를 들면 제가 너무나도 지루한 하루를 보냈을 무렵에 다른 저는 운명적인 만남이 있는 등, 제각각이었습니다.

제가 며칠 동안 그저 단순히 관광을 했을 뿐인 시계탑 로스트 루프에서, 지금은 단발이 된 제가 무척이나 괴로운 경험을 했던 것처럼, 저희들은 같은 저이면도 동시에 다른 이야기를 자아왔습니다.

하이 한 저와 만나 왕궁으로 향하던 무렵부터 모두의 일기장을 모아보면 무척 재미있을 것 같다고 생각했었습니다.

어차피 하루가 남았으니, 그것을 실현해보기로 했습니다.

저희들은 왕궁의 광장에 모여 각자의 일기장을 돌려 읽기 시작했습니다.

"그렇군요. 물가를 올린 나라에서는 점술사 흉내를 내면 되는 거군요⋯⋯." "프랑 선생님은 어떤 제가 상대든 변함이 없으시네요." "흔들림 없는 글러먹음이에요." "아, 정직한 자의 나라⋯⋯." "이 나라에서 만난 사야 씨는 정말이지 귀여웠어요." "당신은 무슨 소리를 하는 거죠?" "제일 크레이지 한 실수가 아닌가요?" "목걸이 받고 기뻐했던 주제에." "⋯⋯⋯⋯." 『아아 우으.』 "구울인 저는 결국 어째서 구울이 된 거죠?" "아마도 죽은 자의 낙원에서 도망치지 않은 거겠죠." "멍청하군요." "그러게요." "그런데 당신은 어째서 안대 같은 걸 하고 있는 거죠?" "이건 흑룡이." "아, 그만 됐어요." "당신 가슴, 큰 거 아닌가요?" "이건 솜을." "아, 그만 됐어요."

저희들이 땅바닥에 앉아 시끌벅적하게 떠들고 있는 모습을 보며 저는 옥좌에 앉았습니다.

"약속대로 들어보죠. 당신의 이야기."

옥좌의 팔걸이에 앉아 등받이에 어깨를 기댄 단발머리의 저는, 로브에서 일기장을 꺼냈습니다.

"그 나라에서 저는—."

그녀에게서 일기장을 받아 든 저는 대신 제 것을 건넸습니다.

저희들은 한동안 제각기 서로의 이야기를 읽는 데 집중했습니다.

모든 저에게 공통되는 것은 몇 개나 있었습니다.

방문한 나라들에서 만난 사람과는 반드시 만났습니다. 예를 들면, 마법사의 나라에서는 사야 씨와 만났고, 정직한 자의 나라에서 재회를 했습니다. 그런 식으로 저희들은 같은 나라에서 같은 사람과 만났습니다.

그리고 똑같이, 헤어졌습니다.

그것 외에, 당연할지도 모르지만 여행을 시작한 이유도 같았고 스승님도 같았습니다. 각자의 차이는 아주 사소했고, 『니케의 모험담』을 동경해 마녀를 목표로 삼고, 그리고 프랑 선생님 아래에서 수행을 한다는 전개에 이르기까지는 완벽하게 똑같았습니다.

모두가 모두의 이야기를 다 읽은 후, 누군가가 불쑥 제안을 했습니다.

"이걸 책으로 만들면 재미있지 않을까요? 어딘가 『니케의 모험담』 같은 느낌이라."

그 제안을 거절한 사람은 단 한 명도 없었습니다. 오히려 모두가 그것을 바라고 있었던 것처럼, 승낙했습니다.

완성된 책의 제목은 가장 마지막에 정해졌습니다.

몇 개의 후보가 있었습니다만, 결국 다수결로 제가 발안한 제목으로 결정되었습니다.

애독서인 『니케의 모험담』을 따라서 『일레이나의 모험담』으로 하는 것도 괜찮았을 테지만, 그래서는 어디 사는 누군가의 지워 버리고 싶을 만큼 부끄러운 과거의 실수와 겹치기도 하는 데다, 무엇보다 수사적이지 않습니다.

역시 꼬인 저에게는 꼬인 제목이 어울립니다.

이리하여 제목은 이렇게 정해졌습니다.

『마녀의 여행』이라고.

○

사흘째 아침.

저희 중의 여럿(특히 방관자인 저희들)은 이 나라에서 나가기를 고집스레 거절했습니다만, 앞으로 무슨 일이 일어날지 알 수 없는 상황입니다.

그래서 저는 반강제로 『마녀의 여행』을 모두에게 나눠주고서 저희들을 쫓아냈습니다.

이 나라를 엉망으로 만든 책임을 지고, 저와 단발머리인 저는 이곳에 남아 혹시라도 아직 숨어 있는 제가 있지는 않은지 찾아다녔습니다.

"이제 아무도 없네요."

"그러네요."

저는 단발인 저에게 고개를 끄덕여 보였습니다.

저를 잠시 바라본 후, 그녀는 이 나라를 돌아보았습니다. 겨우 겨우 저희들에 의해 파괴되지 않은 마을의 일부에서 햇볕이 쏟아져 들어와 그녀의 잿빛 머리카락에 옅은 주홍빛을 더했습니다.

아름다운 정경을 등 뒤로 둔 그녀는 아주 조금 쓸쓸한 표정을 지었습니다.

"당신은 이제부터 어쩔 셈인가요?"

제가 묻자 그녀는 짧아진 자신의 머리카락을 가볍게 쓰다듬었습니다.

"이 머리카락을 되찾으러 가볼까 해요. 여전히 인형에 심어진 채일 테니까요."

"그런가요?"

"네— 범인은 이미 잡혔으니까, 인형을 찾기만 하면 되겠죠."

"찾을 수 있기를 바랄게요."

"네."

서로 작별 인사를 나누지는 않았습니다.

애초에 저를 상대로 헤어진다는 것도 이상한 이야기입니다. 거울을 보면 언제든 만날 수 있는 상대에게 안녕을 고하다니, 뭔가 기묘한 일이라고 생각합니다.

…………

라는 건, 뭐, 핑계지만 말이죠.

분명 작별 인사를 하고 싶지 않던 것뿐입니다.

그러니.

"고마워요. 일레이나 씨."

그렇게 그녀는 말했습니다.

"천만에요. 일레이나 씨."

그렇게 저는 답했습니다.

단지 그뿐인 인사를 나누고, 그녀는 이 나라를 떠났습니다.

○

저는 마지막으로 해야 할 일이 있습니다.

"이제 저 혼자입니다."

저는 누구에게라고 할 것 없이, 말했습니다.

쥐 죽은 듯 조용한 나라 안에서 그 목소리는 크게 울렸습니다. 소리를 높이지 않았어도 온 나라에 퍼졌으리라 생각합니다.

실제로 제가 기다리는 그녀는 그 목소리를 들은 것인지, 제대로 제가 있는 곳에 나타났습니다.

뒤틀린 두 개의 뿔을 가진 그녀는 박쥐의 날개처럼 생긴 날개를 펄럭이며 제 앞에 내려섰습니다.

"불렀어?"

소악마 같은 제가 그곳에 있었습니다.

"네. 당신과 꼭 하고 싶은 이야기가 있어서요."

"나는 특별히 없는데."

"…………."

저는 가볍게 입을 놀리는 그녀를 흘낏 보았습니다.

"저, 도중에 당신 정체를 눈치챘습니다."

"내 정체 운운하기 전에, 우선 내 나라를 엉망으로 만든 점에 관한 책임을 져줬으면 하는데."

농담도.

"여기는 꿈의 나라죠? 져야 할 책임 같은 건 전혀 없다고 봅니다만."

"……호오."

소원을 이뤄준다고 하는 나라에 와서, 온갖 저와 만난 데다, 이 나라의 모양은 제가 방문했던 적이 있는 나라의 모습을 하고 있습니다.

다양하고 있을 수 없는 사실과 현상이 겹쳐진 이곳의 모습에서, 저는 하나의 결론을 이끌어냈습니다.

이곳은 저의 꿈속 세계이며, 이 꿈은 전부 눈앞의 소악마인 제가 보여주고 있는 것.

그러한 억지 같은 결론입니다.

하지만 이 결론은 무척이나 납득이 되는 이야기입니다.

"이 나라의 모습 — 마치 모든 이상을 집어넣은 것 같은 모습에서, 저는 어떤 나라에서 겪었던 일을 떠올렸답니다."

국민 모두가 꿈속에 빠져 깨어나지 못하게 된 와중에 단 한 명의 소녀만이 남겨졌던, 슬픈 나라의 일입니다.

편히 잠든 국민들은 모두 어떤 악마가 만들어낸 이상의 꿈을 꾸다가, 사흘이 지나 죽어버렸습니다.

사흘.

마침 소악마인 제가 제시한 기한과 같았습니다.

"당신은 사람의 꿈에 간섭해서 사람을 이상 속 세계에 가둬두고, 그 사람들의 목숨을 집어삼켰던 거죠. 저도 그중 한 사람으로 삼았다 — 아닌가요?"

"호오오."

그녀는 옅은 웃음을 띠며 고개를 저었습니다.

"하지만 미묘하게 틀렸어. 아직 그중 한 사람으로 삼지는 않았으니까."

"그렇죠. 아직 엄밀하게는 사흘이 지나지 않았으니까요."

앞으로 몇 시간 정도 남아 있습니다.

"그래서, 어쩔 셈이야? 이대로 여기에 남아서 내 양분이 되어줄 거야?"

"설마요. 무얼 위해서 이 나라를 이렇게까지 엉망으로 만들고, 다른 저를 전부 쫓아냈다고 생각하는 건가요?"

".............."

뭐, 나라가 엉망이 된 것은 대부분 우연이었지만, 그러나 저 이외의 저를 내쫓은 것은 책략적으로 한 일이었습니다.

아마도 이번에 나온 다른 저희들은 제 기억에서 재현된, 다른 가능성의 저희들일 테지요. 즉, 다른 가능성을 동경한 제가 만들어낸 형상.

"여기가 다른 제가 아닌 저 자신의 꿈속 세계였다고 해도, 이제 여기에는 제 소원도 바람도 없습니다. 꿈속에 머물 이유가 전혀 없지요."

"……잘도 했네. 유감이야. 마녀의 목숨은 분명 맛있을 거라고 생각했는데."

"마녀를 양분으로 삼는 데, 이런 고식적인 수법은 역효과예요."

저는 지팡이를 손에 들었습니다.

"자, 어서 저를 이 세계에서 내보내주시죠. 그렇지 않으면—."

"그렇지 않으면, 나를 혼쭐 낼 생각인가? 하하하, 너 바보구나?"

그녀는 낄낄 웃으며 말을 이었습니다.

"너도 평범하게 문을 나가면 원래 세계로 돌아갈 수 있다고."

그리고.

"애초에 나는 오는 사람은 안 막고, 가는 사람은 안 잡아. 도망치고 싶으면 도망치면 돼."

그렇게 말하며 손을 내저었습니다.

"…………당신은 지금까지 이런 식으로 많은 사람의 목숨을 집어삼켜 온 건가요?"

사흘의 기간을 주고, 그래도 그곳에 머물려고 한 사람들의 목숨을 집어삼켜 왔던 것일까요?

"그렇지. 그게 내 식사 방법이니까."

"……사람의 목숨이 식사인가요? 죄도 없는 인간을 해쳐놓고, 아무런 죄책감도 느끼지 않는 건가요?"

"나에게 있어 인간의 목숨은 식재료 중 하나에 지나지 않아. 너도 가축의 고기를 먹고 면목 없다는 생각을 하지는 않잖아?"

"…………."

"이해할 수 없다고 말하고 싶은 얼굴이네. 딱히 이해받을 생각은 없어. 나 같은 생물은 너희 인간과는 근본적인 부분이 달라. 서로를 이해한다는 생각 같은 건 처음부터 하지도 않았어."

"……안타깝네요. 그 힘을 유효하게 썼다면, 어쩌면 당신은 사람들에게 도움이 되었을지도 모르는데."

"하하하, 역시 바보구나."

그녀는 단적으로 말했습니다.

"어째서 가축을 위해 내가 애써야 하는 건데?"

—근본적인 부분이 다르다.

과연. 확실히 악마라는 건, 그 말 그대로일지도 모르겠습니다.

"아, 맞다. 못 가게 잡으려는 건 아닌데, 하나 좋은 걸 가르쳐줄게."

"……뭔가요?"

나라를 나서기 직전이었습니다.

변함없이 경쾌하게, 그녀는 가볍게 이야기를 꺼냈습니다.

"—여기에 온 너는, 너만이 아니야."

전부 진짜 너라고— 그녀는 그렇게 말했습니다.

○

폭풍이 지나간 것만 같은 쾌청한 하늘에는, 흰색에 가까운 또 렷한 잿빛 구름이 모양을 그리며 퍼져가고 있었습니다.

바람은 수런거리며 초원을 달렸고, 연두색 파도를 퍼뜨렸습니다. 코를 간질이는 것은 따뜻한 햇살 속에 아직 겨울 향기를 남겨두고 있는 초봄의 냄새.

파랑과 초록, 그리고 약간의 흰색만이 제 눈동자에 비쳐들었습니다.

"……여기는."

저는 초원 한가운데에서 잠들어 버렸던 모양입니다.

대체 언제부터 자고 있던 것일까요? 잠들기 전의 기억은 애매했고, 잘 떠오르지 않습니다. 무엇이 어찌 된 탓에 저는 초원 한가운데에서 자고 있었던 것일까요?

잠든 사이의 일은 무척이나 잘 기억나는데 말입니다.

"…………."

그 순간, 번뜩였습니다.

자기 전의 일이 기억나지 않았기에 일기장을 꺼내기로 했습니다. 기억이 애매할 때 편리한 물품입니다. 분명 로브 속에 있을 터.

"……이건."

로브 안에서, 일기장과 함께 한 권의 책이 나왔습니다.

단순한 장정의 표지에는 제목과 제 이름이 쓰여 있습니다. 손글씨로.

"…………."

틀림없이 꿈속에서 저희들이 만들었던 책입니다. 아, 그리고 보니 그 꿈에서 나온 사람은 무언가를 하나 가지고 나올 수 있다고 했던가요—.

과연. 제 경우에는 이 책인가요?

저는 잠시 두 권의 책자를 비교한 다음, 그중 한쪽을 로브 주머니에 다시 넣었습니다.

"……일기장은 나중에 봐도 되겠죠."

이 책을 다 읽고 나서 다시 여행을 시작하죠. 그 정도의 여유는 가져도 괜찮겠지요?

게다가, 지금은 조금 추억에 젖고 싶은 기분입니다.

그래서 저는 초원 가운데에서, 무릎을 살짝 구부리고.

시원한 바람에 재촉을 받은 것처럼 책의 표지를 넘겼습니다.

거기에는 분명, 제 이야기가 자아져 있었습니다.

© Azure

오랜만입니다. 시라이시 죠우기입니다.

시간의 흐름은 빠르지라, 깨닫고 보니 처음『마녀의 여행』을 자비 출판한 후로 2년의 세월이 흘렀습니다. 그 당시에는 저 자신도 설마 상업 출판될 거라고는 생각도 하지 못했습니다만, 2년이 지난 지금은 이렇게 후기를 쓰고 있으니, 인생이란 참으로 신기합니다.

그런고로『마녀의 여행』3권입니다.

이번 권에서는 은근슬쩍 제목을 회수하거나, 일레이나 씨의 머리카락을 짧게 하거나 하는 등, 아무튼 이런저런 일들이 벌어졌습니다. 그렇다기보다, 애초에 1권 후기에서 "제목에 깊은 의미는 없는 데다 그런 말도 없다"고 했던 듯한 기분이 듭니다만, 그건 아마도 다른 세계의 제가 쓴 것이라고 할까, 그런 느낌으로 적당히 해석해주신다면 무척 기쁘겠습니다.

2권을 집필하던 무렵에는 정말이지 "아앗! 나 어두운 이야기가 쓰고 싶어!"라는 둥 하며, 아무튼 편집자님께 어두운 이야기만 보내버렸습니다. 그 탓에 전체적으로 울적한 느낌이 되어버렸습니다. 반성합니다. 그래서 이번 권은 기본적으로 밝은 이야기로 해보았습니다(어두운 이야기가 없다고는 말하지 않았습니다).

감사 인사까지는 아직 지면이 남았으므로,『마녀의 여행』의 추억을 주절주절 4행 정도 이야기해볼까 합니다.

처음으로 일레이나의 캐릭터를 생각해낸 것은 지금으로부터

343

약 5년 정도 전의 일입니다. 그 당시는 분명 이세계에서 날아온 귀엽기만 한 여자아이라는 설정이었던 것 같은 기분입니다만, 3년 정도의 시간을 지나 약간 냉정함을 가지게 된 데다 여행자가 되었고, 이세계가 뭐야? 싶은 느낌이 되었습니다. 이야기란 참으로 신기합니다.

그런고로, 완벽하게 4행을 썼으니, 감사 인사를 하겠습니다.

아즈루 님.

이번에도 또 귀여운 일러스트를 그려주셔서 감사드립니다. 3권까지 다양한 캐릭터와 다양한 모습의 일레이나 씨를 그려주셨는데, 저 개인적으로는 단발 일레이나 씨가 정말 좋았습니다. 3권 표지 러프를 처음 보여주셨을 때, "앗, 이건 천사인가?" 하는 생각을 했을 정도입니다. 정말로 고맙습니다.

편집자 M님.

자꾸만 어두운 이야기를 쓰고 싶어 하는 저를 포기하지 않고 3권 원고가 전부 갖춰질 때까지 철저하게 태클을 걸어주신 점, 정말로 감사드립니다. 다른 이야기입니다만, M님의 따님이 『마녀의 여행』을 읽어주셨다는 이야기가 개인적으로는 올해의 가장 중대한 뉴스입니다.

그리고 마지막으로 독자 여러분.

이렇게 3권까지 계속할 수 있었던 것은, 오로지 독자 여러분의 평가 덕분입니다. 고맙습니다. 『마녀의 여행』 속 등장인물들을 사랑해주신 점, 참으로 영광스럽게 생각합니다.

한 권당 14장씩 묶여 있으니, 총 42장의 이야기가 되었고 페이지 수도 그런대로 됩니다만, 그럼에도 여기까지 함께해주신 여러분께는 정말로 감사의 마음뿐입니다.

그래서.

지금부터는 3권 14장까지의 이야기를 이미 읽으셨다는 것을 전제로 이야기하겠습니다.

14장까지 읽으신 분은 어쩌면 여러 가지로 눈치채셨으리라 생각합니다만, 아마도 그렇게 될 것 같습니다. GA노벨에서 쓰게 해주셨던『마녀의 여행』은 우선 이렇게 일단락.

그리고 동시에 새로운 시리즈를 시작하게 되었습니다.

이 시리즈에서 일레이나를 마음에 들어해주신 분들도 좋아하실 법한 이야기를 만들고 싶습니다. 그렇다기보다, 이 세계관의 속편 같은 걸 쓰고 싶습니다. 그리고『그랑블루』의 칼리오스트로 귀여워.

그런 협의를 편집자 M님과 한 다음, 편집부에서 플롯 회의를 한 결과『마녀의 여행』과 같은 세계관을 가진 다른 작품을 GA문고의 새 시리즈로서 집필하게 되었습니다. 두 명의 주인공이 하나의 나라에서 일어난 사건을 해결해가는 느낌의 스토리가 될 것 같습니다(예정).

이번에는 문고판으로 출판되오니, 책을 파는 곳을 찾아 헤맬 일도 없고, 가격도 절반 정도가 될 겁니다(선전). 그리고 같은 세계관의 다른 작품이라고 했지만, 실제로는『마녀의 여행』속편 같은 느낌입니다(노골적인 선전). 그런고로 당연히 일레이나 씨가 등장하는 데다, 오히려 메인 캐릭터 중 한 명으로서 변함없는 썩은 근성과 존댓말로 활약합니다(매우 노골적인 선전). 그리고 일러스트레이터 님은, 아즈루 씨가 계속해서 담당해주신다고 합니다(만세).

발매일은…… 아마도 2017년 봄, 정도…… 일지도(희망적인 관측).

그런 느낌입니다.

그러한 연유로, 『마녀의 여행』은 우선 일단락되지만, 앞으로도 잘 부탁드립니다!

MAJO NO TABITABI 3

Copyright ⓒ 2016 by Jougi Shiraishi

Illustrations Copyright ⓒ 2016 by Azure

All rights reserved
Original Japanese edition published in 2016 by SB Creative Corp.
Korean translation rights arranged with SB Creative Corp., Tokyo
through Eric Yang Agency Co., Seoul.
Korean translation rights ⓒ 2018 by Somy Media, Inc.

[마녀의 여행 3]

2024년 11월 15일 1판 8쇄 발행

저　　자 시라이시 죠우기
일 러 스 트 아즈루
옮 긴 이 이신
발 행 인 유재옥
담당편집 정영길

이　　사 조병권
출판본부장 박광운
편집 1팀 박광운
편집 2팀 정영길 조찬희 박치우 정지원
편집 3팀 오준영 이소의 권진영
디자인랩팀 김보라 차유진
디지털사업팀 박상섭 김지연 윤희진
라이츠사업팀 김정미 맹미영 이윤서
영업마케팅팀 최원석 이다은
물 류 팀 허석용 백철기
경영지원팀 최정연
발 행 처 ㈜소미미디어
인쇄제작처 코리아피앤피
등　　록 제2015-000008호
주　　소 서울시 마포구 토정로222, 502호(신수동, 한국출판콘텐츠센터)
판　　매 ㈜소미미디어
전　　화 편집부 (070)4164-3962, 3963 기획실 (02)567-3388
　　　　　판매 및 마케팅 (070)4165-6688, Fax (02)322-7665

ISBN 979-11-6190-727-7
ISBN 979-11-5710-752-0 (세트)